EIN MILLIARDÄR VOLLER LEIDENSCHAFT

Jason

J. S. SCOTT

Ein Milliardär ohne Maske
(Ein Milliardär voller Leidenschaft ~ Jason)

Englischer Originaltitel: »Billionaire Unmasked (The Billionaire's Obsession ~ Jason)«

Deutsche Übersetzung: Martina Risse für Daniela Mansfield Translations 2016

eBook:
ISBN: 978-1-939962-83-6

Taschenbuch:
ISBN: 978-1-939962-88-1

Titelbild entworfen von: Cali MacKay – Covers by Cali

Ebenfalls von J. S. Scott

Ein Milliardär voller Leidenschaft - Die Serie:

Entfesselte Leidenschaft (Buch 1 der Serie erzählt die Geschichte von Simon und Kara)

Das Herz des Milliardärs ~ Sam (Buch 2)

Die Erlösung des Milliardärs ~ Max (Buch 3)

Der Milliardär und sein Spiel ~ Kade (Buch 4)

Ein Milliardär außer Kontrolle ~ Travis (Buch 5)

Ein Milliardär ohne Maske ~ Jason (Buch 6)

Milliardenschwer und ungezähmt ~ Tate (Buch 7)
(ab Anfang Februar 2017 erhältlich)

Inhalt

EIN MILLIARDÄR OHNE MASKE

Prequel

J. S. SCOTT

Kapitel 1

Mitternacht, Silvesterabend, Amesport, Maine, 2014

Hope Sinclair versuchte verzweifelt, ihre Augen von dem attraktivsten Mann abzuwenden, den sie jemals zu Gesicht bekommen hatte, und scheiterte kläglich. Sie kannte ihn gut, denn sie war seit ihrer Kindheit mit ihm befreundet, aber jetzt war sie kein Kind mehr und *mein Gott!* – er auch nicht.

Verdammt! Ich muss aufhören, ihn so anzustarren. In einer Minute werde ich in eine andere Richtung schauen. Ja, das werde ich tun. Ich werde aufhören, ihn so anzugeifern.

Doch Jason Sutherland fesselte weiterhin ihre Aufmerksamkeit. Sie war einfach nicht in der Lage, ihren Blick von dem atemberaubendsten Mann auf diesem Planeten abzuwenden. Hope versuchte, etwas unauffälliger zu wirken, indem sie an ihrem Champagner nippte, doch sie war sich beinahe sicher, dass ihr die Begierde offensichtlich anzumerken war. Er wirkte bereits bezaubernd, wenn er nur in zerrissenen Jeans und einem T-Shirt herumlief, doch in einem Smoking auf einer Silvesterparty war er überwältigend schön und atemberaubend – auf eine sehr männliche und unbewusst verführerische Art. Es waren nicht allein sein hinreißendes Gesicht und sein durchtrainierter Körper, die die Blicke aller Frauen auf sich zogen, sondern auch sein Auftreten. Jede Handlung, jedes einzelne Wort, das über seine Lippen kam, verströmte Zuversicht und eine verwegene Männlichkeit, der keine Frau widerstehen zu können schien. Gerade unterhielt er sich mit lauernder, Vorsicht wiederspiegelnder Miene mit einem anderen männlichen Gast, ohne auch nur die Andeutung dieses süßen, aufrichtigen Lächelns, zu dem er, wie sie wusste, fähig war. Augenscheinlich kannte er seinen Gesprächspartner nicht; wahrscheinlich handelte es sich um jemanden, der eine Bitte vortrug, wie die meisten Leute, die Jason ansprachen.

Hope hielt den Atem an, als sie beobachtete, wie er dem Mann unvermittelt zunickte und zu ihrem Bruder Dante hinüberschlenderte. Sofort veränderte sich sein Gesichtsausdruck und er verwandelte sich wieder in den charmanten Mann, den sie kannte. Er schlug Dante freundschaftlich auf den Rücken und schenkte ihm ein offenherziges Lächeln. Sie konnte sehen, wie sich seine Augen mit Wärme füllten, während er mit Dante herumzualbern schien.

Die vielen Gesichter des Jason Sutherland.

Hope seufzte und löste schließlich ihren Blick von Jason. Sie fragte sich, wie viele Menschen wohl den Mann hinter der Milliardärsmaske kannten. Während der letzten Jahre hatte Hope ihn nicht sehr häufig zu Gesicht bekommen, doch er konnte sich nicht zu sehr verändert haben.

Hope hatte sich schon vor langer Zeit in Jason verliebt. Bereits im zarten Alter von sieben Jahren hatte sie ihn heiraten wollen und während der letzten neunzehn Jahre hatten sich ihre Gefühle nicht sehr verändert – ausgenommen vielleicht der Heiratswunsch. Oh ja, und ausgenommen die sexuelle Begierde, die plötzlich aufgeflammt war, als sie ihn im Alter von achtzehn Jahren wiedergesehen hatte. Nun, mit sechsundzwanzig, war sie *immer noch* davon überzeugt, dass er der unverschämt gutaussehendste, gefährlichste Mann war, der ihr je begegnet war.

Natürlich übernahm Jason jetzt nicht mehr die Rolle des Drachentöters für sie. Während ihrer Grundschulzeit hatte er sie gegen die Schikanen ihrer Mitschüler verteidigt, die sie geneckt hatten, weil ihre Haare ein bisschen zu rot und ihre Sommersprossen ein bisschen zu auffällig waren und ihr Charakter ein bisschen zu querköpfig, um in der Masse der durchschnittlichen Schüler unterzutauchen. Damals hatte ihr Jason mehr als ihr Leben bedeutet: ihr älterer, weiserer, zwölf Jahre alter Superheld, der ihr immer zu Hilfe kam, wenn sie ihn brauchte. Und eines der Dinge, die sie am meisten an Jason geliebt hatte? Er hatte niemals, *nicht einmal,* ihren älteren Brüdern etwas von diesen demütigenden Erfahrungen erzählt. Der Junge konnte definitiv ein Geheimnis bewahren. Obwohl Jason damals ihren Brüdern sehr nahegestanden hatte, hatte er niemals auch nur die geringste Information an Grady, Dante, Jared oder Evan ausgeplaudert, wenn sie ihn darum gebeten hatte. *Wenn* Jason ihren Brüdern erzählt hätte, was an dieser versnobten, privaten Grundschule vor sich ging, die sie zu jener Zeit gezwungenermaßen besuchte, hätten sich ihre Brüder eingemischt und am Ende Ärger bekommen. Damals hätte das bedeutet, ihrem alkoholabhängigen, gewalttätigen Vater einen Grund zu liefern, noch mehr Chaos anzurichten – obwohl ihr ständig zorniger Vater niemals wirklich einen Grund für einen Wutausbruch benötigt hatte. Trotzdem hatte Hope dem sinkenden Boot nicht noch einen zusätzlichen Stoß versetzen wollen. Das Leben im Haus der Sinclairs war bereits erbärmlich genug, auch ohne dem Drama noch eines ihrer Kindheitsprobleme hinzuzufügen.

Dann, nach ihrem zwölften Geburtstag, änderte sich alles. Jason verließ die Schule, um das College zu besuchen, und ließ sie am Boden zerstört zurück. Doch wie jedes zwölfjährige Mädchen kam sie nach und nach über den Verlust ihres Idols hinweg und sah Jason nur noch während seiner kurzen Besuche in Boston. Während ihrer Teenagerjahre wurde Jason mehr und mehr zu einem Freund oder Bekannten, den sie nur noch gelegentlich traf, und existierte für sie nur noch am Rand ihres Teenagerdaseins. Schließlich… kam der Tag – als sie ihn anlässlich ihres High School-Abschlusses wiedersah – an dem sich alle Gedanken an ihr Kindheitsidol und guten Freund verflüchtigten und sich ihre Gefühle Jason gegenüber für immer veränderten. Nach diesem Tag war er nicht mehr länger ein Gott oder ein Kumpel für sie. Nein… die Heldenverehrung hatte sich in etwas viel Gefährlicheres verwandelt, als Hope achtzehn Jahre alt geworden war:

Sexuelle Begierde!

Ihre körperliche Reaktion auf seinen Anblick hatte sie beschämt und jahrelang hatte sie es geschafft, die Anziehungskraft, die er auf sie ausübte, zu verbergen. Das war nicht allzu schwierig gewesen, hatte sie ihn doch kaum gesehen und normalerweise jede Veranstaltung gemieden, von der sie annahm, dass er dort auftauchen würde. Nicht immer gelang ihr das und es gab einige Zusammentreffen, denen sie nicht ausweichen konnte, doch sie hatte immer einen Freund gehabt. Ihre wollüstigen Gedanken gegenüber Jason zu zeigen, erschien ihr als ein Ding der Unmöglichkeit.

Jason lebte in New York und obwohl Hope wegen ihres verrückten Lebensstils viel reiste, gehörte New York niemals zu ihren Zielen, damit sie ihm nicht zufällig begegnete. Es war ein langer Weg von ihrem Zuhause in Colorado nach New York City. Mehr als einmal endete sie an den entlegensten Orten, um dort ihre Karriere fortzusetzen, nur um Stätten zu meiden, an denen sich Jason geschäftlich aufhalten könnte.

Plötzlich wurde Hope aus ihren Gedanken gerissen, denn der Partylärm steigerte sich zu einem lauten Gebrüll.

Fünf!

Vier!

Drei!

Zwei!

Eins!

Die Uhr schlug zwölf und die große Halle explodierte vor Lärm.

Ein glückliches neues Jahr!

Hope hob lächelnd das Glas mit Champagner an ihre Lippen und nahm langsam einen großen Schluck. Ihr Bruder Grady gab gerade seiner zukünftigen Braut Emily einen der leidenschaftlichsten Küsse, den sie je beobachtet hatte.

Ich bin froh, dass ich hierhergekommen bin. Es ist so schön, Grady so glücklich zu sehen.

Hope hatte lange gezögert, aus Colorado hierher nach Amesport zu reisen, um Gradys Verlobung und Silvesterparty beizuwohnen, obwohl sie hier ein zweites, größeres Haus besaß. Für sie war im Moment die geschäftigste Zeit des Jahres und mental ging es ihr nicht besonders gut. Grady hatte nur erwähnen müssen, dass Jason vielleicht auch erscheinen würde, und schon hatte sie sich gegen die Reise gesträubt.

Wie auch immer, jedenfalls hatte sie alle ihre Brüder sehen wollen. Und außerdem war Grady der erste ihrer Brüder, der sich verliebt und nun auch verlobt hatte. Jetzt war sie froh darüber, dass sie sich die Zeit genommen hatte, um nach Amesport zu kommen. Ihre Brüder waren wichtiger als die lächerlich peinliche Anziehungskraft, die Jason auf sie ausübte. Jason und sie waren schließlich auch nicht verfeindet. Eigentlich waren sie sich quasi fremd geworden, obwohl sie einst eine sehr tiefe Freundschaft verbunden hatte.

Zu wichtigen Ereignissen wie diesem trafen sich stets alle Sinclair-Geschwister, egal wie beschäftigt sie auch immer waren. Hope hatte hier sein müssen. Es missfiel ihr, wie sehr sie sich durch ihren Lebensstil von ihren Geschwistern abgesondert hatte. Die gähnende Distanz schmerzte sie. Zeuge von Gradys Glück sein zu können, war alle unbehaglichen Momente wert, die sie im selben Raum mit Jason zubringen musste.

Grady so zu sehen, ist alle Unannehmlichkeiten wert.

Gradys Verlobte war reizend und Hope errötete vor Beschämung, als sie daran dachte, welche Probleme sie zwischen den nun frisch Verlobten verursacht hatte. Ihr Bruder Jared spielte manchmal den Kuppler und schickte ungefragt Frauen zu Grady. Einige Male hatte Hope Grady aus diesen Situationen gerettet, indem sie bei ihm zu Hause angerufen und sich als seine Frau ausgegeben hatte. Sie hatte sich ausreichend zickig gezeigt, um jede der Frauen zu vertreiben. Unglücklicherweise hatte Emily einmal bei Grady zu Hause Hopes Anruf entgegengenommen und diese war davon ausgegangen, Jared hätte einmal mehr ungefragt eine Frau zu Grady geschickt.

Daraufhin hatte Hope am Telefon ihre übliche Rolle gespielt. Das Problem hatte aber darin bestanden, dass Grady in Emily verliebt gewesen war. *Ups!* Glücklicherweise hatte Emily ihr verziehen, doch Hope war der Vorfall immer noch peinlich.

Jetzt kamen ihre Brüder einer nach dem anderen zu ihr hinüber und küssten sie auf die Wange und sie umarmte jeden von ihnen fest, während sie ihre Küsse erwiderte. Obwohl alle ihre Brüder sie mit der übertriebenen Haltung eines älteren Bruders in den Wahnsinn trieben, liebte sie Evan, Grady, Dante und Jared mit jeder Faser ihres Seins. Wenn sie nur nicht manchmal solche Nervensägen wären!

Da sie das einzige weibliche und zudem noch jüngste Mitglied der Sinclair-Familie war, kam sie stets in den zweifelhaften Genuss des Beschützerinstinkts ihrer älteren Brüder. Über ihren Exfreund James hatten sie ständig gemeckert, weil dieser keiner Arbeit nachging. In den Augen ihrer Brüder galt jeder, der nicht erfolgreich und wohlhabend war, als ein Versager und ihrer nicht wert.

Sie würden James schnell vergessen, wenn sie wüssten, was ich sonst noch so alles getan habe. Ich würde mehr als eine Standpauke zu hören bekommen.

Es schmerzte sie, dass sie den größten Teil ihres Lebens nicht mit ihren fürsorglichen älteren Brüdern teilen konnte und wollte. Das hatte eine gewisse Distanz zwischen ihnen geschaffen, die sie zwar nicht beabsichtigt, die sich aber zwangsläufig ergeben hatte. Sie sehnte sich danach, sie an ihrem Leben teilhaben zu lassen, doch der Preis dafür, ihnen alles zu erzählen, was sie bewegte, wäre viel zu hoch.

Hope seufzte und trank noch einen großen Schluck von ihrem Champagner, als sie ihre Einsamkeit überdachte. Irgendwie hatte sich ihr Leben ganz anders entwickelt, als sie es sich vorgestellt hatte, nachdem sie die High School abgeschlossen und sich endlich von dem Zuhause befreit hatte, das ihr immer wie ein Gefängnis erschienen war.

Wenn ich damals gewusst hätte, wie sich die Dinge entwickeln würden, hätte ich mich vielleicht anders verhalten.

Jetzt war sie nicht mehr die Gefangene ihrer nörgelnden Mutter, sondern gefangen in ihrem Selbstbetrug.

Um sie herum herrschte zügellose Fröhlichkeit, denn alle läuteten das neue Jahr ein. Hope zauberte ein fröhliches Lächeln auf ihr Gesicht, doch niemals hatte sie sich einsamer gefühlt.

»Gott sei Dank hat Hope endlich ihrem jämmerlichen Freund den Laufpass gegeben.« Dante musste gellend schreien, um das Gebrüll der Partygäste zu übertönen, die das neue Jahr begrüßten.

Jason Sutherlands Kopf fuhr hoch. Sein Körper spannte sich an. »Hope hat sich von ihrem Freund getrennt?«

Dante nickte bestätigend. »Kurz vor ihrer Abreise aus Colorado. Arschloch! Wer trennt sich denn während der Feiertage von seiner Freundin?«

Jasons Hände ballten sich zu Fäusten. »Hat er sie verlassen?«

Dante zuckte mit den Schultern. »Sie hat nicht viel darüber geredet. Ich glaube nicht, dass sie darüber sprechen will. Ich bin nur froh, dass er endlich aus ihrem Leben verschwunden ist.«

Dann wurde Dantes Aufmerksamkeit von seinen Brüdern in Anspruch genommen und Jason drehte ihnen den Rücken zu. Seine Augen suchten und fanden Hope, die verlassen an der Bar stand und an einem Glas Champagner nippte.

Mein Gott! Sie ist wunderschön.

Seine Brust begann zu schmerzen, was nicht ungewöhnlich war, wenn er Hope zu Gesicht bekam. So war es immer gewesen, seit dem Tag, als er sie anlässlich ihres High School-Abschlusses gesehen hatte.

Ich hätte sie mir schon damals greifen sollen.

Jedes Mal, wenn er sie nach jenem Tag getroffen hatte, war es die reinste Quälerei gewesen, und diese Party war auch nicht anders. Er musste sich schließlich umdrehen, um dem Drang zu widerstehen, sie nackt auszuziehen und gleich hier und jetzt in Besitz zu nehmen.

Hope Sinclair verkörperte seine private Besessenheit; die Frau konnte ihn von einem Moment zum anderen nur durch ihren Anblick von einem rationalen Denker in einen besitzergreifenden, triebgesteuerten Lustmolch verwandeln. Sie hatte *keinerlei* provokative Absichten. Sie hatte das gar nicht nötig. Hope *war* die personifizierte Provokation für *ihn*, nur indem sie dort stand, wo er sie sehen konnte.

Und zum ersten Mal, seitdem er sie an jenem Tag in der High School wiedergetroffen hatte, war sie frei.

Mist! Das machte sie vollkommen *unwiderstehlich*.

Jasons Herz zog sich zusammen, als er sie beobachtete: Sie lächelte und war trotzdem allein, genau wie er selbst. Er fragte sich, ob sie sich genauso einsam, ruhelos und gereizt fühlte wie er selbst in diesem Augenblick.

Begehrlich ließ er seinen Blick über ihren Körper schweifen, angefangen bei ihren auffallend rostroten Haaren über ihre großzügigen Kurven bis hin zu diesen hochhackigen Pfennigabsätzen, die bei ihm die Wahnvorstellungen auslösten, wie sich diese Absätze in seine Pobacken bohrten, während sie laut seinen Namen schreiend zum Orgasmus kam.

Mist! Ich darf das nicht mehr tun!

Sein voll erigierter Schwanz zuckte vor Ungeduld und zerrte machtvoll an dem Reißverschluss seiner Smokinghose. Glücklicherweise trug er ein Jackett, sodass niemand im Raum seine geheime sexuelle Fixierung auf eine Frau bemerken konnte, die eigentlich für ihn tabu sein sollte.

Sie ist Gradys kleine Schwester.

Jason war schon solange er denken konnte mit den Sinclairs befreundet. Er war in der Nähe von ihnen in einem sehr exklusiven Wohngebiet in Boston aufgewachsen. Grady und Dante waren sehr gute Freunde von ihm, doch diese Tatsache hatte seinen Schwanz noch nie beeinflussen können, wenn es um Hope ging, obwohl sie doch in gewissem Sinne *abschreckend* wirkte. Das größte Hindernis waren immer ihre Liebhaber gewesen. Jason teilte nicht und falls er Hope Sinclair besäße, wäre er niemals in der Lage zu akzeptieren, dass sie an andere Männer dachte, während er sie fickte. Allerdings kannte er Hope gut genug, um zu wissen, dass sie sich niemals mit ihm einlassen würde, während sie noch mit einem anderen Mann zusammen war. Jason hatte still gelitten, wenn sie sich trafen – hatte seine tiefsitzende Sehnsucht nach ihr unter Kontrolle gehalten – mit Mühe und Not.

Sie ist zu haben. Sie hat keinen Freund.

Er konnte beinahe spüren, wie der Korken, der seine Begierde unter Verschluss hielt, sich mit einem Knall löste und seinen Körper vor Sehnsucht brennen ließ, sich in Hope zu vergraben und sie wie ein tollwütiger Höhlenmensch in Besitz zu nehmen. Seine Augen verengten sich, als er sie eingehend betrachtete. Es war schon längst Zeit für ihn, etwas zu unternehmen.

Sie gehört mir.

Entschlossen stellte er sein Glas auf einem Tisch ab und ging zu Hope hinüber. Er hatte nichts anderes mehr im Sinn, als sie zu nehmen, bevor er noch vollkommen den Verstand verlor.

»Ein glückliches neues Jahr, Hope!« Der samtweiche, volle Bariton erklang so nahe an Hopes Kopf, dass sie spüren konnte, wie sich die Härchen an ihrer Schläfe bewegten, als ein heißer Atem ihre Wange streifte. Ihr Körper erschauerte in einer unbewussten Reaktion, als sich große, warme Hände fest auf ihre Schultern legten und Hope herumdrehten, damit sie dem Besitzer der Stimme ins Gesicht schauen konnte.

Ja, sie hatte Jason während des ganzen Abends beobachtet und ihre Augen nicht von seinem großen, muskulösen Körper lassen können, der in einen makellosen, schwarzen Smoking gekleidet war, den er mit der gleichen Lässigkeit trug wie eine Jeans. Doch ihm so nahe zu sein, zerrte an ihren Nerven. Jason Sutherland fühlte sich mehr als wohl in seiner Haut, egal, was er trug. Das hatte sie schon immer und in jedem Alter angezogen. Trotzdem machte es sie, die weit über das Alter der Heldenverehrung hinaus war, ziemlich nervös, ihm so nahe zu sein. Er war zu scharfsichtig und zu sensibel und seine durchdringenden azurblauen Augen schienen bis auf den Grund ihrer Seele blicken zu können. Das bereitete ihr Unbehagen und hatte es ihr die meiste Zeit ihres Erwachsenenlebens nicht leicht gemacht, ihn um sich zu haben.

»Ein glückliches neues Jahr, Jason«, murmelte sie und lächelte ihn höflich an.

Oh mein Gott! Er riecht so gut.

Hope spürte, wie die Hitze zwischen ihren Schenkeln pulsierte, nur weil sie seinen moschusartigen, nach Wald duftenden Geruch einatmete, einen Extrakt aus männlichen Pheromonen, der eine Frau betrunken machen konnte. Sie bemühte sich, nicht die Augen zu schließen und in seiner tiefen *fick-mich-jetzt* Stimme und seinem männlichen Duft zu versinken.

Sie legte den Kopf in den Nacken und war gefesselt von seinen schimmernd blauen Augen, deren Farbe sie an den Himmel eines perfekten Sommertages erinnerte. Trotz ihrer ziemlich durchschnittlichen Größe von einem Meter achtundsechzig zuzüglich der siebeneinhalb Zentimeter ihrer quälend hohen Absätze, überragte Jason sie dennoch und überwältigte sie vollkommen, wenn er ihr so nahe war. Aus Selbstschutz trat sie einen Schritt zurück, sodass seine Hände von ihren Schultern fielen.

Über Jasons Gesicht huschte ein Ausdruck der Enttäuschung, der jedoch schnell von einem schelmischen Lächeln abgelöst wurde, das beinahe Hopes Höschen hinwegschwemmte.

»Ich will meinen Neujahrskuss!«, forderte er in flapsigem Tonfall, doch in seinen Augen schwelte ein Feuer.

Nein. Das wird nicht geschehen, großer Junge. Wenn ich dir so nahe komme, verliere ich mich in deinem Geruch und versinke in diesen babyblauen Augen.

Hope wusste, wenn sie ihn zu nahe an sich heranließe, würde die Fassade zusammenbrechen, an der sie jahrelang so hart gearbeitet hatte. Dennoch war ihr bewusst, dass sie sich nicht vollkommen verweigern konnte. Es gab keinen Grund, ihn nicht zu küssen. Er war trotz allem ein Freund der Familie. Vorsichtig trat sie einen winzigen Schritt vor und bot ihm ihre Wange zum Kuss.

Jason verringerte den Abstand zwischen ihnen, nahm ihr das Champagnerglas aus der Hand und stellte es auf einen nahen Tisch. »So habe ich mir das nicht vorgestellt, meine Schöne.« Ohne ein weiteres Wort nahm er sie bei der Hand und führte sie durch die Balkontür auf der gegenüberliegenden Seite des Raumes nach draußen.

Überrascht schnappte Hope nach Luft, als er die Tür hinter ihnen schloss. Sie waren allein auf der Terrasse. Und es war verdammt kalt hier draußen! Sie trug ein ziemlich konservatives schwarzes Cocktailkleid mit langen Ärmeln, doch der Saum umspielte ihre Knie und kalte Luft drang unter den Rock, sodass sie am ganzen Körper fröstelte. Zitternd rieb sie sich die Arme und verwandelte sich zusehends in einen Eisblock. »Was soll das? Bist du verrückt geworden? Es ist kalt hier draußen!« Vor Kälte klapperte sie mit den Zähnen.

Sofort entledigte er sich seiner Smokingjacke, wickelte sie um ihren Oberkörper und zog Hope an den Aufschlägen an sich heran. »Ich brauchte etwas Privatsphäre. Und ich werde dich liebend gern aufwärmen«, erwiderte er mit rauer und geheimnisvoll drängender Stimme.

Hope aalte sich in seiner Jacke, die noch seine Körperwärme abstrahlte.

Verdammt! Sie riecht nach ihm.

»Warum müssen wir uns hier draußen aufhalten?«, fragte sie verwirrt. »Du hättest einfach –«

Er presste sie mitsamt der Jacke gegen seinen muskulösen Körper und erstickte jeglichen Protest, den sie hätte äußern können, indem er seinen Mund auf ihren legte. Hopes Zehen krümmten sich schmerzhaft in ihren hohen Stöckelschuhen, als Jason ihre Lippen in Besitz nahm und eine Hand durch ihr schulterlanges rostrotes Haar gleiten ließ. Die Spangen, mit denen sie ihre Haare hochgesteckt hatte, flogen durch die Luft, als er Hope mit seinem Kuss verschlang. Überrascht schnappte sie nach Luft, was Jason die Chance gab, seinen

Kuss zu vertiefen. Er bog ihren Kopf zurück und erkundete mit seiner Zunge so gründlich die letzten Winkel ihres Mundes, dass es ihr den Atem nahm. Ihr verräterischer Körper übernahm die Kontrolle und reagierte so heftig, als ob es um ihr Leben ginge. Ihre Arme schlangen sich um seinen Hals und sie gab sich seiner Umarmung hin. Er übernahm die Führung und sie beugte sich ihm willig und ließ zu, dass er all ihre Sinne überwältigte. Genussvoll überließ sie sich der herrischen Einnahme ihres Mundes. *Dies* war es, was sie gewollt hatte, was sie sich seit jenem Tag ihres High School-Abschlusses von Jason ersehnt hatte, als sie sich selbst eingestanden hatte, dass sie ihn begehrte. Er hatte sich nie besonders um sie bemüht und sie niemals anders behandelt als eine gute Freundin, aber sie hatte sich… *das hier* erhofft. Schon damals hatte sie die sexuelle Spannung zwischen ihnen gespürt. Da sie nicht wusste, ob die sexuelle Anziehungskraft nur einseitig bestand, oder ob Jason sie auch spürte, hatte sie jeglichen engeren Kontakt und jedes private Gespräch mit ihm vermieden, seit sie erkannt hatte, dass sie ihn begehrte. Nun wusste sie, dass die Anziehung auf Gegenseitigkeit beruhte. Der fühlbare Beweis presste sich hart und fest gegen ihren Unterleib. Sie war sich nicht sicher, ob sie die neue Situation genießen oder weglaufen wollte. Die Gefühle, die seine wollüstige Umarmung in ihr erweckte, waren ihr neu und sowohl erregend als auch angsteinflößend.

Letztendlich traf Hopes verräterischer Körper die Entscheidung. Ihre weiblichen Hormone brachen in Siegesrufe aus, als sie ihre Finger zwischen seine dichten Haare gleiten ließ und seinen Mund noch fester auf ihren drückte.

Näher. Ich muss ihm noch näherkommen. Ich brauche das. Ich brauche ihn.

Sie lieferte seiner Zunge mit ihrer eigenen ein Liebesduell und gab sich vollkommen dem Augenblick hin. Jason war tabu, doch jetzt wurden ihre geheimsten Fantasien zum Leben erweckt und sie schwelgte in der Leidenschaftlichkeit der verzweifelten Berührungen seiner Lippen, während er ihren Mund eroberte. Er erweckte ihren ganzen Körper erstmalig seit langer Zeit zu neuem Leben und sie spürte die Erregung so intensiv, wie sie es noch niemals erlebt hatte. Jasons leidenschaftlicher Kuss war alles andere als lauwarm; sie fühlte sich in Brand gesetzt und vollkommen überwältigt von seiner Männlichkeit und die sengende Hitze zwischen ihnen verzehrte sie.

Schließlich löste er seinen Mund von ihrem und beide mussten nach diesem außer Kontrolle geratenen Zwischenfall keuchend Atem schöpfen.

»Deshalb wollte ich mit dir allein sein«, erklärte er hungrig und vergrub sein Gesicht in ihrem Nacken. Sie erschauerte von der Hitze seines Atems auf ihrem Hals. »Dich von der anderen Seite des Raumes aus zu beobachten, hat mich umgebracht.«

In die Realität zurückgeholt versuchte Hope, sich von Jason zu lösen. »Jason, ich –«

»Nicht«, knurrte er und schlang seine Arme noch fester um sie herum. »Erzähl mir nicht, dass du das hier nicht wolltest, und sogar noch viel mehr als ich.«

Sie konnte ihm wirklich nicht sagen, dass sie den Kuss nicht gewollt hatte, denn dann hätte sie in der Tat gelogen. In ihrem Leben gab es bereits genug Lügen. Sie hatte nicht erwartet, dass ihr Körper derartig auf Jasons Verlangen antwortete, doch sie wusste, dass sie unberechenbar auf ihn reagierte. »Ich wollte es. Wenn ich es nicht gewollt hätte, würdest du jetzt vor Schmerz schreien, denn ich hätte dir mein Knie in die Eier gerammt.«

Und, Gott helfe mir, ich will mehr! Aber es geht nicht. Ich kann das nicht tun.

Niemals würde sie sich vollkommen der körperlichen Begierde überlassen und sie wusste instinktiv, mit Jason gäbe es nur alles oder nichts. Er tat niemals etwas halbherzig oder mit lauem Temperament und sie war sich ziemlich sicher, dass er alles von ihr wollte.

Ein leises, heiseres Lachen ließ ihre Ohren vibrieren. »Es freut mich zu hören, dass du dich nicht sehr verändert hast«, erwiderte er amüsiert.

Oh doch, ich habe mich verändert – du wärst überrascht, wenn du wüsstest, wie anders ich jetzt bin. »Du kennst mich nicht mehr.« Langsam zog sie sich von Jason zurück, um sich an den Verlust des überwältigenden Gefühls zu gewöhnen, das die intime Nähe seines Körpers in ihr auslöste.

Er ergriff ihre Schultern und wickelte sie fester in seine Jacke. »Vielleicht kenne ich dich wirklich nicht mehr«, gab er zu. »Aber das würde ich gern ändern. Ich will dich! Schenk mir doch heute Nacht deine Zeit, Hope! Lass uns zusammen auf eine Abenteuerreise gehen, wie wir es als Kinder getan haben!«

Diese Bemerkung schlug wie ein Blitz in ihrem Herzen ein. Die kleinen Abenteuer mit Jason hatten die Höhepunkte ihrer Kindheit dargestellt. Zugegebenermaßen endeten die meisten ihrer sogenannten Abenteuer in dem örtlichen Süßigkeitenladen, da Jason schokoladenabhängig war. Manchmal landeten sie auch in der Eisdiele, weil sie ihn gebeten hatte, mit ihr dorthin zu gehen, doch Jason hatte es immer verstanden, diese kleinen Ausflüge wie ein verrücktes Abenteuer erscheinen zu lassen. Damals hatte er sogar nur zu ihrer Belustigung die Rolle eines Kapitäns auf hoher See oder eines Forschers auf Entdeckungsreise gespielt, obwohl er bereits die High School besuchte. »Ich bin nicht mehr zehn Jahre alt«, wandte sie unglücklich ein.

»Glaub mir, die Tatsache ist mir äußerst bewusst«, antwortete Jason hintergründig.

Hope legte ihre Hände auf seinen muskulösen Bizeps. Sie blickte zu ihm auf und musterte sein Gesicht, konnte jedoch in dem Dämmerlicht des Gartens nicht viel erkennen außer dem Hauch von Begierde, der ihm immer noch in die Augen geschrieben stand. »Warum? Jeden Tag fallen dir reihenweise Frauen zu Füßen. Warum ich? Warum jetzt? Falls du Langeweile hast, könntest du dir unter den Partygästen die tollste Frau aussuchen.« Jason Sutherland war ein milliardenschwerer Investor und in seinem Alter von einunddreißig Jahren einer der begehrtesten Junggesellen der Welt. Auch wenn sie eine gute *Freundin* der Familie war, warum wollte er überhaupt seine Zeit mit *ihr* verbringen? Obwohl Hope hier in Amesport, Maine, ein Haus besaß, lebte sie nicht hier, und Jason war nur hierhergeflogen, um Gradys Verlobung und der Silvesterparty beizuwohnen. Sie würden beide am Morgen abreisen. Vielleicht war er einfach nur ruhelos und gelangweilt. Es gab immer noch genügend attraktive Frauen im Haus, von denen er sich eine aufsammeln konnte, falls er nur einen One-Night-Stand suchte. Sie konnte ihm nicht das geben, wonach es ihn verlangte, und sie wollte mehr von ihm, als sie selbst verkraften und akzeptieren konnte. Sie war so süchtig nach Jason wie nach einer Droge, doch ihr war bewusst, dass sie nicht in der Lage war, ihn so zu genießen, wie sie es eigentlich wollte.

Jason zuckte mit den Schultern. »Ich habe mir schon die attraktivste Frau der Party herausgesucht und ich habe keineswegs Langeweile. Ich möchte heute Nacht einfach nicht länger den Heuchler spielen, Hope.«

Das tiefsitzende Gefühl der Einsamkeit, das Jasons Stimme verriet, hallte in Hopes Seele wider. Sie gab nicht einmal vor, nicht zu wissen, was er meinte. Sie wusste es nur zu gut. Jason war stets von Menschen umgeben und lebte in der Welt der Megareichen, doch Hope wusste aus eigener Erfahrung, wie schwer man die wahren Motivationen der Leute herausfinden konnte, wenn sie vorgaben, gute Freunde zu sein, oder wenn sie behaupteten, man wäre ihnen wichtig. Die Welt, in der sie beide aufgewachsen waren, konnte man bestenfalls als oberflächlich bezeichnen und deshalb vermied sie selbst die Medien und hatte sich als Erwachsene für ein Leben außerhalb dieser Szenerie entschieden. Doch Jason hatte diese Wahl nicht. Er war ein bisschen zu jung, um sich zur Ruhe zu setzen, und das hätte auch nicht seinem Charakter entsprochen. Er war ruhelos und so war es immer schon gewesen.

Hope legte ihm eine Hand auf die Wange und streichelte sein stoppliges Kinn. Sie liebte es, die rauen Stoppeln unter ihren Fingerspitzen zu spüren. »Du hast weit mehr zu bieten als Geld«, versicherte sie ihm sanft, aber ehrlich. Unter seinem rabiaten, geschäftsmäßigen Äußeren hatte Jason das Herz eines Mannes, der während ihrer Grundschulzeit fast alles getan hatte, um einen Streber aufzumuntern, der ständig schikaniert wurde. Er war sogar dazu bereit gewesen, einen Narren aus sich zu machen, um auf der High School als cooles Kind zu gelten. Und dieses Herz schlug immer noch in der Brust des erwachsenen Mannes. Er hatte nur gelernt, es hinter sozialer Anpassung und dem *töten-oder-getötet-werden* Instinkt eines Geschäftsmannes zu verbergen, so wie ihre Brüder es auch taten.

»Und was habe ich sonst noch so zu bieten?«, erkundigte sich Jason schroff. Wieder schlang er ihr einen starken, muskulösen Arm um die Taille und zeichnete mit dem Zeigefinger verträumt die Konturen ihrer Lippen nach.

Meinst du etwas anderes als die Tatsache, dass du ein gutes Herz und den Körper und das Gesicht eines Gottes besitzt? Hm... und etwas anderes als die Tatsache, dass du so heiß bist, dass die Höschen beinahe aller Frauen vor Nässe davonschwimmen, wenn sie dich sehen? Oh ja, und habe ich vergessen zu erwähnen, dass du außerdem umwerfend brillant bist?

Jason war nicht einfach nur attraktiv, sondern der geheime Traum einer jeden Frau. Sie hatte ihn noch niemals nackt gesehen, trotzdem bezweifelte sie nicht, dass er atemberaubend aussah. Selbst voll bekleidet war unschwer zu bemerken, dass er einen durchtrainierten Körper besaß, und seine breiten Schultern und seine Größe – über ein Meter dreiundachtzig – ließen ihn gefährlich und eindrucksvoll erscheinen. Sein goldenes Haar schimmerte in verschiedenen sexy Blondnuancen. Und er bevorzugte einen Haarschnitt, der sein Haar ständig zerwühlt aussehen ließ. Es war faszinierend, wie er es fertigbrachte, diese Frisur so verdammt sexy und schick aussehen zu lassen, selbst, wenn er einen Smoking trug. Also gut... *insbesondere* kombiniert mit einem Smoking. Bei Jason wirkte der Haarschnitt elegant und weltmännisch, auch wenn er eigentlich »unordentlich« war, und erweckte in jeder Frau – speziell in ihr – den Wunsch, ihm die Kleider vom Leib zu reißen und ihn geradewegs ins Bett zu schleppen, um ihn noch zerzauster aussehen zu lassen.

»Du hast ein gutes Herz, Jason«, antwortete sie schließlich, abgelenkt von dem erregenden Gefühl seiner Finger auf ihren Lippen und dem Hunger in seinen Augen. Sie hielt es im Moment für das Beste, die sexuellen Faktoren beiseite zu lassen.

Er warf den Kopf zurück und brach in schallendes Gelächter aus.

»Was soll das?«, wollte Hope ärgerlich wissen. »Du hast wirklich ein gutes Herz.«

Er beruhigte sich ein bisschen und warf ihr ein unverschämtes Lächeln zu. »Ich bin ein Arschloch, Hope.«

Das konnte sie allerdings nicht abstreiten. Jeder, der so reich war wie Jason, besaß auch eine Portion Skrupellosigkeit. »Nur nach außen hin«, überlegte sie ruhig. Ihre Hand löste sich von seiner Wange und legte sich ihm auf die Schulter.

Mit nachdenklicher Miene spielte er mit einer Locke ihres Haares. »Du wärst überrascht, wie weit das Arschloch in mir geht.« Er entließ einen männlichen Seufzer. »Meine süße Hope, Retterin aller notleidenden Lebewesen, willst du versuchen, mich zu rehabilitieren?«, fragte er traurig.

Jason musste sich nicht verändern. Er brauchte einfach nur jemanden, der ihn verstand. Ihr schauderte bei seiner Interpretation ihres Charakters, aber manchmal *zog* sie jedes Tier und jeden Menschen, der in Not war, magisch an. Aufgrund des von ihr gewählten Lebensweges nagte dieser Charakterzug beinahe ständig an ihrer Seele. »Ich habe Daisy immer noch«, gestand sie ihm. Jason hatte ihr das abgesehen von ein paar getönten Flecken fast weiße Kätzchen am Tage ihres High School-Abschlusses mitgebracht. Daisy war, halb verhungert und ein Bild des Jammers, am Straßenrand ausgesetzt worden. Jason hatte sie zu Hope gebracht und diese hatte es niemals über das Herz bringen können, sich von dem Kätzchen zu trennen. Zwischen ihr und der treuen Kameradin war es Liebe auf den ersten Blick gewesen.

»Ich dachte, du hattest sie aufpäppeln und ihr dann ein neues Zuhause suchen wollen«, bemerkte Jason.

»Ich konnte sie nicht weggeben.« Nicht, dass Hope sich besondere Mühe gegeben hätte, Daisy loszuwerden. Eigentlich hatte sie es gar nicht erst versucht. Sie hatte nur fünf Minuten gebraucht, um sich in das liebenswerte Katzenbaby zu verlieben. »Sie ist taub. Niemand wollte sie haben«, fügte sie rechtfertigend hinzu, als Jason ihr einen skeptischen Blick zuwarf. Ihre blauäugige Katze konnte nicht hören, doch das bereitete ihr keineswegs Schwierigkeiten. Wahrscheinlich litt Daisy bereits seit ihrer Geburt an Taubheit und schien nicht zu vermissen, was sie nie gekannt hatte. Trotzdem konnte Hope sie nicht aus dem Haus lassen, da die Katze aufgrund ihrer Taubheit drohende Gefahren nicht früh genug wahrnehmen konnte, was Daisy selbst jedoch keineswegs zu beunruhigen schien.

»Das tut mir leid«, sagte Jason reumütig. »Es lag nicht in meiner Absicht, dir eine taube Katze aufzuhalsen.«

»Du musst dich nicht entschuldigen«, wandte Hope hastig ein. »Ich liebe sie. Sie leistet mir Gesellschaft.« Für Hope war es nicht leicht, ihre Reisepläne mit dem Besitz eines Haustieres zu vereinbaren, doch ihre Nachbarn kümmerten sich um das Tier, wenn sie Daisy einmal nicht mitnehmen konnte.

»Bessere Gesellschaft als dein Exfreund?«, erkundigte sich Jason in verärgertem Tonfall.

Oh ja… der.

»Definitiv«, versicherte sie nachdrücklich. Jason fuhr ihr mit den Fingern sinnlich über die Wange und sie erzitterte.

»Du frierst.« Jason nahm ihre kalte Hand und führte sie in Richtung der Tür, durch die sie in den Partyraum gelangen konnten. »Lass uns von hier weggehen! Komm mit mir!«, forderte er sie auf, als sie die Tür erreichten.

Komm mit mir!

Mir ist heute Nacht nicht nach Heuchelei zumute.

Hope blickte zu Jason auf, da sie herausfinden wollte, ob er noch von Verlangen gequält wurde. Seine Miene schien fest entschlossen, seine Kieferknochen fest zusammengepresst, doch in seinen Augen glomm ein stummes Flehen, das sie nicht ignorieren konnte.

Ich kann nicht. Nein, nein, nein. Nicht mit Jason. Ich darf diese bettelnden Augen nicht an mich heranlassen.

Schließlich gewann ihr verräterisches Herz die Oberhand. »Also gut. Ich werde dich draußen am Haupteingang treffen. Aber ich werde nicht mit dir schlafen. Falls du also nur mit mir ins Bett steigen willst, solltest du verschwinden.« Jason hatte irgendeinen Kummer und sie hätte gern genau gewusst, was ihn so quälte. Außerdem *wollte* sie mit ihm zusammen sein. Morgen mussten sie beide abreisen und wahrscheinlich dauerte es sehr lange, bis sie sich wieder über den Weg liefen. Auch wenn es äußerst gefährlich war, mit ihm allein zu sein, war die Verlockung doch zu groß, um ihr zu widerstehen. Jenseits ihrer fleischlichen Begierde hatte sie *ihn* auch als Mensch vermisst.

Ich habe nur die heutige Nacht.

»Das ist nicht *alles,* was ich will«, erwiderte Jason drohend, während er die Tür für sie öffnete.

Als sie den tiefen Klang seiner Stimme hörte, mit der er ihr zu verstehen gab, dass es ihn verlangte, mit ihr zu schlafen, rann ihr die Vorahnung wie ein kaltes Rinnsal den Rücken herunter. Sie gab ihm seine Jacke zurück. »Aber du wirst nicht versuchen, mich zu verführen?«

»Ab einem bestimmten Punkt werde ich das höchstwahrscheinlich versuchen, weil ich mich nicht dagegen wehren kann, aber du kannst jederzeit Nein sagen«, erklärte er ernst.

Genau das war aber der Haken bei der Sache. Es wird mir verdammt schwerfallen, Nein zu sagen.

Sie straffte ihre Schultern und warf ihm einen missbilligenden Blick zu. »Ich habe kein Problem damit, Nein zu sagen«, log sie, während sie an den Wänden des Partyraums entlangging, um der feiernden Menge auszuweichen.

»Hope?« Jason hielt sie von hinten freundlich am Arm fest.

»Ja?«

»Auch, wenn du Nein sagst, wird dies eine gute Nacht werden. Ich wünsche mir einfach, dass wir etwas Zeit miteinander verbringen.« Seine Stimme vibrierte vor Intensität.

Verdammt. Verdammt. Verdammt. Ich bin verloren.

Mit seinen letzten Worten hatte er ihr Schicksal besiegelt. Seine Bemerkung riss alle zu ihrem Schutz errichteten Mauern nieder, wie es keine andere Äußerung vermocht hätte. Jason sehnte sich auch nach ihrer Gesellschaft und das berührte sie. Sie konnte seine Einsamkeit spüren, die sie lindern wollte, indem sie ihm zeigte, dass sie gern mit *ihm* zusammen war.

Ohne ein weiteres Wort machte Hope auf dem Absatz kehrt und verabschiedete sich von ihren vier Brüdern und Emily, bevor sie sich ihre Jacke holte und das Jugendzentrum verließ, in dem die Party stattfand.

Als sie draußen ankam, wartete Jason bereits auf sie. Sie ergriff seine ausgestreckte Hand und spürte, wie ein elektrischer Funke auf sie übersprang. Sie hoffte inständig, diese Nacht später nicht zu bereuen.

Kapitel 2

W*ie soll ich diese Nacht überleben?*

Jason Sutherland musste ein Stöhnen unterdrücken, während er Hope betrachtete, die vor dem Kamin in ihrem Haus saß und genussvoll in den Grahamkräcker biss, den er für sie zubereitet hatte. Er beobachtete, wie sie den Kräcker aß, eine Kreation aus geschmolzener Schokolade und getoastetem Mausespeck. Sie hatte die Augen geschlossen und ab und zu schnellte ihre Zunge hervor, um die an ihren Lippen hängengebliebenen Tropfen von Schokolade und Mausespeck aufzufangen. Niemals war ihm Schokolade so erotisch erschienen.

Mist! Ich will sie!

Jasons Besitzerinstinkte rumorten in seinen Eingeweiden. Kaum konnte er das nagende Verlangen zügeln, sie an sich zu reißen und ihr selbst diese köstlichen Lippen abzulecken. Noch lange, nachdem der letzte Rest Schokolade verschwunden gewesen wäre, wäre er dieser Pflicht nachgegangen.

Ich hätte heute nicht nach Maine kommen sollen. Ich wusste doch, dass sie wahrscheinlich hier sein würde.

Ja. Er hatte es *gewusst* und zugegebenermaßen hatte ihn gerade ihre Anwesenheit besonders gereizt, nach Maine zu reisen. Sicher, er hatte die Sinclair-Brüder sehen wollen, insbesondere Grady, weil er die Frau kennenlernen wollte, die das Herz seines scheuen Freundes erobert hatte, doch er hätte sich selbst belügen müssen, wenn er nicht zugegeben hätte, dass das Wissen darum, dass Hope hier sein würde, ihn gleichermaßen abgeschreckt als auch… verlockt hatte. Schließlich hatte der Reiz, sie wiederzusehen, einen ziemlich leichten Sieg über die Macht seines Willens errungen.

Jason hatte sich über sich selbst geärgert und versucht, die quälende Begierde zu vergessen, die ihn wie ein Schlag getroffen hatte, als er die damals achtzehnjährige Hope wiedergesehen hatte. *Mein Gott!* Sie hatte gerade erst ihren Abschluss an der High School erhalten, und obwohl er damals erst dreiundzwanzig Jahre alt gewesen war, war es ihm dennoch… falsch erschienen. Hope war Gradys kleine Schwester und Jason war mit der ganzen Sinclair-Familie gut befreundet. Hope war ein trauriges, schüchternes kleines Mädchen gewesen, ein rothaariges, sommersprossiges Kind mit einem großen Herzen, und Jason hatte sich stets veranlasst gefühlt, es zum Lächeln zu bringen. Er hatte sie geliebt wie die Schwester, die er nie besessen hatte, und sie beschützt, wie jeder große Bruder es getan hätte. Trotzdem hatte sich alles verändert, als er bei ihrer Abschlussfeier hereingeschneit war. Da hatte ihn ihr Anblick vollkommen aus dem Gleichgewicht gebracht und ihre gesamte Beziehung war durcheinandergeraten. Damals hatte er sie besitzen wollen; jetzt, acht Jahre später, war sein Verlangen zu einer verdammten Besessenheit geworden. Unglücklicherweise hatte auch sein Schwanz Hope nicht vergessen können. Seit ihrem Zusammentreffen damals hatte er diese Art von alles verzehrender fleischlicher Lust nicht wieder empfunden, doch als er sie gestern auf der anderen Seite des Raumes entdeckt hatte, war sein Schwanz im selben Augenblick zu der gleichen inbrünstigen Begierde erwacht. Während all der Jahre war er jedes Mal erschaudert, wenn er von Grady gehört hatte, dass Hope mit jemandem zusammen war. Und jedes Mal, wenn er sie sah und wusste, dass sie von einem anderen Mann berührt wurde, hatte die Eifersucht an ihm gezehrt. Irgendwie hatte er diese Situation meistern können, indem er sich in Arbeit vergraben oder andere Frauen gevögelt hatte. Dabei hatte er ständig gehofft, sich mit der Zeit von der quälenden Angst befreien zu können, dass sie schließlich in einer dauerhaften Beziehung zu einem anderen Mann enden könnte.

Doch leider war diese Angst geblieben. Sein irrsinniges Verlangen, sie besitzen zu wollen, hatte sich nur noch verstärkt.

Und nun befand er sich in der Hölle.

Wenn er diese Manie für eine andere Frau als Hope entwickelt hätte, hätte er die Frau bereits vor langer Zeit verführt und versucht, sie sich aus dem Sinn zu vögeln. Doch das Problem bestand nun einmal darin, dass es sich ausgerechnet um *Hope* handelte, die er beinahe so lange kannte, wie er denken konnte. Daher fühlte er sich im Moment mit Haut und Haar durch den Fleischwolf gedreht. Er sehnte sich nicht nur bis zum Wahnsinn danach, sie zu ficken, nein, er *mochte* sie tatsächlich. Hope war eine der süßesten Frauen, die er je gesehen hatte, und sie besaß ein wahrhaft großes Herz.

Sie will mich auch.

Ihr Körper hatte eindeutig auf ihn reagiert und das machte ihn noch verrückter. Die sexuelle Chemie zwischen ihnen hatte sich zu einem schwelenden Feuer entwickelt und das machte es ihm quasi unmöglich, sie nicht zu berühren.

»Danke, dass du mir das Feuerwerk gezeigt hast.«

Hopes Stimme unterbrach Jasons wollüstige Gedanken. Nachdem sie Gradys Party verlassen hatten, waren sie zum Strand hinuntergefahren und hatten sich aus seinem Mietwagen heraus das Feuerwerk angesehen. Wie Teenager hatten sie sich an den Händen gehalten, denn er schien sie einfach nicht ganz loslassen zu können, nachdem sie nun einmal hier und… ungebunden war. Zugegebenermaßen hatte Jason mehr Augen für sie als für das in leuchtenden Farben erstrahlende Himmelsspektakel gehabt, denn ihr Gesicht war ihm so ausdrucksstark erschienen, dass er gar nicht anders gekonnt hatte. »Es freut mich, dass es dir gefallen hat«, erwiderte er schließlich mit rauer Stimme.

»Hast du es nicht genossen?«, erkundigte sich Hope neugierig. Mittlerweile hatte sie den letzten Rest ihres Kräckers verspeist und leckte sich die Finger. »Willst du dir nicht auch einen zubereiten? Ich weiß, wie sehr du Schokolade magst. Er war köstlich.«

Fuck! Nicht auch noch die Finger lecken! Will sie mich umbringen?

Als er sah, wie ihre rosa Zunge über ihre Finger strich, wünschte er sich sehnlichst, sie würde sie irgendwo auf seinem Körper zum Einsatz bringen, am liebsten unterhalb seines Nabels.

Jason zwang seine schmutzigen Gedanken zur Ruhe. Der Abend war *schön* gewesen und er wollte ihn keinesfalls verderben. Was er früher am Abend zu ihr gesagt hatte, entsprach der Wahrheit. Wenn er mit Hope zusammen war, musste er nicht heucheln und konnte er selbst sein. Nach dem Feuerwerk waren sie zu Hopes Haus auf der Halbinsel von Amesport gefahren, nachdem sie noch einen kurzen Halt an einem Nachtkiosk eingelegt hatten, um die Zutaten für die Kräcker zu kaufen. Beide hatten noch ihre Kleidung gewechselt und Jeans und T-Shirts angezogen, bevor sie es sich vor dem Kamin gemütlich gemacht hatten. »Doch, ich werde mir auch einen machen«, stimmte er zu. »Ich war nur so beschäftigt damit, dich zu beobachten. Du hast so ausgesehen, als ob es dir geschmeckt hätte.« Jason hatte es auch genossen, doch jetzt saß er auf einem unbarmherzigen Steifen.

»Das hat es auch.« Sie nickte nachdrücklich mit dem Kopf. »Ich gestatte es mir nicht mehr sehr oft, Schokolade zu essen.«

»Warum nicht?« Er schob ein Stück Mausespeck auf den Spieß und hielt ihn dann über die Glut. Wie man auch nur einen Tag auf Schokolade verzichten konnte, war ihm rätselhaft. Er war beinahe so gierig darauf wie auf Sex. Nun… nicht annähernd so gierig wie auf Sex mit Hope, doch sein Verlangen nach Schokolade war groß genug, um stets einen Vorrat davon im Haus zu haben.

Hope verdrehte die Augen. »Ich glaube, ich habe gefräßige Gene. Ich bin nicht gerade schlank, Jason.«

Jason ließ seinen Blick begehrlich über ihren Körper wandern. Sie wirkte durchtrainiert, doch offensichtlich schienen Leibesübungen ihren kurvigen Hüften und gerundetem Hintern nichts anhaben zu können. *Gott sei Dank!* Die Schlankheit eines Supermodels hatte ihn noch nie wirklich begeistert und er war froh, dass sie nie die verlockende Weichheit ihrer Hüften und ihres Pos verloren hatte, gar nicht zu reden von ihren vollen Brüsten. Sie war verdammt... perfekt.

»Ich finde, deine Gene sind gut drauf«, erwiderte er hungrig. Ihre Kurven saßen genau an den richtigen Stellen. Ihr weicher, warmer Körper schmiegte sich so gut an seinen, dass er wie extra dafür geschaffen schien. »Du bist wunderschön.«

Sie warf ihm einen überraschten Blick zu und für einen kurzen Moment verlor sich Jason in ihren smaragdgrünen, weich schimmernden Augen. Ihr feuriges Haar umrahmte ihr wunderschönes Gesicht. Jason fragte sich, ob sie *so* aussehen würde, wenn sie für ihn kommen würde.

»Du brennst«, rief Hope halb belustigt, halb erschrocken aus.

Jason brauchte eine Sekunde, um zu erkennen, dass ihre Bemerkung sich auf den Mausespeck bezog. Schnell zog er den Spieß aus dem Feuer und blies die Flammen aus. »Ich mag sie verbrannt«, log er schamlos und packte den geschwärzten Mausespeck zwischen die Schokolade und den Vollkornkräcker. Allein die geschmolzene Schokolade war es wert, den verbrannten Mausespeck zu essen.

Sie krauste die Nase, als sie sah, wie er die klebrige Katastrophe aß. »Wie kommt es, dass Dante dich nicht sucht? Wolltest du nicht bei ihm übernachten?«

»Ich habe ihn gar nicht gefragt. Wahrscheinlich nimmt er an, dass ich bei Grady geblieben bin, und Grady vermutet gewiss, ich sei bei Dante. Ich hoffe, dass sie nicht darüber reden.« Jedes der Sinclair-Geschwister besaß hier auf der Halbinsel ein eigenes Haus, obwohl Grady der Einzige war, der hier dauerhaft lebte.

»Du kannst hier bei mir bleiben. Es ist ja nicht so, als ob ich nicht genug Platz hätte«, erklärte ihm Hope ernsthaft.

Jasons Privatflugzeug parkte auf dem Flughafen außerhalb der Stadt und sein Pilot war jederzeit zum Abflug bereit. »Wahrscheinlich fliege ich einfach los. Das Flugzeug steht jederzeit zur Verfügung.«

»Anders als ihr alle muss ich tatsächlich einen kommerziellen Flug nehmen, wie die meisten normalen Menschen«, neckte Hope ihn. »Obwohl, Evan nimmt mich mit nach Colorado und dann fliegt er mit Dante weiter nach Kalifornien. Er hat dort geschäftlich etwas zu erledigen.«

Jason schluckte den letzten Bissen seines verbrannten Mausespeckkräckers herunter. »Warum willst du eigentlich nicht, dass ich dein Vermögen für dich anlege?« Hope hatte ihn nie danach gefragt, doch es hätte ihn gefreut, ihr Vermögen für sie zu vermehren, wie er es für Grady und Dante getan hatte, und ihr messbares Erbe in Milliarden zu verwandeln. Das konnte er am besten – aus *etwas* Geld *eine Menge* Geld machen.

»Geld hat mir nie besonders viel bedeutet und du bist so beschäftigt. Es ist angenehm, Geld zu haben, wenn ich es brauche, und es schenkt mir Freiheit. Aber es kümmert mich eigentlich nicht, ob mein Vermögen sich vermehrt oder nicht. Ich besitze bereits mehr, als ich jemals zu Lebzeiten ausgeben kann, selbst wenn ich extravagant wäre, was nicht der Fall ist.«

»Ich bin niemals zu beschäftigt, um mich um deine Angelegenheiten zu kümmern, Hope. Was tust du mit deinem Vermögen?«, erkundigte er sich barsch.

Sie erklärte, wie sie ihr Erbe eingesetzt hatte, nachdem sie es erhalten hatte, und Jason erschauderte. Nicht ein Cent war in soliden Aktien oder Investitionen angelegt. *Mein Gott!* »Geldmärkte und Bankkonten bringen dir nicht viel ein, Hope.« Der Investor in ihm erbebte vor Schrecken. »Ich kann nicht glauben, dass Evan nicht eingeschritten ist.«

»Niemand muss einschreiten«, erwiderte Hope ärgerlich. »Es ist mein Geld und es ist mir egal, ob es mehr wird. Das habe ich all meinen Brüdern gesagt und schließlich haben sie aufgehört, mich zu bedrängen. Ich gebe kaum etwas davon aus. Das Einzige, was ich mir jemals angeschafft habe, waren die kleine Eigentumswohnung in Aspen und meine Autos. Ich habe das College besucht, erinnerst du dich? Ich bin tatsächlich in der Lage zu arbeiten.«

Mist, sie sah sagenhaft wütend aus. Ihre grünen Augen sprühten ihm Feuer entgegen und das ließ Jason nur noch härter werden. Hope war immer schon unabhängig gewesen, weshalb ihm ihr Versager-Freund immer ein Rätsel gewesen war. Sie war zwar lieb, aber trotzdem nicht der Typ, sich mit einem Haufen Unsinn von einem Mann abzugeben, nicht einmal von ihren herrischen Brüdern. »Im Moment arbeitest du aber nicht. Du musst ein höheres Einkommen erzielen«, argumentierte er gereizt. »Besonders, wenn du weiterhin Kerle aufsammelst, die keine Arbeit haben.« *Mist!* Das saß. Es gab nichts, das ihn mehr aufregte, als der Gedanke an *irgendeinen* Mann außer ihm selbst, der Hope berührte.

»Ich bin –« Hope schloss den Mund und holte tief Luft. Sie beendete ihren Satz nicht. »Mir geht es gut«, endete sie schließlich ruhiger. Dann wandte sie ihren Blick von Jasons Gesicht ab.

»Geht es dir wirklich gut, Hope?«, fragte er ungestüm, überwand die kurze Entfernung zwischen ihnen und hob ihr Kinn an, um sie zu zwingen, ihn anzusehen. »Oder fühlst du dich gerade genauso verloren wie ich?« Es war Jason bewusst, dass ihm gerade die Kontrolle über sich entglitt, doch die Frage lag ihm am Herzen. Wer kümmerte sich um Hope? Sie hatte sich gerade von ihrem Freund getrennt. Litt sie unter einem gebrochenen Herzen? War sie glücklich in Colorado? Warum blieb sie dort, obwohl diese Beziehung endlich beendet war?

»Es geht mir gut«, antwortete sie leise und sah ihm dieses Mal in die Augen.

»Was ist mit der Trennung? Wie kann es dir gutgehen?«

Sie warf ihm ein schwaches Lächeln zu. »Ich denke, es war an der Zeit. Wir waren einfach nicht gut füreinander. Ich werde darüber hinwegkommen.« Sie machte eine Pause. »Und was ist mit dir, Jason? Stimmt etwas nicht? Du wirkst so… bekümmert.«

Aus irgendeinem Grund machte ihn die Tatsache vollkommen verrückt, dass Hope sich wie ein besorgter Freund anhörte. »Es ist alles okay, aber ich habe definitiv ein Problem.«

»Um was geht es denn?«, fragte Hope höflich.

»*Um dich*«, knurrte er. Dann nahm er ihre Hand und presste sie gegen seine pochende Erektion. »Ich kann nicht aufhören, mich nach *dir* zu sehnen. Es kommt mir so vor, als würde ich dich seit einer Ewigkeit begehren. Ich kann in mein verfluchtes Flugzeug steigen und nach New York zurückfliegen, aber auch die Entfernung ist keine Lösung mehr. Ich werde ohnehin an dich denken und mich selbst verrückt machen mit Fantasien darüber, wie ich so tief in dir bin, dass du an nichts anderes mehr denken kannst als an mich.«

Bevor sie etwas erwidern oder die flirrende Hitze zwischen ihnen verleugnen konnte, legte er ihr die Hand in den Nacken und bedeckte ihren Mund mit seinem. Er wusste nicht, wie ihm geschah, als sie sich plötzlich über seinen Schoß spreizte, ihn auf den Teppich hinunterdrückte und sich auf ihn legte. Sie krallte ihre Finger in seine Haare und küsste ihn, als ob ihr Leben davon abhinge. Ihre Zunge schnellte wieder und wieder gegen seine, als ob sie niemals körperliche Begierde verspürt hätte und diese vollkommen auskosten müsste – jetzt, da sie sie entdeckt hatte.

Er ergriff ihre Hüften und presste ihren erhitzten Unterleib gegen seine Erektion, während er den Stoff verfluchte, der sie trennte. Ihr seidiges Haar liebkoste seinen Hals und fiel wie ein Vorhang um sie herum, als sie sich so verzweifelt und gierig umarmten, dass er in ihren Mund stöhnte.

Ich. Muss. In. Ihr. Sein. Jetzt.

Schließlich löste Hope ihre Lippen von seinen. »Ich glaube, ich habe das gleiche Problem wie du«, murmelte sie atemlos. Sie vergrub ihr Gesicht an seinem Hals und wanderte mit ihrer Zunge über jedes Fleckchen nackter Haut, das sie finden konnte.

»Mein Gott!«, keuchte Jason, fassungslos, aber begeistert, dass Hope tatsächlich so wild und zügellos sein konnte. Er hielt sie über seinem Schoß gespreizt, während er sich aufsetzte. Dann griff er nach dem Saum ihres T-Shirts und zog es ihr über den Kopf. Als er den Verschluss ihres BHs öffnete, sprangen ihm ihre Brüste entgegen: voll, reif und wunderschön. Die himbeerfarbenen Brustwarzen waren vor Lust bereits hart wie kleine Kiesel. »Wunderschön.«

»Ausziehen!« Hope zerrte an seinem T-Shirt.

Glücklich gehorchte er. Schnell hatte er sich des Kleidungsstückes entledigt. Nackte Haut traf auf nackte Haut und er strich ihr mit beiden Händen über ihren entblößten Rücken.

Ich. Brauche. Sie.

Jason legte sich auf den Rücken und zog sie mit sich. Dann schob er sie von sich herunter und legte sich auf sie. Nun war ihr Körper unter ihm gefangen und sie schlang ihre Beine um seine Taille. Sein Schwanz pochte wild, als er ihr ins Gesicht blickte: Ihr Haar lag wie Flammen um ihren Kopf herum auf dem Teppich ausgebreitet und ihre Augen waren dunkel vor Leidenschaft.

»Jason, ich –«

Er meinte, einen Funken Angst in ihren Augen aufglimmen zu sehen, als er ihr einen Finger auf den Mund legte, um sie zum Schweigen zu bringen. »Sag kein Wort, Hope! Sag nicht Nein, außer, du willst das hier wirklich nicht!« Er wusste, dass sie es wollte. Sie stand genauso in Flammen wie er. Er bewegte sich an ihrem Körper hinab, öffnete den Knopf ihrer Jeans und zog den Reißverschluss herunter. Dann setzte er sich auf, um ihr die Hose von ihren wohlgeformten Beinen zu ziehen. »Ich muss dich schmecken«, knurrte er. Er musste sie dabei beobachten, wie sie zum Höhepunkt kam.

»Wie?«, flüsterte sie.

Jason beugte sich über sie. In ihren Augen leuchteten freudige Erwartung und… Verwirrung? »Mein Gott! Hast du niemals auf eine andere Art Liebe gemacht, als zu ficken?« Ihr Freund musste eine Niete gewesen sein. Wie konnte es sein, dass er Hope nicht hatte lecken wollen?

»Nein«, gab sie leise zu, »nicht wirklich.«

»Ich werde es dir zeigen.« Seine Stimme klang scheppernd vor Begierde. Er sehnte sich verzweifelt danach, ihr das Vergnügen zu bereiten, nun, da er wusste, dass er der erste Mann war, der sie auf diese Weise zum Kommen bringen würde.

Hopes nackter Körper, ausgebreitet auf dem cremefarbenen Teppich und vom Feuer beleuchtet, war ein Anblick, der sich Jason für immer ins Gehirn einbrennen würde. Sie sah aus, als wäre sie gerade seiner Fantasie entsprungen. Nein… sie sah noch besser aus.

Ich habe sie mir niemals so auch nur vorstellen können.

Nicht einmal als der auserkorene Star jeder einzelner seiner Fantasien hatte er sie so sehen können. Jason wusste genau, was er tun wollte: Er wollte sie so zum Orgasmus bringen, dass sie für jeden anderen Mann verdorben war. Er wusste, dass er ihr vollkommen verfallen war, und wollte, dass es ihr andersherum genauso erging und sie nur noch ihn wollte und niemand anderes mehr für sie existierte. Es war ihm egal, ob er sich gierig und gefräßig verhielt. Er musste Hopes Hunger auf ihn spüren.

Er senkte den Kopf auf ihre Brüste und sog eine ihrer Brustwarzen in seinen Mund, während er die andere mit seinen Fingern reizte.

»Jason«, stöhnte Hope und bohrte ihre Hände durch sein Haar, um seinen Mund fester auf ihre Brust zu pressen.

In dem Augenblick, als Hope seinen Namen in Wollust stöhnte, wusste Jason, dass er vollkommen in seiner Fantasie verloren war, und hatte keinerlei Verlangen danach, so bald wieder geweckt zu werden. Er hatte vollkommen die Kontrolle über sich verloren; sie war ihm von dem sehnsüchtigen, kehligen Klang seines Namens auf Hopes Lippen geraubt worden. Jason nahm sich zielstrebig, was er wollte, sein Geist vollkommen auf die einzige Frau fokussiert, die ihn völlig sich selbst vergessen machen konnte.

Kapitel 3

Hope war sich bewusst, dass ihr Körper den Kampf zwischen ihrem Geist und ihrer Begierde gewonnen hatte. Ihr Verlangen nach Jason war so stark, dass sie sich ihm nicht mehr widersetzen konnte; sie besaß nicht einmal mehr den Willen, sich in diesen emotionalen Widerstreit zu begeben. Sie wollte ihn einfach nur noch zur Gänze verschlingen, was sie bereits beinahe getan hatte, als sie sich auf ihn gestürzt hatte. Sie musste sich ihm verbunden fühlen und wollte mehr von ihrer aufkeimenden sinnlichen Begierde spüren. Sie hatte instinktiv reagiert und jede Zelle ihres Körpers schrie nach der Vereinigung mit Jason.

Eine Nacht. Ich will nur diese eine Nacht mit ihm haben.

Sie hatte ihre Unerfahrenheit nicht gern erklären wollen und glücklicherweise hatte Jason sie nicht dazu gedrängt. Nun nahm sie, was er ihr bot. Er erweckte ihren Körper zu vibrierendem Leben und sie wollte sich nur noch ihren Gefühlen hingeben.

Vielleicht ist es mit Jason möglich. Dies ist etwas Neues. Niemals habe ich einen Mann so begehrt.

Sie hatte ihn dabei beobachtet, wie er ihren nackten Körper mit seinen Augen verschlungen hatte. Der Hunger in seinen Augen war unbestreitbar, obwohl ihr Körper nicht perfekt war. Hope wollte diejenige sein, die diesen wunderschönen Mann sättigte, und seine und ihre eigene Leidenschaft erfahren.

Als er schließlich den Kopf auf sie herabsenkte, sein Mund ihre Brustwarze aufsaugte und seine Finger mit ihrer anderen Brust spielten, breitete sich in ihrem Bauch eine feurige Spirale aus.

»Jason«, stöhnte sie. Sie musste ihm noch näher sein. Ihre Finger fuhren in seine Haare, schlossen sich um seinen Hinterkopf und pressten seinen Kopf noch fester auf ihre Brust. Flüssige Hitze rann zwischen ihre Schenkel. Die erotischen Spielereien, die er an ihren Brüsten vollführte, schossen elektrische Stöße geradewegs in ihren Unterleib.

Vorsichtig biss er in die hart gewordenen Spitzen ihrer Brüste, erst in die eine, dann in die andere, und dann linderte er den stechenden Schmerz mit seiner Zunge. So trieb er ihre Lust höher und höher. Sie erzitterte, als seine Hand über ihren Bauch hinab wanderte und ein Finger zwischen ihre nassen Falten glitt. Endlich reizte er ihre Klitoris, doch sein Finger umkreiste das gierige Knötchen mit langsamen, frustrierenden Bewegungen, ohne es selbst zu berühren.

»Du bist so herrlich feucht«, brummte Jason an ihrer Brust. Dann wanderte sein Mund zu ihrem Bauch hinunter. »Ich muss dich schmecken.«

Hope war noch niemals dort unten von einem Mann geleckt worden und ihre Muschi bebte in begehrlicher Erwartung. Er hatte sie verblüfft, als er davon gesprochen hatte, sie schmecken zu wollen. Sie war schließlich nicht vollkommen naiv und es war auch nicht so, als hätte sie andere Frauen niemals davon sprechen gehört, doch sie begann erst jetzt zu verstehen, was fleischliche Wollust und Begierde für sie persönlich bedeutete. Offensichtlich konnte die Erfahrung aus erster Hand theoretische Informationen nicht ersetzen.

Dies ist Jason, der Mann, der seit meinem achtzehnten Lebensjahr meine Fantasien beherrscht.

Aber dies war noch besser als jede Fantasie. Er war heiß, er war hart und er war da. Er teilte ihre Schenkel mit seinen breiten Schultern und fuhr mit seiner Zunge gemächlich über ihren Bauch.

»Jason, bitte!«, bettelte sie. Ihre Hände umklammerten seinen Kopf noch fester und sie versuchte, ihn weiter hinunterzudrücken, dorthin, wo sie ihn wirklich brauchte, um das zu tun, wonach ihr Körper verlangend schrie.

Schließlich bewegte er sich und die erste Berührung seiner Zunge auf dem empfindlichen Fleisch zwischen ihren Schenkeln ließ Hope beinahe durch die Decke gehen. Jason leckte sie nicht nur, er schien ein Festmahl zu feiern: Er brummte in ihre Muschi, als ob er eine köstliche, verbotene Frucht genießen würde. Hopes Körper stand in Flammen und voller Verzückung hob sich ihr Rücken vom Teppich. »Ja«, keuchte sie, als seine Zunge über ihre Klitoris rollte, vor und zurück, und dann das pulsierende Knötchen umkreiste, bis sie meinte, den Verstand zu verlieren. »Oh Gott! So gut! So gut!«, wimmerte sie. Ihr Rücken senkte sich wieder auf den Teppich, sodass sie ihre Hüften anheben konnte, um so um Erlösung von der verzehrenden Hitze zu bitten, die sie überwältigte.

Hopes Kopf schlug auf den Teppich und sie begann, am ganzen Körper zu zittern, als Jason ihre Klitoris sanft zwischen seine Zähne nahm und die Geschwindigkeit und den Druck seiner Zungenschläge erhöhte.

»Oh Gott! Jason! Ich kann das nicht aushalten!«, schrie sie, als weißglühende Hitzewellen in ihrem Bauch explodierten und sich pulsierend in ihren Unterleib fortsetzten. Der Höhepunkt traf sie heftig und schüttelte ihren ganzen Körper. Sie stöhnte: »Jason, Jason!«

Dann wurde ihr Körper schlaff. Sie hatte sich vollkommen verausgabt. Nach Luft schnappend und glitschig vor Schweiß löste sie ihren tödlichen Griff aus seinen Haaren und ließ ihre Hände zu beiden Seiten ihres Kopfes auf den Teppich fallen.

Lieber Gott! Was Jason mit ihrem Körper angestellt hatte, hinterließ ein Gefühl der Nacktheit und Verwundbarkeit. Es war atemberaubend gewesen, aber auch beinahe beängstigend. Sie hatte ihm vollkommen die Kontrolle über ihren Körper überlassen und er hatte sie befriedigt, als ob seine Lebensaufgabe darin bestünde.

Seine willensstarke Sinnlichkeit war zu machtvoll gewesen, um ihr zu widerstehen.

Nun schob er sich an ihrem Körper hinauf und hielt sie mit seiner großen, kräftigen Gestalt unter sich gefangen. Jason besaß einen muskulösen, wohlgeformten Körper, der ihr bereits den Atem geraubt hatte, als er sein Sweatshirt ausgezogen hatte.

Jason küsste sie und sie schmeckte sich selbst auf seinen Lippen. Als sich ihr Geschmack mit seinem vermischte, zog sich ihr Unterleib in einer so überwältigenden Begierde zusammen, dass sie in seinen Mund stöhnte.

Sofort löste er mit einem unterdrückten Seufzen seinen Mund von ihrem und ging zwischen ihren Beinen auf die Knie, um an den Knöpfen seiner Jeans zu zerren. Hope beobachtete das Spiel seiner Muskeln; sein Bauch und sein Brustkorb sahen aus wie gemeißelt, perfekt geformt.

»Du bist wunderschön«, bemerkte Hope andächtig. »Ich will dich berühren.« Sie setzte sich auf und zog seine Hände von seiner Jeans. »Lass mich das machen!« Sie wollte ihre Hände und Lippen überall auf seiner goldenen Haut haben.

»Ich bin nicht schön«, knurrte er. »Und wenn du mich anfasst, werde ich die Kontrolle verlieren.«

Genau *das* wollte Hope sehen. Sie wollte diesen atemberaubenden Mann genauso explosiv zum Orgasmus kommen sehen, wie es ihr gerade widerfahren war. Ihre Hände wanderten über seine Oberarmmuskeln und seinen Brustkorb und weiter zu seinem Waschbrettbauch. Sie genoss das Gefühl warmer, weicher Haut über harten Muskeln unter ihren Fingerspitzen. Dann vergrub sie ihr Gesicht an seiner Brust und atmete tief ein. Sein Duft berauschte sie. Ihre Zunge schnellte hervor und leckte genießerisch über seine Haut. Noch während sie an einer seiner Brustwarzen sog, fummelte sie an den Knöpfen seiner Jeans herum. Bedauerlicherweise musste sie ihren Mund von ihm lösen, um alle Knöpfe öffnen zu können. »Steh auf!«, kommandierte sie heiser. So schnell wie möglich musste sie seinen Körper von der Jeans befreit sehen.

Jason erhob sich und Hope ging auf die Knie. Sie zog ihm die Hose herunter und mit ihr gleichzeitig seinen schwarzen Slip. Überrascht stieß sie die Luft aus, als ihr sein Schwanz entgegensprang.

Oh! Mein Gott!

Hastig schüttelte Jason Hose und Slip von seinen Beinen und ließ sie in einem Häufchen neben seinen Füßen liegen.

Hopes Augen weiteten sich. Sie blickte direkt auf seinen Schwanz. Ihre Augen waren auf gleicher Höhe mit seiner angeschwollenen Männlichkeit, die nervös gegen seinen Unterleib pochte.

Er ist riesig. Es wird wehtun.

Einen Augenblick ergriff sie Panik, als sie seine Länge und seinen Umfang erfasste.

Es ist Jason. Erinnere dich: Es ist Jason.

Sie hob die Hand und umfasste seinen Schwanz. Die samtige Haut über der harten Schwellung faszinierte sie. Die Spitze schillerte feucht. Ihre Zunge schnellte hervor, um den kleinen Sehnsuchtstropfen aufzufangen, der sich dort gebildet hatte. Er schmeckte nach Sünde und Lust. Sie wollte mehr.

»Hope! Tu das nicht!« Jason Stimme klang flehentlich und erstickt durch ein würgendes Stöhnen.

Er mochte vielleicht versuchen, sie aufzuhalten, aber Hope wusste genau, dass er mehr wollte, genau wie sie. Seine Hände gruben sich in ihre Haare, als sie mit der Zunge über die Spitze seines Schwanzes fuhr.

»Fuck!«, krächzte Jason. »Ich werde kommen, Hope.«

Als ob das so schlimm wäre! Er hat mir mit seinem Mund einen unglaublichen Orgasmus bereitet und ich möchte, dass er die gleiche Erfahrung macht.

Ermutigt von dem gequälten Klang seiner Stimme nahm sie ihn tiefer in ihrem Mund auf und sog so viel seiner Länge in sich hinein, wie es ihr möglich war, bevor sie ihn wieder aus ihrem Mund hinausgleiten ließ. Auch das hatte sie noch niemals zuvor getan, doch sie wusste, wie sie es machen musste. Eine Hand um die Wurzel seines Schwanzes geschlungen benutzte sie Mund und

Hand im Zusammenspiel und verlor sich in seinem Duft und seinem Geschmack.

Jason verkrallte sich in ihren Haaren und stöhnte. Er kontrollierte ihre Geschwindigkeit und zwang sie, schneller zu werden. Und Hope orientierte sich an seinen Signalen, an der Art, wie sein Körper und sein Geist reagierten.

Hope richtete ihre Augen nach oben, um sein Gesicht sehen zu können. Für sie war es wichtig, ihn zu beobachten. Jason blickte auf sie herab. Seine Augen schimmerten wie ein wirbelnder See der Wollust, begehrlich und besitzergreifend, während er ihr gefesselt zusah. Ihre Blicke trafen sich und vertieften sich ineinander. Hope behielt währenddessen ihren Rhythmus bei, denn sie wollte, dass er sich vollkommen hingab.

Und genau das geschah – und in herrlicher Souveränität. Sie beobachtete ihn. Er brach den Augenkontakt mit ihr und warf den Kopf in den Nacken. Die Muskelstränge an seinem Hals spannten sich an und er stieß ein Stöhnen aus, das nur als Qual in Verbindung mit totaler Verzückung beschrieben werden konnte.

Sein Schwanz pulsierte in ihrem Mund und Jason löste seine Hände aus ihren Haaren, damit sie seinem bevorstehenden Orgasmus ausweichen konnte. Doch das wollte sie keinesfalls. Sie wollte ihn spüren, auf ihrer Zunge schmecken und seinen Orgasmus mit ihm zusammen erleben, so wie er es bei ihr getan hatte. Seine heiße Erlösung explodierte in ihrem Rachen und sie schluckte und leckte den Kopf und den Schaft seines Schwanzes. Sie wollte keinen einzigen Tropfen missen, den sie von Jason bekommen konnte.

Jetzt fiel Jason auf die Knie. Sein Brustkorb hob und senkte sich. Jason blickte ihr in die Augen und Hope spürte, wie sie in einem brodelnden See der Emotionen ertrank.

»Mein Gott, Frau! Du hast mich beinahe umgebracht«, brummte Jason, dem das Atmen noch schwerfiel.

Sie hob ihre Hand zu seinem Kinn und strich ihm über die stopplige Wange. »Du siehst aus, als hättest du es überlebt.«

»So gerade eben«, knurrte er. »Ich wusste, dass dieser wunderschöne Mund mir gefährlich werden kann.«

Sie lachte auf, als er sie auf den Teppich hinunterzog. Dann legte er sich mit seinem kräftigen Körper auf sie und küsste sie.

Sein Mund wanderte von ihren Lippen zu ihrem Hals und er vergrub sein Gesicht in ihren Haaren. »Hope«, brummte er mit einem kehligen Laut. Plötzlich schlangen sich seine starken Hände um ihre Handgelenke und hielten sie über ihrem Kopf zusammen.

Erschrocken zerrte sie an ihren Händen, doch sie konnte sich nicht aus seinem Griff befreien.

Dies ist Jason. Kein Grund zur Panik.

Hopes Herz raste und das Gefühl, Jason ausgeliefert zu sein, erregte ihren Körper, doch ihr Geist rebellierte. Verschwommene Bilder bemächtigten sich ihrer und plötzlich befand sie sich an einem anderen Ort.

Ihre Handgelenke gefesselt und ihr Körper hilflos im Kampf gegen jemanden, der viel stärker und größer war als sie.

Vergewaltigt und so viel Schmerz; eine scharfe, quälende Lanze zwischen ihren Schenkeln, die brannte und brannte und brannte.

Ihre eigenen Schreie hallten durch den Raum, doch niemand kam ihr zu Hilfe.

Bitte, lass es vorbei sein! Lass es vorbei sein!

Entsetzen packte sie und sie fühlte einen Schrei in ihrer Kehle aufsteigen. Wild zerrte sie an ihren Handgelenken und stieß ihren Kopf verzweifelt gegen seine Schultern, bis Jason sie schließlich losließ.

Ich kann es nicht tun, egal, wie sehr ich Jason begehre. Ich kann es nicht tun.

Jason kniete sich hin, um ihren Körper von seinem Gewicht zu befreien, und blickte mit fragendem Gesichtsausdruck auf sie hinab. »Bist du okay?«

Nein, ich bin nicht okay. Ich bin gebrochen. Ich sehne mich so verzweifelt nach dir, doch ist es mir unmöglich, den letzten Schritt zu tun.

Sie atmete rasselnd, ihr Herz raste wie wild und ihr ganzer Körper schüttelte sich vor Schrecken. Nur langsam klärte sich ihr Verstand. Sie schaute an dem Mann hinauf, den sie so verzweifelt begehrte.

Jason. Er hatte ihr das intensivste Vergnügen geschenkt, das sie je kennengelernt hatte, und sie wusste, dass sie ihn befriedigt hatte, doch sie konnte sich ihm nicht vollkommen hingeben. Sie konnte sich niemandem vollkommen hingeben.

»Ich bin noch nicht bereit, Jason«, erklärte sie ihm nervös. Die Enttäuschung traf sie in heftigen Wellen und schützend schlang sie sich ihre Arme um den Leib. Die emotionale Qual verzehrte sie.

Jason zog ihren zitternden, nackten Körper auf seinen Schoß. »Zu bald nach deinem Exfreund?« Er klang besorgt, gleichzeitig aber auch etwas verärgert.

Er schlang seine Arme um sie und sie lehnte ihren Kopf an seine Schulter. »Ja.« Diese Entschuldigung war so gut wie jede andere, auch wenn sie nicht der Wahrheit entsprach. Gequälten Herzens schloss sie die Augen, aus denen Tränen rannen.

Sie hatte gehofft.

Sie hatte es gewollt.

Und sie hatte es versucht, weil es Jason war und sie ihn so verflucht begehrte.

So nahe… sie war so nahe daran gewesen, so weit gekommen…

»Hey!« Er lehnte sich zurück und nahm ihren Kopf zwischen seine Hände, um sie zu zwingen, ihn anzusehen. »Es ist in Ordnung.« Sanft wischte er ihr die Tränen von der Wange. »Ich kann warten.«

Warte nicht! Ich werde nie wieder ganz sein. Ich dachte, ich würde es sein, doch offensichtlich ist es mir nicht gegönnt. Ich kann dir niemals geben, was du begehrst. Wenn ich dies nicht mit dir *erleben kann, kann ich es mit niemandem.*

»Du wirst lange warten müssen«, versuchte sie ihm abzuraten.

Er nahm sie vom Boden hoch, erhob sich und wiegte ihren nackten Körper tröstend in seinen Armen. Hope schlang ihm die Arme um den Hals und genoss das Gefühl seiner aufgeheizten Haut an ihrer eigenen, während er sie die Treppe herauf und in ihr Schlafzimmer trug. Schnell schlug er die Decke zurück, legte sie sanft auf dem Bett ab und kroch neben sie. »Dann schlaf einfach nur neben mir!« Fürsorglich zog er Laken und Decke über sie beide und wickelte sie in einen Kokon, in dem nur sie beide existierten. Er legte seinen Arm um sie und zog sie halb auf sich.

»Ja.« Alle Spannung wich aus Hopes Körper, als sie seinen besonderen Duft einsog. Mit Jason fühlte sie sich sicher. »Nur für heute Nacht.« Sie sehnte sich nach dieser intimen Verbundenheit mit Jason. Er fühlte sich so gut an, roch so gut. Das beruhigende Streicheln seiner Hand durch ihr Haar und ihren nackten Rücken hinauf und hinunter lullte sie in ein Gefühl des Wohlbefindens, das sie nie gekannt hatte.

»Fürs Erste«, korrigierte er sie sanft mit heiserer Stimme.

Hope seufzte und fuhr ihm mit den Fingern durchs Haar. So fielen sie in Schlaf, aneinandergeschmiegt und eingelullt durch die gegenseitige Berührung.

Sie war einfach so gegangen. Keine Nachricht, kein Auf Wiedersehen. Sie war einfach weg, als ob sie nie hier gewesen wäre.

Jason setzte sich in einen der bequemen Ledersessel seines Privatflugzeugs und holte seinen Laptop hervor, missgelaunt und verärgert, weil er an diesem Morgen aufgewacht und Hope schon verschwunden gewesen war. Auch von keinem ihrer Brüder hatte er etwas gehört, die mit Sicherheit wütend geworden wären, wenn sie seinen Mietwagen vor ihrem Haus gesehen hätten. Offensichtlich hatte sie verhindert, dass sie ihn zu Gesicht bekamen, und war wahrscheinlich vorsorglich bis ans Ende ihrer Auffahrt gegangen, als ihre Brüder sie heute Morgen abgeholt hatten.

Evans Jet war bereits ein paar Stunden zuvor gestartet, bevor Jason mittags wach geworden war, und im selben Moment, in dem er das Bett neben sich leer vorgefunden und einen Blick auf die Uhr geworfen hatte, hatte er gewusst, dass Hope gegangen war. Evan hatte erwähnt, dass er um zehn Uhr starten wollte, und Jason war bekannt gewesen, dass Hope mit ihm fliegen wollte.

Fuck! Zumindest hätte sie sich von mir verabschieden können.

Jason hielt den Schlüssel, den er auf dem Küchentisch gefunden hatte, zwischen Daumen und Zeigefinger und starrte ihn intensiv an, bevor er ihn in die Tasche seines durchgeknöpften Hemdes steckte. Ob sie ihm ihre Haustürschlüssel absichtlich hinterlassen hatte oder nicht, wusste er nicht. Doch er hatte ihn benutzt, um ihr Haus hinter sich abzuschließen, als er gegangen war, und er wollte ihn behalten.

Er würde ihr Zeit geben. Trotzdem waren er und Hope noch nicht miteinander fertig. Er würde das nicht zulassen. Sie konnte ruhig weglaufen… fürs Erste.

Ich bin nicht bereit.

Ihre Worte hallten in seinem Kopf wider, immer und immer wieder. Dass er sie letztendlich nicht gefickt hatte, war nicht so wichtig. Allein das Gefühl ihrer seidigen Lippen auf seiner nackten Haut und das ihres wunderschönen Mundes an seinem Schwanz hatte ausgereicht, um ihn vollkommen umzukrempeln. Allein mit Hope zusammen zu sein, hatte zeitweilig seine Einsamkeit gemildert und seine Ruhelosigkeit geheilt, die ihn so lange geplagt hatte. Die letzte Nacht hatte ihm eine Offenbarung beschert. Wenn er an all die sinnlosen Beziehungen dachte, die er während der letzten acht Jahre geführt hatte, seitdem er sie anlässlich ihres High School-Abschlusses wiedergesehen hatte, wusste er etwas mit Sicherheit:

Ich habe stets meine Zeit verschwendet und nur auf Hope gewartet.

Langsam verflog sein Ärger und schlug in Besorgnis um, als er an die letzte Nacht dachte, an den gebrochenen Ausdruck auf ihrem Gesicht, als sie ihm erklärt hatte, sie wäre nicht bereit. Er hätte schwören können, einen Anflug von Sorge und Angst in ihren Augen gelesen zu haben. Bildete er sich das nur ein? Wahrscheinlich war es so. Hope hatte bereits einige Freunde gehabt, den letzten über sieben Jahre lang, einen Versager ohne Job, einen offensichtlichen Egoisten, wenn man Hopes Mangel an sinnlicher Erfahrung berücksichtigte.

Er hatte sie lediglich gefickt und angeschnorrt.

Dieser Gedanke macht Jason wahnsinnig. Hope hatte ein großes Herz und er konnte den Gedanken nicht ausstehen, dass irgendjemand seinen Vorteil daraus zog.

Seine Finger flogen über die Tastatur seines Laptops und öffneten sein privates E-Mail-Programm. Ungeduldig suchte er nach der Einladung, die Grady allen anlässlich seiner Verlobung geschickt hatte. Schließlich fand er sie und auch, wonach er suchte: Hopes Namen in der Verteilerliste. Er begann, eine Nachricht an sie zu schreiben:

Ich muss wissen, ob du gut zu Hause angekommen bist und ob es dir gutgeht. Falls ich nichts von dir höre, werde ich dich finden.

J.

Fester als nötig drückte er auf die *Senden* Taste.

Ihre Antwort kam noch am selben Abend, als Jason bereits wieder zu Hause in seinem Penthouse in New York war:

Ich bin zu Hause in Aspen und es geht mir gut.

H.

Jason lehnte sich in dem Schreibtischstuhl seines Heimbüros zurück und schloss die Augen. Verdammt! Er hatte sich weitere Informationen erhofft. Sicher, er hatte wissen wollen, ob sie wohlbehalten zu Hause angekommen war, trotzdem hatte er sich gewünscht, sie würde etwas ausführlicher antworten, ihm mehr erzählen und ihn wissen lassen, was sie fühlte.

Gütiger Himmel! Er begann bereits, sich wie eine Frau anzuhören, indem er Hope eine Aussage über ihre Gefühle entlocken wollte, bis sie endlich reden würde. Normalerweise vermied er emotionale Konfrontationen um jeden Preis. Er war ein Einzelkind und hatte also keine Schwestern, die ihn mit gefühlsbetontem Schwachsinn drangsalierten. Und immer, wenn eine Frau auch nur begann, emotionale Anhänglichkeit zu zeigen, war die Beziehung für ihn erledigt. Meist musste er sich darüber jedoch keine Sorgen machen. Er war vorsichtig und hielt sich an Frauen, die lediglich unverbindlichen Sex brauchten oder wollten, und auf diese Art war er meist gut zurechtgekommen.

Ich werde noch verrückt.

Mit Hope Sinclair würde er alle möglichen Verbindlichkeiten eingehen und sie hatte bereits begonnen, ihn an sich zu binden. Seltsamerweise kümmerte ihn das nicht. Gelegenheitssex gehörte für ihn ab jetzt zur Vergangenheit. Für alles andere hatte sie ihn verdorben. Und wenn er warten musste… würde er warten. Verdammt, er hatte schon acht Jahre darauf gewartet, dass sie erwachsen wurde. Jetzt wünschte er, er hätte nicht so verflucht lange gewartet.

Sie gehört mir. Sie hat immer mir gehört.

Mit der Zeit würde er Hope Sinclair für sich gewinnen und so lange halten, bis sie so viel miteinander gefickt hätten, dass sie sich wieder vergessen könnten. Das war der einzig vorstellbare Weg für ihn, seine geistige Gesundheit wiederzuerlangen.

Vielleicht werde ich mich dann wieder konzentrieren können. Vielleicht werden die Einsamkeit und die Ruhelosigkeit vergehen, wenn ich Hope so oft haben kann, wie wir beide es wollen.

Entschlossen löschte er ihre E-Mail und lud seine Geschäftsdokumente auf den Bildschirm. Er hoffte inbrünstig, nicht zu lange warten zu müssen.

Während der folgenden Monate versuchte Jason, Hope die Möglichkeit zu geben, sich von ihrer Beziehung mit ihrem Versager von einem Ex zu erholen, und übte sich schweren Herzens in Geduld.

Unglücklicherweise schien er es jedoch nicht lassen zu können, ihr zumindest einmal pro Woche eine E-Mail zu schreiben. Er wollte wissen, ob es ihr gutging, und ein geheimer Teil von ihm agierte aus vollkommen eigennützigen Gründen: Er wollte sie daran erinnern, dass er auf sie wartete. Der Text, den er an sie schickte, lautete immer gleich:

Ich möchte mich nur erkundigen, wie es dir geht.

J.

Ihre Antwort bestand immer aus den gleichen vier Worten:

Es geht mir gut.

H.

Als er ihr im Januar E-Mails schickte, ging es ihr *gut*.

Während des restlichen Winters antwortete sie ebenfalls, es ginge ihr *gut*.

Im Frühling beantwortete sie seine Nachfrage auf die gleiche Weise: Es ging ihr *gut*.

Dann, im Frühsommer, wollte sie *heiraten*.

Was. Für. Ein. Mist!

Jason befand sich in Rocky Springs, Colorado, auf einer Wohltätigkeitsveranstaltung, als er herausfand, dass Hope denselben Versager heiraten wollte, von dem Jason so verzweifelt hoffte, sie würde endlich über ihn hinwegkommen. Er hatte mit ihrem Bruder Grady gesprochen und von diesem die Neuigkeiten erfahren. Hope hatte das Thema niemals erwähnt. Ihr ging es einfach nur *gut* – laut ihrer wöchentlichen vier-Worte-E-Mail.

Sie hatte ihn niemals wissen lassen, dass sie wieder mit ihrem Exfreund zusammen war, geschweige denn, dass sie ihn heiraten wollte.

Leider ging es *Jason* nicht so *gut* mit diesen Neuigkeiten. Er hatte eine Stinkwut und genug vom Warten.

Er würde Hope endlich in sein Bett holen und das Arschloch aus ihrem Leben verdrängen. Er war auch nicht abgeneigt, unsaubere Mittel einzusetzen, falls das nötig wurde, um zum Ziel zu gelangen. Jason hatte keine Ahnung, welche Nummer dieser Kerl bei Hope abzog, um sie dazu zu bringen, ihn zu heiraten, doch das Spiel würde jetzt ein Ende haben.

Obwohl sie plante, einen anderen Mann zu heiraten, einen Kerl, der sich einen Dreck aus ihr machte, wollte Jason sie immer noch für sich haben. Und er würde sie nicht aufgeben, bevor er nicht selbst dazu bereit und das Arschloch vollständig von der Bildfläche verschwunden war. Aus irgendeinem Grund lief sie vor dem davon, was zwischen ihnen geschehen war, doch er würde sie einfangen und sie zwingen einzugestehen, dass sie ihn begehrte und nicht den Mann liebte, den sie heiraten wollte. Wenn sie einen anderen Mann geliebt hätte, wäre sie während der Feiertage nicht mit ihm intim gewesen.

Vielleicht glaubte Hope, Jason wäre nur oberflächlich gesehen ein Arschloch, doch sie würde bald herausfinden, was für ein großes Arschloch er wirklich sein konnte. Wenn es um Hope ging, war er durchaus fähig, ein skrupelloser Hurensohn zu sein, um sie zu bekommen und sie von jemandem fernzuhalten, der ihr wehtat. Sie würde eine neue Seite an ihm kennenlernen. Daher konnte es sehr wohl darauf hinauslaufen, dass sie ihn am Ende hassen würde. Doch das war besser, als wenn sie sich in einer miserablen Ehe an einen Blutsauger gebunden wiederfinden würde.

Zusammen mit Tate Colter, einem halbverrückten, schwerreichen ehemaligen Angehörigen des militärischen Sondereinsatzkommandos, heckte Jason in Rocky Springs einen Plan aus, direkt nachdem er herausgefunden hatte, dass Hope heiraten wollte. Es handelte sich um eine eigennützige, habgierige Intrige, die Hopes und sein Leben unwiderruflich verändern würde. Jason überlegte nicht erst zweimal, bevor er sich entschloss, den Plan mit Tates Hilfe in die Tat umzusetzen. Mit vor Wut und Ungläubigkeit vernebeltem Verstand steckte er mit Tate die Köpfe zusammen. Sein einziges Ziel bestand darin, Hope von jedem Mann, außer ihm selbst, fernzuhalten. Jedes andere Ergebnis wäre unakzeptabel und undenkbar gewesen.

Jason ignorierte die nagende Stimme, die ihm sagte, dass die Verhinderung der Hochzeit nicht der einzige Grund für die Wahl dieser speziellen Strategie war. Stattdessen begann er, den Plan in die Tat umzusetzen und seine Gefühle von sich abzuschotten, nachdem er sich einmal entschlossen hatte, Tates Vorschlag zu befolgen, so wie er es immer getan hatte, wenn es um ein Geschäft ging. Zwischen ihm und Hope gab es *in der Tat* unerledigte Geschäfte und er war dabei, sie abzuwickeln – dauerhaft und vollständig.

J. S. SCOTT

Kapitel 1

Rocky Springs, Colorado – Gegenwart

»Ist sie immer noch außer Gefecht?«, erkundigte sich Tate Colter neugierig, als Jason in das Wohnzimmer eines der Gästehäuser in Tates Resort zurückkehrte.

Jason hatte den unverschämt reichen Tate Colter während einer Wohltätigkeitsveranstaltung hier in Rocky Springs kennengelernt und er hatte ebenfalls an der von Colter organisierten Veranstaltung teilgenommen, als ihm zu Ohren gekommen war, dass Hope heiraten wollte. Tate war derjenige gewesen, dem dieser ganze verrückte Plan eingefallen war, und er hatte bei der Koordinierung geholfen. Als ein ehemaliges Mitglied des militärischen Sondereinsatzkommandos war Colter nicht nur wesentlich besser geeignet, diesen Plan durchzuführen, sondern auch um einiges berechnender, wenn es um Täuschungsversuche ging.

Jason blickte zu Tate hinüber, der es sich in einem Sessel bequem gemacht hatte, und runzelte die Stirn, als er sah, dass Tate sich an Hopes Laptop zu schaffen machte. »Was tust du da?«

»Ich decke all den Schmutz auf, den deine Liebste zu verbergen hat«, erwiderte Tate unbarmherzig. »Es ist erstaunlich, wie viel man über eine Person lernen kann, wenn man einen Blick in deren Computer wirft.«

Jason zog missbilligend die Augenbrauen hoch. »Du hast dich in ihren Laptop eingehackt?«

Tate zuckte mit den Schultern. »Das war nicht schwer. Sie muss ihn besser absichern. Allerdings hätte mich das auch nicht davon abhalten können, mir Zugang zu verschaffen.« Schamlos grinste er Jason an.

Jason spürte einen Anflug von Schuld, doch er schüttelte ihn ab. »Halt dich aus ihren Privatangelegenheiten heraus!«, knurrte er Tate an. Es ärgerte ihn maßlos, dass Tate Einsicht in Hopes Privatleben nahm.

»Es handelt sich doch nicht um Privatangelegenheiten, sobald es im Computer zu finden ist. Du solltest dir mal Einiges davon ansehen!« Tate konzentrierte sich jetzt wieder auf den Bildschirm. »Wusstest du, dass sie Fotografin ist? Und sie ist nicht einfach nur *irgendeine* Fotografin. Ihre Fotos erscheinen mir ziemlich drastisch.« Seine Stimme verriet eine gewisse Ehrfurcht. »Sie ist vielleicht noch verrückter als ich.«

Jason bezweifelte das. Stattdessen sollte er besser seinen eigenen Kopf untersuchen lassen, wenn er daran dachte, was er in den letzten vierundzwanzig Stunden getrieben hatte.

Nachdem er von Grady erfahren hatte, dass Hope Heiratspläne hegte und dass sie sich im Moment in Las Vegas aufhielt, wo sie eine Junggesellinnenparty besuchte, war Jason umgehend dorthin geflogen, um sie wie irgendein wahnsinniger Stalker aufzuspüren. Sie war nicht schwer zu finden gewesen und nachdem er in dem Hotel, in dem sie abgestiegen war, ihre Zimmernummer herausgefunden hatte, war er ihr gefolgt und hatte vorgegeben, geschäftlich unterwegs zu sein, obwohl das Zusammentreffen alles andere als zufällig gewesen war. Er musste die Zähne zusammenbeißen, als er ihr zu der bevorstehenden Hochzeit gratulierte – die Worte brachten ihn beinahe um. Dann lud er sie ein, das Ereignis zu begießen. Sie fiel auf seinen Plan herein und wurde recht schnell berauscht. Bereits nach wenigen Gläsern schlug sie alle Vorsicht in den Wind. Mit jedem darauffolgenden Getränk wurde sie betrunkener. Offensichtlich konnte Hope Alkohol nicht gut vertragen. Auf dem Rückflug schwanden ihr über Colorado die Sinne und Jason hatte sie in das Schlafzimmer des Gästehauses hier in Rocky Springs tragen müssen. Es handelte sich um dasselbe Haus, das er vor seinem Flug nach Vegas bewohnt hatte. Es war Colters Idee gewesen, sie hierher zu bringen, um ihr die Abreise zu erschweren. Sie befand sich nun fünf Autostunden von Aspen entfernt und verfügte über kein Fahrzeug. Und es war recht unwahrscheinlich, anderen Menschen zu begegnen, denn sie hielten sich auf dem Privatgelände der Colters auf; die Stadt Rocky Springs war meilenweit entfernt.

Tates anerkennendes Pfeifen schreckte Jason aus seinen Gedanken.

»Lass mal sehen!« Jason griff nach dem Laptop auf Tates Schoß und ließ sich in einem der anderen Sessel nieder, fest entschlossen, sich anzusehen, was Colter so verdammt beeindruckt hatte. Ganz zu schweigen von der Tatsache, dass er Colter davon abhalten wollte, die Nase noch tiefer in Hopes Privatleben zu stecken.

Verblüfft betrachtete er die Fotos der Bildergalerie, die Tate geöffnet hatte. Die Aufnahmen wirkten auf eine erschreckende Weise pur und wunderschön. Ziemlich viele zeigten riesige Tornados, aufgenommen aus unmittelbarer Nähe. Die übrigen Bilder behandelten alle möglichen Varianten von Naturgewalten, alles, angefangen bei Wirbelstürmen bis hin zu Orkanen, die Bäume spalteten, wahrscheinlich Hurrikane. »Die Fotos können unmöglich von ihr stammen«, bemerkte Jason ungläubig. Ihn schauderte bei dem Gedanken, Hope könnte sich nahe genug an so etwas verdammt Gefährlichem aufgehalten haben, um Fotos aufzunehmen.

»Doch, das sind ihre Bilder«, widersprach Tate arrogant. »Wenn du ihre E-Mails liest, dann findest du Korrespondenz, die sich auf die Fotos bezieht und ihre Urheberschaft bestätigt. Und in ihrem Koffer, den du aus dem Hotel mitgenommen hast, befindet sich eine komplette Künstlermappe. Die Aufnahmen tragen ausnahmslos ihre Signatur in der unteren rechten Ecke. Ich nehme doch an, sie trägt den Namen H.L. Sinclair. Ich habe eine Recherche vorgenommen, basierend auf ihrem Namen. In der Welt der Fotografie wird sie als Extremwetter-Fotografin idealisiert. Verdammt! Das hört sich eher nach einer Frau für mich als für dich an.« Tate zeigte Jason ein unverschämtes Grinsen. »Sie muss Eier in der Hose haben, um für diese verrückte Leidenschaft in die entlegensten Ecken der Welt zu reisen.«

»Sie hat keine Eier!«, fauchte Jason und betrachtete auch noch die übrigen Bilder, die Hope augenscheinlich selbst aufgenommen hatte. »Mein Gott! Was zum Teufel hat sie getrieben?«

»Offensichtlich hat sie fotografiert. Sie besitzt einen Universitätsabschluss in Bildender Kunst mit dem Schwerpunkt Fotografie. Das habe ich in ihrer Biographie gelesen.«

Jason blickte stirnrunzelnd auf den Bildschirm. Er hatte gewusst, dass sie einen akademischen Grad in Bildender Kunst besaß, doch er hatte *nicht* gewusst, dass sie Fotografin war. Und jetzt ärgerte es ihn maßlos, dass Tate mehr über Hope wusste als er selbst. Warum war ihm das nicht bekannt gewesen? Vielleicht, weil er Jahre mit dem Versuch beschäftigt gewesen war, sich unter Kontrolle zu halten, wenn sie sich einmal gesehen hatten. Er hatte seine ganze Willenskraft gebraucht, um dem Drang zu widerstehen, sich Hope über die Schulter zu werfen und sie irgendwohin zu bringen, wo sie nur mit ihm zusammen gewesen wäre. »Garantiert wissen ihre Brüder nichts davon. Sie hätten sie eingesperrt und den Schlüssel weggeworfen, wenn sie gewusst hätten, welche Risiken sie eingegangen ist.«

»Deshalb hat sie es ihnen wahrscheinlich niemals erzählt«, vermutete Tate geistreich. »Sie ist mittlerweile erwachsen, Mann. Sie kann tun und lassen, was immer sie will.«

»Das hier nicht!«, erwiderte Jason zornig. »Sie kann nicht um die Welt tingeln und sich selbst in Gefahr bringen.« Ihm stand jedes einzelne Haar vor Sorge zu Berge, wenn er die Bilder betrachtete, die einen Hurrikan, Taifun oder Zyklon abbildeten. Es war nicht zu erkennen, wo die Naturschauspiele fotografiert worden waren. Jason wusste lediglich, dass Hope sich *während* des verdammten Sturms dort aufgehalten haben musste. Einen der Schnappschüsse hatte sie gerade in dem Moment aufgenommen, als der Sturm ein Dach von einem Haus riss. Das Foto war der erschreckende Beweis für die immense Naturgewalt, der sie entgegengetreten war.

»Natürlich kann sie überall hinreisen. Schließlich ist sie eine erwachsene Frau«, argumentierte Tate vernünftig.

Jason hingegen konnte nicht mehr klar denken. »Jetzt gehört sie mir«, schnauzte er Tate an.

»Sie hat dir aber nicht gehört, als sie die Fotos aufgenommen hat. Und jetzt hast du sie aus Las Vegas entführt, ohne zu wissen, wer sie *jetzt* ist. Wie oft hast du sie als Erwachsene getroffen – ein halbes Dutzend Mal? Du kannst nicht erwarten, dass sie ihr Leben aufgibt, nur weil sie *freiwillig* mit dir hierhergekommen ist, denn sie war betrunken und vollkommen durch den Wind.«

Doch genau das war es, was Jason egoistischer Weise wollte. Er hatte sie mit der Absicht hierhergebracht, sich an ihr zu sättigen, bevor er sie irgendwann wieder gehen lassen würde. So zornig und verletzt, wie er darüber gewesen war, dass sie ihm nichts von ihren Heiratsabsichten erzählt hatte, hatte er nur im Sinn gehabt, Hope in sein Bett zu bekommen und sie davor zu bewahren, ein Arschloch zu heiraten. Doch jetzt war er sich nicht mehr so sicher, ob er sie überhaupt noch einmal aus den Augen lassen wollte. Er war ihr zwar immer noch böse, doch jetzt gewannen seine Beschützerinstinkte die Oberhand. Um Gottes Willen, hegte sie etwa insgeheim Todeswünsche, da sie sich dieser Art von Sturm aussetzte?

Du kennst mich nicht mehr.

Das hatte Hope zu ihm gesagt, als sie in Amesport zusammen gewesen waren. Nun stellte sich heraus… dass sie Recht hatte. »Sie führt ein geheimes Leben, von dem niemand etwas weiß«, spekulierte Jason laut, verärgert und erschrocken. Wo zum Teufel war das scheue Mädchen geblieben, das er einst gekannt hatte, und wo die süße junge Frau, die er noch gesehen hatte, kurz bevor sie aufs College gegangen war? Jedes Mal, wenn er sie nach jenem schicksalhaften Tag getroffen hatte, war sie ihm still und kleinlaut vorgekommen und hatte nichts getan, was darauf hingewiesen hätte, dass sie sich… verändert hatte.

»Wir alle haben doch unsere Geheimnisse«, bemerkte Tate nachdenklich. »Für ihr Alter hat sie eine Menge erreicht. Sie verkauft viele Fotos, die in wichtigen Publikationen erscheinen, und sie wird auf ihrem Gebiet bereits hoch geschätzt.«

»Es ist verdammt gefährlich«, erwiderte Jason gereizt. »Wie würdest du dich fühlen, wenn du jemanden lieben würdest, der sich ständig in die größten Gefahren begibt? Was wäre, wenn es sich um deine Schwester Chloe handeln würde?«

Tate runzelte die Stirn. »Ich würde sie einschließen und den Schlüssel wegwerfen.«

Jason zog eine Braue in die Höhe und warf Tate einen *habe-ich-es-dir-nicht-gesagt* Blick zu.

»Sie ist meine kleine Schwester«, rechtfertigte sich Tate.

»Genau. Jemand, um den du dich sorgst, jemand, den du beschützen willst.«

»Sie ist verlobt«, brummte Tate. »Ich habe niemals einer Frau gegenüber Gefühle dieser Art gehabt. Es war nicht möglich. Ich habe einige verrückte Himmelfahrtkommandos mitgemacht. Bei jeder meiner Missionen bestand eine gute Chance, niemals wieder zurückzukehren.«

Jason hatte Tates Gesicht betrachtet und den gehetzten Ausdruck bemerkt, der ganz kurz in dessen Augen aufgeblitzt war. Er gehörte schon längst nicht mehr dem Sondereinsatzkommando an, doch einige Erlebnisse seiner Militärzeit schienen ihn offensichtlich immer noch zu belasten. »Du bist wohlhabend, Colter. Du stammst aus einer guten Familie. Warum bist du zum Militär gegangen?« Jason fragte sich, warum sich jemand wie Tate mit diesem privilegierten Hintergrund dem Sondereinsatzkommando anschloss. Tatsächlich kannte Jason keinen einzigen Milliardär, der sich auch nur zum normalen Militärdienst gemeldet hätte.

Tate zuckte mit den Schultern. »Weil ich die Fähigkeiten hatte. Ich bin ein verdammt guter Pilot und lange Zeit war ich süchtig nach den Adrenalinschocks. Wir haben auch Gutes getan und viele Leben gerettet. Es war die Sache wert.«

Tate konnte ein ziemlich arroganter Hurensohn sein, aber Jason respektierte ihn. Ohne Zweifel hatte er Leben *gerettet*. »Aber jetzt gehörst du nicht mehr zum Einsatzkommando. Wie lautet deine Entschuldigung dafür, dass du noch immer keine Frau hast?«

»Was hast du denn für eine Entschuldigung?«, schoss Tate zurück.

»Ich habe eine Besessenheit für Hope entwickelt«, gab Jason mühelos zu. Jedes Mal, wenn er mit einer Frau zusammen war, geisterte ihm Hope im Kopf herum. Hoffentlich konnte er sich diese Fixierung durch unermüdlichen Sex mit Hope austreiben, nun, da sie hier war. Wahrscheinlich würden sie sich nach ein oder zwei gemeinsamen Tagen bereits gegenseitig satt haben.

Tate wand sich in seinem Sessel hin und her. »Nun ja, ich glaube, ich habe einfach noch nicht die Frau gefunden, die eine solche Besessenheit wert ist. Gott sei Dank!«, murmelte er mit leiser, wehmütiger Stimme.

Jason fuhr sich frustriert mit der Hand durch sein Haar. »Vielleicht ist es doch nicht so eine schlechte Sache.« Langsam machte sich der Mangel an Schlaf bemerkbar. Sein Geist vernebelte sich und in seinem Gehirn herrschte ein wildes Chaos. Er hatte so viel Neues über Hope erfahren, von dem er nichts gewusst hatte. Vielleicht würde die Tatsache, dass Hope offensichtlich eine *zwanghafte* Lügnerin war, ihn von seinem *Zwang* befreien, sie ficken und besitzen zu wollen. Verzweifelt hoffte er, dass dem so wäre. Aber obwohl er eine Stinkwut auf sie hatte, waren seine Beschützerinstinkte leider immer noch gegenwärtig und jetzt sogar noch intensiver, da er wusste, dass sie sich ständig in Gefahr begab. Bedauerlicherweise war ihm auch bewusst, dass es die Hope, die er gekannt hatte, immer noch gab. Er hatte ihre Lieblichkeit in der einen gemeinsamen Nacht während der Feiertage zu spüren bekommen und dass er nun einmal von ihr gekostet hatte, hatte eine noch qualvollere Gier nach mehr bei ihm ausgelöst.

Ich weiß nicht, wer sie jetzt ist.

»Ruh dich aus!« Tate erhob sich aus seinem Sessel. »Brauchst du noch etwas?«

»Ich muss einen Weg finden, Hopes Katze hierherzuholen«, erwiderte Jason und zog eine Grimasse. »Hope hatte doch ursprünglich damit gerechnet, nur ein paar Tage fort zu sein. Ich weiß nicht, ob irgendjemand nach dem Tier schaut.«

»Ich werde mich darum kümmern«, erbot sich Tate großzügig. »Ich werde die Katze später hier absetzen. Mit dem Helikopter dauert es nicht lange.« Er schritt zur Tür und öffnete sie.

»Tate?«, rief Jason mit erhobener Stimme, damit Tate ihn hören konnte.

»Ja?«

»Willst du nicht ihre Adresse wissen?«

Tate grinste. »Ich habe doch ihren Computer geknackt. Ich habe ihre Anschrift.«

»Die Schlüssel zu ihrer Eigentumswohnung?«

»Es gibt kein Schloss, das ich nicht öffnen könnte«, erklärte Tate arrogant. »Bis später!« Dann schloss er die Tür hinter sich.

»Eingebildeter Hurensohn«, brummte Jason, während er zur Tür hinüber schritt, durch die Tate gerade hinausgegangen war, und sie verschloss. Eigentlich ärgerte er sich mehr über sich selbst als über Tate. Colter hatte ihm schließlich geholfen, sein Ziel zu erreichen: Hope daran zu hindern, einen anderen zu heiraten, einen Mann, dem offensichtlich nichts an ihr lag und der Hope jahrelang ausgesaugt haben musste, da er doch niemals einer Arbeit nachgegangen war. Seine anderen Ziele hingen zwar damit zusammen und waren genauso dringlich, jedoch rein egoistischer Natur.

Jason versuchte, seine Schuldgefühle mit der Begründung zu beschwichtigen, dass Hope langfristig glücklicher werden würde, doch das half ihm wenig. Diese verdammte, nagende Stimme in seinem Kopf verschaffte sich wieder Gehör und er schien die Tür zu seinen Gefühlen nicht vollständig schließen zu können. Glücklicherweise war die Stimme nicht laut genug, um ihn von dem abzuhalten, was er tun musste, doch waren ihm seine Bedenken lästig, dass er Hope im Grunde entführt hatte, auch wenn sie freiwillig mit ihm gegangen war, denn sie war vollkommen betrunken gewesen.

Er setzte sich wieder hin und nahm ihren Laptop zur Hand. Er war nicht in der Lage, sich davon abzuhalten, alle Dateien, die er finden konnte, sorgfältig durchzulesen. Tate hatte den Computer offenstehen lassen und die Versuchung war zu groß, sich noch weitere Informationen über Hope zu beschaffen. Mit dem verzweifelten Wunsch, sich ein Bild von Hopes Leben machen zu können, versuchte er, die einzelnen Informationen sinnvoll zu verknüpfen. Manches ergab einen Sinn, doch vieles nicht.

Sie hatte eine große Anzahl E-Mails von einem Kerl namens David erhalten. War das der mysteriöse Verlobte? *Ich kenne noch nicht einmal seinen Namen!* Der gesamte E-Mail-Verkehr zwischen Hope und diesem Typ enthielt jedoch nichts Besonderes außer Treffpunkte und Reisepläne. Sie hatten sehr wenig private Informationen ausgetauscht, auch konnte er nichts Romantisches aus den E-Mails herauslesen. David hielt sich augenscheinlich in Oklahoma auf, wie Jason der Korrespondenz entnehmen konnte.

Neugierig gab er ihren Namen bei Google ein, so wie es Tate bereits getan hatte, und kam zu dem gleichen Schluss: Sie war eine äußerst respektierte Fotografin, die sich auf Extremwetter-Fotos spezialisiert hatte. Hope besaß sogar eine eigene Webseite, auf der er jedoch kein einziges Bild von ihr selbst finden konnte. Alle Fotos zeigten die Gewalt eines Sturms oder die Katastrophe danach.

Mein Gott! Wie verkraftet Hope diese Art von Leid und Schmerz?

Hope war eigentlich der Typ Frau, die einer tauben Katze Obdach gab, weil sie das Tier nicht leiden sehen konnte. Wie konnte sie mit derartig schweren menschlichen Tragödien fertigwerden?

Auf einigen Aufnahmen tauchte immer wieder derselbe Mann auf – ein dunkelhaariger, großer, junger Kerl, ungefähr in Hopes Alter. Er erschien normalerweise im Zentrum des Elends, genau wie die Frau, die diese Fotos aufgenommen hatte.

Ihr Verlobter?, fragte er sich empört. Verdammt, er kannte nicht einmal den Namen des Auserwählten und das ärgerte ihn maßlos. Zumindest hätte er doch wissen müssen, wie der Kerl heißt, oder nicht?

Gereizt holte Jason sein Mobiltelefon hervor und tippte Gradys Nummer ein.

»Wie heißt Hopes Verlobter?«, fragte Jason ohne Umschweife, nachdem Grady sich mit »*Hallo?*« gemeldet hatte, ohne erst umständlich den üblichen Schwachsinn auszutauschen, wie es normalerweise ihre Gewohnheit war.

»Sie redet immer nur als James von ihm. Einmal habe ich sie nach seinem Familiennamen gefragt, woraufhin sie meinte, er heiße Smith«, grunzte Grady. »Falls du versuchen willst, etwas über ihn herauszufinden, vergiss es! Ich habe es schon versucht. Weißt du, wie gebräuchlich dieser Name in Colorado ist? Ohne eine Berufstätigkeit oder irgendeine andere Information, die der Identifizierung dient, kann ich mir nicht sicher sein, welcher James Smith meine kleine Schwester übervorteilt«, gab Grady barsch zu.

»Mist!«, fauchte Jason mürrisch. »Leben sie zusammen? Ist er in Aspen?«

»Ich weiß es nicht. Hope sagt immer, es ginge mich nichts an. Sie will nie über ihn sprechen. Das Einzige, was sie mir zur Antwort gegeben hat, als ich sie danach gefragt habe, war, dass sie ihre Probleme beseitigt hätten und heiraten wollten. Außerdem hat sie mich informiert, dass sie für ein paar Tage mit Freunden nach Vegas ginge, um an einem Junggesellinnenabschied teilzunehmen. Ohne ihr zu folgen kann ich ihr die verdammte Information nicht entlocken. Und glaube mir, ich habe daran gedacht, sie beschatten zu lassen. Doch falls sie das jemals herausfinden würde, wäre sie wirklich sehr verletzt. Sie führt ein ruhiges Leben in Aspen und sie hat es immer vermieden, in den Medien zu erscheinen oder Aufmerksamkeit zu erregen«, seufzte Grady. »Wir alle haben gedroht vorbeizukommen, um den Kerl kennenzulernen. Daraufhin hat uns Hope versprochen, ihn nach Amesport zu bringen oder sich mit uns allen irgendwo zu treffen, bevor sie ihn heiratet. Bis jetzt hat sie noch nicht einmal ein Datum festgesetzt, daher habe ich sie nicht gedrängt. Sie klang sehr erschöpft an dem Tag und meinte, sie wäre sehr müde.«

Jason war nahe daran, sich zu verraten und Grady genau zu erzählen, was er getan hatte, doch er tat es nicht. Wenn Grady wüsste, dass er seine kleine Schwester in Vegas aufgesucht und sie dann so betrunken gemacht hatte, dass sie nicht mehr wusste, was sie tat, würde Grady ihm einen Arschtritt verpassen. Jason machte sich keine Illusionen darüber, dass er für seine Tat würde bezahlen müssen. Eigentlich rechnete er sogar damit. Er wollte lediglich vermeiden, die Katze zu früh aus dem Sack zu lassen. Zuerst brauchte er Zeit allein mit Hope. »Ich habe daran gedacht, ihn zu überprüfen, nachdem du mir erzählt hast, sie wolle ihn heiraten. Ich mache mir Sorgen, wenn sie einen Typ heiratet, den niemand kennt«, gab Jason zu. Jetzt war er noch besorgter als zuvor. Hope führte keineswegs das ruhige Leben in Aspen, das Grady sich vorstellte – nicht annähernd.

»Ich wusste nicht, dass ihr zwei wirklich den Kontakt miteinander aufrechterhaltet«, bemerkte Grady nachdenklich.

»Leider haben wir nicht so oft Kontakt miteinander, wie ich es mir wünschen würde«, gestand Jason. »Seit deiner Verlobung am Silvesterabend haben wir E-Mails ausgetauscht, doch habe ich mich immer als ihr Freund betrachtet.« Jason verschluckte sich beinahe an dem Wort *Freund*. Und zu behaupten, sie hätten sich gemailt, war eine Übertreibung. Er hatte ihr jede Woche einen einzigen Satz geschickt und sie hatte immer mit den gleichen vier Worten geantwortet.

Mir geht es gut.

»Verdammt nett von dir, dass du sie gern genug hast, um dir Sorgen um sie zu machen«, sagte Grady mit leiser Stimme und klang ehrlich erfreut.

Nun begann Jason wirklich, an seinen Schuldgefühlen zu ersticken. Er machte sich doch nur solche Sorgen, weil er ein egoistischer Hurensohn war, und nicht, weil er ein so gutes Herz hatte. »Ja, ich habe sie gern«, erwiderte er heiser. Zumindest entsprach seine letzte Bemerkung der Wahrheit, ungeachtet seiner Motive. »Und wie geht es Emily?«, erkundigte sich Jason neugierig.

Sofort wurde Grady munter und begann, von seiner Frau zu schwärmen. Jason musste lächeln, als sein Freund ausführlich erzählte, wie sehr Emily sein Leben verändert hatte. Offensichtlich gab es in *dieser* speziellen Ehe keine Probleme. Grady betete Emily regelrecht an und sorgte sich wie besessen um sie. Obwohl Jason sich niemals eine derartige Bindung an eine Frau hatte vorstellen können, beneidete er Grady beinahe. Grady war glücklich, der Mann hatte sich verändert und definitiv zum Guten, seit Emily in sein Leben getreten war. Einst ein einsamer Einsiedler, wurde Grady nun beinahe von ganz Amesport verehrt. Jason hegte auch keinerlei Zweifel, dass Emily ihren Mann genauso intensiv liebte wie er sie. Er hatte es in ihren Augen gesehen, als er sie während der Feiertage zusammen beobachtet hatte.

Leider war es ihm nicht möglich gewesen, ihrer Hochzeit beizuwohnen. Sie hatte zu einem Zeitpunkt stattgefunden, an dem er unbedingt ein Geschäft in London hatte abwickeln müssen, und Grady hatte darauf bestanden, die Hochzeit sehr kurzfristig zu planen, als ob er befürchtet hätte, Emily könnte ihre Meinung ändern. Damals war Jason sich nicht sicher gewesen, ob seine Verpflichtung in London einen Segen oder einen Fluch für ihn bedeutete. Denn er hatte sich zwar verzweifelt danach gesehnt, Hope wiederzusehen, doch wusste er nicht, ob er die Tatsache hätte verbergen können, dass er sie unbedingt ficken wollte. Ehrlich, er hätte sie sich vielleicht über die Schulter geworfen und sie in sein Flugzeug geladen, um sie irgendwohin zu bringen, wo sie beide hätten allein sein können.

Die Unterhaltung mit Grady zog sich noch eine weitere halbe Stunde in die Länge, wobei sie hauptsächlich über Emily und Gradys Brüder sprachen. Als sie das Gespräch schließlich beendeten, sah Jason beinahe alles doppelt und sein Körper bettelte um Schlaf.

Also begab er sich ins Schlafzimmer. Sofort wurde er hart, als er Hope im Bett liegen sah. Ihr feuriges Haar lag auf dem schneeweißen Kissen ausgebreitet. Augenscheinlich war sein Schwanz das Einzige an ihm, das nicht erschöpft war, und außerdem der einzige Teil seines Körpers, der nicht böse auf Hope war. Selbst halb ohnmächtig auf dem Bett liegend sah Hope noch atemberaubend schön aus. Die Sandalen hatte er ihr ausgezogen, doch die kurze Hose und das Top hatte er nicht angerührt.

Jeder Mann kommt irgendwann an seine Grenze!

Er wollte Hope keinesfalls anrühren, während sie bewusstlos war. Er wollte, dass sie wach war und alles bewusst wahrnahm, was passierte, wenn er das erste Mal in sie eindrang. Und genau das würde er sehr bald tun.

Sie gehört mir.

Wieder rang Jason mit seinem Gefühl für Ehre und Moral. Er fragte sich, ob jeder Mann einen Moment in seinem Leben hatte, in dem er alles tun würde, um etwas oder jemanden zu bekommen, das oder den er unbedingt haben wollte. Für ihn war es das erste Mal, dass er sich so verhielt. Zugegebenermaßen nahm er im geschäftlichen Bereich des Öfteren Risiken auf sich, doch nur, nachdem er sie vorsichtig gegen den zu erwartenden Nutzen abgewogen hatte und sich ziemlich sicher war, dass er das gewünschte Ergebnis erzielte. Doch in den vergangenen vierundzwanzig Stunden bestimmten Emotionen und Begierde sein Verhalten und es war ihm nicht einmal in den Sinn gekommen, die Konsequenzen zu bedenken.

Ich sehne mich einfach zu jämmerlich und verzweifelt danach, sie in mein Bett zu bekommen.

Was zum Teufel war los mit ihm? Er konnte noch ewig weiter mit sich hadern und die Gründe für sein Verhalten erörtern, doch es lief immer auf das Gleiche hinaus: Eigennutz. Er wollte Hope.

Spielt das überhaupt noch eine Rolle? Es ist ja nicht so, als ob ich sie für immer behalten wollte. Wir werden täglich und stündlich Sex miteinander haben, bis wir beide befriedigt sind und einander leid werden. Wenn ich mir sicher bin, dass sie nicht diesen Versager heiratet und ich sie vergessen kann, können wir diesen kleinen ungeplanten Urlaub beenden.

Jasons Miene verfinsterte sich; Körper und Geist rebellierten aus irgendeinem Grund gegen diesen Gedanken. Sein Besitzerinstinkt flammte auf, als er sie betrachtete, so unschuldig und verwundbar in ihrem Schlaf.

Sie gehört mir.

Jetzt, da er einige ihrer Geheimnisse kannte und wusste, wie sie gelogen hatte, um sie zu bewahren, wollte er sie umso mehr beschützen und in Sicherheit wissen. Obwohl er immer noch so böse auf sie war, dass er sie am liebsten aufgeweckt und geschüttelt hätte, damit sie ihm die ganze Wahrheit erzählte und ihm erklärte, warum sie gelogen hatte.

Er zwang sich, nicht mehr in Hopes Richtung zu blicken, streifte Hose und Hemd vom Körper und schloss die Fensterläden, um das Tageslicht zu dämpfen. Es war bereits später Nachmittag, doch im Zimmer war es immer noch hell.

Er schlüpfte neben sie ins Bett und lächelte, während er sich fragte, ob sie auch so entzückend schnarchte, wenn sie nicht betrunken war. Es hörte sich irgendwie… sexy an.

Sie stöhnte und rollte sich auf die Seite. Sofort streckte sie ihre Hände nach ihm aus und drapierte sich über seinen Körper wie eine mit Hitzesensoren ausgestattete Rakete. »Jason«, flüsterte sie sehnsüchtig mit leiser, schläfriger Stimme.

Sie war nicht wach, daher wunderte er sich, woher sie wusste, dass er es war und nicht ihr Verlobter.

Sie sucht mich in ihrem Bett.

Die Tatsache, dass sie nach ihm suchte, sich im Unterbewusstsein nach ihm sehnte, traf ihn wie ein Faustschlag in die Eingeweide. Beschützerisch schlang er seine Arme um sie.

»Du wirst eine Menge Fragen beantworten müssen, Frau«, flüsterte er harsch. Seine Augen schlossen sich und er hatte das Gefühl, dass Hope endlich dort war, wo sie hingehörte. Sein Schwanz war hart, doch er war damit zufrieden, es dabei zu belassen. Im Augenblick reichte die Gewissheit, dass sie hier bei ihm war und dass er vielleicht endlich seine ewigwährende sexuelle Besessenheit loswerden würde.

Er verscheuchte die Gedanken an die Zukunft und mit Hopes warmem Körper halb auf dem seinen glitt er in den Schlaf.

Hope gelang es nur mühsam aufzuwachen. Ihr Kopf dröhnte, als ob ihr jemand mit einem Hammer darauf geschlagen hätte. In ihrem Magen rumorte es vor Übelkeit. Das Licht schmerzte in ihren Augen und hastig schloss sie sie wieder. Sie legte sich eine Hand auf den schmerzenden Kopf und die andere auf ihren rebellierenden Magen.

Was zum Teufel war geschehen?

Da sie dringend ein Badezimmer aufsuchen musste – ihre Blase fühlte sich an, als würde sie gleich explodieren – öffnete sie vorsichtig ihre Augen, um sich schrittweise an das Licht zu gewöhnen.

Oh, Mist!

Nach und nach stellten sich ihre Augen auf das Dämmerlicht ein und plötzlich wurde sie neben sich eines sehr großen, sehr warmen Körpers gewahr. Überrascht warf sie ihren Kopf herum, um die Gestalt neben sich näher zu betrachten, und stöhnte laut auf – vor Schmerz aufgrund der schnellen Bewegung und vor Schreck über die Identität der unnachgiebigen Muskelmasse neben sich.

Jason?

Wo zum Teufel bin ich?

Hope quälte sich äußerst langsam aus dem Bett, entschlossen, das Badezimmer zu finden. Sie musste jedoch nicht lange suchen. Es gehörte eines zu diesem Schlafzimmer und es war so nahe, dass sie es sehen konnte. Als sie sich mit pochendem Kopf auf der Bettkante aufrichtete, erschien ihr in ihrer jetzigen Verfassung die kurze Strecke zur Toilette auf der anderen Seite des Raumes wie endlose Meilen.

Steh auf! Geh dorthin, bevor du dich in Verlegenheit bringst!

»Brauchst du Hilfe?«

Hope zuckte zusammen, als sie den dunklen Bariton vernahm. Obwohl leise und sanft, klang er in ihrem schmerzenden Kopf, als ob Jason sie angeschrien hätte. »Nein«, erwiderte sie, peinlich berührt, als sich ihre Augen unvermittelt auf fantastische Bauchmuskeln direkt vor ihr fokussierten. Er war aufgestanden und stand nun direkt vor ihr, ohne dass sie es überhaupt bemerkt hatte. Jason trug marineblaue Boxershorts und sonst nichts weiter. Schamhaft wich sie seinem Blick aus.

Ohne ein weiteres Wort nahm Jason sie auf den Arm, trug sie ins Badezimmer und stellte sie vorsichtig auf die Beine, bevor er hinausging und immer noch schweigend die Tür hinter sich schloss.

Gott sei Dank!

Hope kümmerte sich um ihre dringenden Bedürfnisse und quälte sich dann zum Waschbecken, das sie benutzte, um sich daran abzustützen, während sie sich die Hände wusch. Ihr war immer noch schwindlig. Als sie wieder aufrecht stand, drehte sich der Raum um sie.

Jetzt schob sich ein kräftiger, männlicher Arm durch die einen Spaltbreit geöffnete Tür und warf ein bequemes Nachthemd ins Badezimmer. Sie starrte einen Moment auf das Häufchen auf dem Boden, bevor sie sich zitternd auf den Toilettendeckel setzte und es aufhob. Dann entledigte sie sich all ihrer Kleider, außer der Unterwäsche, und zog das Nachthemd über den Kopf.

Ihr Mund fühlte sich an, als ob sie sich in der Wüste befände. Sie streckte die Hand nach dem Waschbecken aus und ergriff einen der umgedrehten Becher, den sie mit Wasser füllte, ohne sich darum zu kümmern, ob er sauber war oder nicht. Man hatte ihn andersherum dort abgestellt, also nahm sie an, dass er nicht benutzt worden war. Während sie in kleinen Schlückchen trank, entdeckte sie eine Zahnpastatube und einen Behälter voll verpackter Zahnbürsten neben dem Waschbecken. Sie packte eine aus und putzte sich schnell die Zähne, spülte den Mund und trank noch mehr Wasser. War sie krank geworden? Im Moment ergab nichts einen Sinn in ihrem benebelten Kopf, außer der Tatsache, dass sie sich hundeelend fühlte.

Dann öffnete sich die Tür erneut und Jason kam herein, nahm sie wieder schweigend auf den Arm und brachte sie ins Bett zurück. Nachdem er ihr einige Pillen gegeben hatte, die aussahen wie Ibuprofen, reichte er ihr noch eine Flasche eines Fitnessgetränks.

»Nimm das und iss ein bisschen! Du wirst sehen, dann geht es dir besser«, riet er ihr ruhig.

Gehorsam nahm sie die Tabletten und spülte sie mit dem Sportgetränk hinunter, während sie skeptisch das Tablett vor sich musterte. Es waren nur ein paar Scheiben Toastbrot, doch ihr drehte sich der Magen um, wenn sie auch nur daran dachte, etwas zu sich zu nehmen. »Ich glaube nicht, dass ich etwas essen kann«, jammerte sie. »Wo sind wir?«

Jason griff nach einer Scheibe Toast, brach ein kleines Stückchen davon ab und hielt es ihr vor den Mund. »Du musst etwas in deinen Magen bekommen. Kannst du dich nicht an Vegas erinnern?«

Vegas.

Das zufällige Treffen mit Jason.

Panik.

Drinks.

Größere Panik.

Noch mehr Drinks.

Folgsam öffnete sie den Mund und während sie langsam kaute, versuchte sie, das Durcheinander in ihrem Kopf zu entwirren. Ihr Gedächtnis war noch umnebelt, doch sie konnte sich daran erinnern, wie nervös sie gewesen war, weil sie befürchtet hatte, Jason könnte die Wahrheit entdecken. Sie hatte den Alkohol benutzt, um sich Mut anzutrinken, etwas, das sie noch nie zuvor in ihrem ganzen Leben getan hatte. Sie trank Alkohol normalerweise nur in kleinen Mengen, denn ihr Vater war ein tobsüchtiger Alkoholiker gewesen.

Jason fütterte sie lächerlicherweise mit der Hand und sie nahm ein weiteres Stückchen von ihm an.

Nachdem sie alles heruntergeschluckt hatte, fragte sie zögernd: »Bin ich krank?«

»Du hast einen Kater«, erklärte ihr Jason sanft. »Du warst ziemlich betrunken.«

Sie hatte noch niemals einen Kater gehabt, denn sie hatte noch niemals so viel getrunken, um diese Erfahrung machen zu können. Und sie schwor auf der Stelle, dass sie es auch nie wieder so weit kommen lassen würde. Sie fühlte sich, als ob sie durch einen gigantischen Fleischwolf gedreht worden wäre. »Normalerweise trinke ich nicht so viel«, flüsterte sie leise.

»Willkommen in der Welt der rauschenden Partys«, bemerkte Jason nachsichtig. »Du solltest noch etwas schlafen! Das ist im Moment das Beste für dich.« Schnell steckte er ihr noch ein weiteres Stück Brot in den Mund.

Hope hob abwehrend eine Hand. Sie konnte wirklich nichts mehr hinunterbringen. »Trink den Rest Flüssigkeit! Wahrscheinlich bist du dehydriert.« Dann nahm er das Tablett und ging aus dem Zimmer.

Hope nippte an ihrem Glas. Der Kopfschmerz begann nachzulassen. Als sie sich in dem riesigen, luxuriösen Schlafzimmer umblickte, fragte sie sich, in welchem Hotel Jason in Vegas abgestiegen war. Es war recht angenehm hier, vermittelte ihr aber nicht das Gefühl, sich in einem Hotel der höheren Preisklasse zu befinden.

Die Uhr neben ihrem Bett zeigte sieben Uhr morgens an. »Mein Flug«, murmelte sie erschrocken. Ihr Flieger startete frühmorgens in Vegas.

»Ist storniert«, erklärte Jason grimmig, der gerade ins Schlafzimmer zurückgeschlendert kam und sich vollkommen frei bewegte, obwohl er beinahe nackt war.

Ein Kerl wie er braucht sich nicht zu schämen.

Jason war ein fleischgewordener Adonis und ebenso überwältigend unwiderstehlich wie es der mythologischen Figur nachgesagt wurde.

»Du hast meinen Flug storniert?«, fragte sie erstaunt.

Jason suchte Zuflucht in der Ironie. »Es hat gestern keineswegs so ausgesehen, als ob du den Flug nehmen könntest. Kommerzielle

Flugzeuge transportieren keine total betrunkenen Passagiere«, erwiderte er ausweichend. »Schlaf jetzt, Hope!«

Sie leerte die Flasche mit dem Fitnessgetränk und stellte sie behutsam auf dem Nachttischchen ab. Sie wünschte, sie würde in die Küche gehen können, um sie in den Abfalleimer zu werfen, doch glaubte sie nicht, so weit laufen zu können. Ihre Augen wurden schwer und sie litt noch immer unter Kopfschmerzen. »Ich fühle mich hundeelend. Es tut mir leid, dass du hier festsitzt, weil du dich um mich kümmern musst.« Sie hasste es, dass sie so die Kontrolle verloren hatte, dass Jason für sie den Babysitter spielen musste. Augenscheinlich war sie bei ihm geblieben und er hatte sogar im selben Bett mit ihr geschlafen, um auf sie aufzupassen. Offensichtlich hatte er mit Schlafanzügen nicht viel am Hut. Vielleicht schlief er normalerweise vollkommen nackt und hatte rücksichtsvollerweise seine Unterwäsche anbehalten. Sie schluckte nervös, als sie die köstliche Vorstellung zu verdrängen versuchte, wie sein unglaublicher nackter Körper auf den zerwühlten Laken ausgebreitet lag, während er schlief.

Jason schlüpfte zu ihr ins Bett, zog ihren willigen Körper an seine Seite und bettete ihren Kopf auf seine Schulter. »Wenn du aufwachst, wirst du dich schon besser fühlen.« Er hielt kurz inne, bevor er fortfuhr: »Und vielleicht wirst du diesmal nicht schnarchen.«

»Habe ich geschnarcht?«, fragte Hope beschämt.

»Ja. Aber es war irgendwie erotisch«, erwiderte er. »Es klang wie eine laut schnurrende Katze.«

»Ich war betrunken«, antwortete sie verärgert. Dann fielen ihr die Augen zu.

Jasons leises Lachen war das Letzte, was sie hörte, bevor sie in den Schlaf driftete.

Als Hope aufwachte, konnte sie ihre Umgebung besser wahrnehmen und der quälende Schmerz in ihrem Kopf war nur noch dumpf zu spüren. Die Übelkeit hatte sich gelegt und sie war ungeheuer durstig.

Jasons Seite des Bettes war leer. Das zerbeulte Kopfkissen stellte den einzigen Hinweis darauf dar, dass seine Anwesenheit nicht nur ein wilder Traum gewesen war.

Neun Uhr abends.

Die Uhr auf dem Nachttisch bewies, dass sie den ganzen Tag verschlafen hatte. »Du meine Güte«, flüsterte sie, immer noch etwas desorientiert. Sie musste vollkommen betrunken gewesen sein, obwohl sie sich nicht erinnern konnte, wie viel sie getrunken hatte. Offensichtlich zu viel! Als sie aus dem Bett stieg, spürte sie den flauschigen Teppich unter den Füßen und seufzte leise und nervös. Wie konnte sie sich nur so betrinken? Sie ging ins Badezimmer hinüber und trank durstig eine Menge Wasser. Als sie ins Schlafzimmer zurückkam, bemerkte sie ihr Gepäck in einer Ecke des Raumes.

Wie war der Koffer hierhergekommen? Hatte Jason sie in ihrem Hotel auschecken und sie und ihren Koffer dahin bringen müssen, wo auch immer er untergekommen sein mochte?

Sie erschauderte vor Schreck, als sie ihre große Künstlermappe neben ihrem Koffer entdeckte. Die verdammten Beweise! War es möglich, dass er sie nicht beachtet hatte?

Hope zuckte zusammen, als sie eine vertraute Berührung spürte. Ihre Katze rieb sich an ihren Beinen und umkreiste sie zur Begrüßung. »Daisy?« Automatisch nahm sie das Tier auf den Arm.

Was. Bedeutet. Das?

Neugierig öffnete sie die Schlafzimmertür und blickte sich verblüfft um. Erst jetzt erkannte sie, dass sie sich definitiv nicht in einer Hotelsuite befand. Während sie Daisy nervös streichelte, ging sie den Flur entlang und gelangte in ein geräumiges Wohnzimmer mit einem offenen Kamin und hölzernen Balken, die zu ihrer Linken eine hohe kathedralenähnliche Decke trugen. Auf der rechten Seite befand sich eine wunderschöne Gastronomieküche, in der kupferne Töpfe über glänzenden Arbeitsplatten aus Granit hingen.

»Unglaublich«, murmelte sie. Wie hatte Jason einen Ort wie diesen in Las Vegas ausfindig machen können, selbst wenn er Milliarden besaß? Er musste außerhalb des Zentrums oder außerhalb der Stadt liegen.

»Geht es dir besser?«, erkundigte sich Jason von seinem Sessel aus.

Hope hatte ihn nicht gesehen. Sie war zu sehr damit beschäftigt gewesen, zur Decke hinaufzuschauen. »Ja. Ich denke schon.« Er sah zum Anbeißen aus in seiner Jeans und dem durchgeknöpften Hemd, das perfekt zu seinen wunderbar blauen Augen passte. »Was machst du? Wo sind wir hier?«

Jason erhob sich. »Ich habe darauf gewartet, dass du aufwachst.« Er klappte den Laptop zu, mit dem er sich beschäftigt hatte, und legte ihn auf den Sessel.

»Es tut mir so leid, dass das passiert ist. Ich betrinke mich niemals. Es tut mir leid, dass du dich heute Nacht um mich kümmern musstest. Ich dusche nur noch schnell und dann verschwinde ich. Ich werde den ersten Flug nach Aspen nehmen, den ich erwischen kann.«

»Es war nicht nur eine Nacht«, informierte Jason sie beiläufig. »Hope, wir haben uns vor zwei Tagen ungefähr zur gleichen Uhrzeit getroffen.«

»Z- zwei Tage?«, stammelte sie. *Unmöglich.* »Oh Gott! Ich muss nach Colorado zurück.« Schwankend setzte sie Daisy auf dem Boden ab.

»Du bist zurück.« Jason kam quer durch den Raum auf sie zu und baute sich vor ihr auf.

»In Aspen?«

»In Rocky Springs«, erwiderte er knapp.

Rocky Springs? Hope hatte bereits von dem dekadenten, luxuriösen Erholungsort gehört, doch sie war noch niemals dort gewesen. »Warum bin ich hier? Warum ist Daisy hier?«

Jason zuckte mit den Schultern. »Meine Geschäfte in Las Vegas waren beendet. Und die Katze wurde hierher gebracht, da ich mir nicht sicher war, ob sich jemand um sie kümmern würde, nachdem du aufgehalten wurdest. Ich bin mit der Colter-Familie, der dieses Anwesen gehört, befreundet. Ich hatte einiges mit Tate Colter zu besprechen, daher habe ich dich mit hierhergenommen.«

Sie hatte schon von den Colters gehört. Jeder in Colorado kannte die unverschämt reiche Familie, der hier in der Gegend quasi alles gehörte. »Okay.« Hope stieß nachdenklich die Luft aus. »Ich denke, das macht alles einfacher. Zumindest bin ich zurück. Ich muss mich bei dir bedanken, dass du mich nach Colorado gebracht hast.« Er hatte sie offenbar in seinen Privatjet getragen. Sie hatte ihm also bereits genügend Unannehmlichkeiten bereitet.

Sie würde ohne Schwierigkeiten nach Aspen gelangen. »Falls du nichts dagegen hast, nehme ich schnell eine Dusche und dann werde ich dir nicht weiter auf den Wecker fallen. In der Stadt kann ich sicherlich ein Auto mieten. Es müsste mich nur jemand dorthin bringen.« Sie machte auf dem Absatz kehrt, um sich zurückzuziehen, und schämte sich, dass sie so sehr die Kontrolle über sich verloren hatte, dass ihr die Erinnerung an zwei vollständige Tage ihres Lebens fehlte.

Sie kam jedoch nicht weit. Jason ergriff ihren Oberarm und drehte sie wieder zu sich herum. »Du wirst eine Weile hierbleiben«, informierte er sie mit teilnahmslosem Gesichtsausdruck.

»Ich kann nicht bleiben. Ich habe Verpflichtungen«, widersprach sie gereizt, irritiert von seinem herrischen Tonfall.

»Du bleibst!«, wiederholte Jason. »Und wir werden etwas zu besprechen haben. Dann werde ich dich ins Bett bringen und dich ficken, bis du an nichts anderes mehr denken kannst als an mich. Ich glaube, wir haben die Anziehung zwischen uns schon viel zu lange ignoriert.«

Hope starrte ihn verblüfft an. »Ich werde gehen und ich werde keinen Sex mit dir haben.« Sie kochte vor Wut. »Ich bin… verlobt.«

»Darüber müssen wir auch reden. Bald«, erwiderte Jason.

»Es gibt nichts, worüber wir reden müssten«, wehrte sie ab.

Ich muss von ihm wegkommen. Jetzt.

Er umklammerte ihre Schultern. »An was genau erinnerst du dich bezüglich unseres Aufenthaltes in Vegas?«

Was spielte das im Augenblick für eine Rolle? Offensichtlich war sie so betrunken gewesen, dass sie den größten Teil ihrer Rückkehr nach Colorado und der Erholungsphase von ihrem Kater nicht mitbekommen hatte. »Ich erinnere mich daran, dich getroffen zu haben. Ich erinnere mich daran, dass wir ausgegangen sind, um etwas zu trinken. Danach erinnere ich mich an fast nichts mehr«, gab sie mürrisch zu.

»Dann hast du eine Menge vergessen«, erklärte Jason geheimnisvoll. »Es wird keinen anderen Mann geben. Du bist mit niemand anderem verlobt. Du bist bereits verheiratet. Mit mir«, endete er wild. Er nahm ihre linke Hand in seine, verschlang ihre Finger ineinander und legte sich dann ihre miteinander verbundenen Hände an die Brust.

Hope schnappte nach Luft, als ihr Blick auf ihre verschlungenen Finger fiel. Der glänzende Diamant an ihrem Finger funkelte ihr spöttisch zu. Jason trug an seinem linken Ringfinger einen goldenen Reif und sie selbst einen erlesenen Diamantring, den sie bis jetzt mit ihren vernebelten Sinnen noch nicht einmal bemerkt hatte. »Nein!« Vor Entsetzen schüttelte sie heftig den Kopf.

»Doch!«, widersprach Jason. »Wir sind verheiratet, Hope.«

»Ich kann nicht mit dir verheiratet sein. Ich kann doch nicht meine eigene Hochzeit vergessen haben.« *Unmöglich!*

Er ließ ihre Hand los, die schlaff an ihrer Seite herabfiel. Wortlos griff er in die Tasche, zog ein Blatt Papier hervor und überreichte es ihr.

Hope entfaltete es unwirsch und starrte dann die Heiratsurkunde an, als handelte es sich um einen Totenschein. Hastig überflog sie die Zeilen und hielt verblüfft inne, als sie am unteren Rand ihre Unterschrift entdeckte. Die Buchstaben erschienen etwas zittrig, aber es handelte sich unzweifelhaft um ihre Handschrift. Und sie hatte sogar Jasons Familiennamen als Nachnamen benutzt. »Oh mein Gott! Das kann nicht wahr sein«, stöhnte sie.

»Es ist nur zu wahr. Als ich das Dokument gefunden habe, habe ich es überprüfen lassen. Es ist tatsächlich geschehen, Hope. Das Hochzeitsprotokoll befindet sich im Gerichtsgebäude von Vegas«, erwiderte Jason gelassen.

»Wir haben tatsächlich ein Gelöbnis abgelegt?«

»Offensichtlich«, knurrte er.

Hopes Gedanken wirbelten durcheinander und ihr Körper war vor Schock wie erstarrt, als sie zu Jasons gefasstem Gesicht aufschaute. Sein Blick bohrte sich in ihre Augen. »Warst du auch betrunken?« Das konnte die einzige Erklärung sein. Sie waren beide nicht ganz bei Sinnen gewesen. »Das ist nur ein großes Missverständnis. Wir können die Ehe annullieren lassen. Wir können ihnen erklären, dass keiner von uns beiden zu jenem Zeitpunkt zurechnungsfähig war«, erklärte sie atemlos.

»Das würde ich abstreiten«, erwiderte Jason skrupellos. »Und da du nun einmal hier bist, können wir ein paar unerledigte Geschäfte zu Ende bringen.«

Hope löste sich aus Jasons bohrendem Blick und ging in die Küche hinüber. Achtlos warf sie die Hochzeitsurkunde auf die Arbeitsplatte und stützte sich schwer auf die massive Steinplatte. Sie musste nachdenken und Distanz zwischen sich und Jason schaffen.

Wie zum Teufel konnte ich zulassen, Hope Sutherland zu werden, egal, wie viel ich getrunken hatte?

»Warum würdest du es abstreiten?« Nun schaute sie ihm wieder ins Gesicht, diesmal jedoch mit gehörigem Abstand von der anderen Seite des Raumes. »Das ist doch alles Unsinn, etwas, das aus Versehen passiert ist. Wir müssen das bereinigen.«

Jetzt bewegte er sich mit einer solch wilden Anmut auf sie zu, dass sie an einen sich anschleichenden, goldhaarigen Löwen erinnert wurde. Er legte je eine Hand seitlich neben ihren Körper auf die Arbeitsplatte, sodass sie zwischen seinen kräftigen, muskulösen Armen in der Falle saß. »Du weißt, dass ich dich ficken will, Hope. Ich glaube, das habe ich letztes Mal, als wir zusammen waren, unmissverständlich klar ausgedrückt. Doch, was am wichtigsten ist: Ich will nicht, dass du einen Mann heiratest, der dich unglücklich macht. Wir können miteinander ficken, bis wir beide genug voneinander haben, und dann und nur dann lassen wir diese Ehe annullieren.«

»All der Aufwand und den Witz von einer Ehe aufrechterhalten, nur für einen Fick?« Hope schaute verblüfft zu ihm auf, verletzt von seinem untypischen Verhalten. In seinen Augen las sie nichts als berechnende Entschlossenheit und das verängstigte sie so sehr, wie es andererseits ihren Leib mit Hitze überflutete. Dies war nicht der Jason, den sie kannte. Dies war eine völlig andere Seite von ihm, mit der sie noch niemals Bekanntschaft gemacht hatte. *Nett, dich kennenzulernen, Arschloch. Wo hast du denn den wahren Jason Sutherland versteckt?* »Du kannst mich nicht zwingen, bei dir zu bleiben!«

»So, du glaubst, das kann ich nicht?«, fragte er kalt. »Und was passiert, wenn ich deinen Brüdern erzähle, dass du uns alle seit langem angelogen hast? Wie glaubst du, würden die sich dann fühlen?«

Jason wusste es. »Das würdest du nicht tun. Sie wären äußerst verletzt«, rief Hope verzweifelt aus. Sie fragte sich, wie viel er herausgefunden hatte. Offensichtlich hatte er ihre Fotografinnentätigkeit entdeckt; ihre Künstlermappe sprach Bände. *Verdammt!*

»Warum hast du sie dann angelogen, Hope? Warum? Was meinst du, wie sich deine Familie gefühlt hätte, wenn dir etwas zugestoßen wäre und sie noch nicht einmal von deiner Tätigkeit gewusst hätten? Was wäre gewesen, wenn du in irgendeiner Naturkatastrophe umgekommen wärst und sie niemals erfahren hätten, wo du geblieben bist? Es hätte sie alle umgebracht«, erwiderte Jason und seine Stimme vibrierte vor Zorn. »Ich kann dir nur sagen, mich hätte es bis an mein Lebensende nicht zur Ruhe kommen lassen.«

»Ich verstehe nicht, warum euch alle das überhaupt kümmert. Warum geht dich das überhaupt etwas an? Wir sind nicht mehr so eng miteinander befreundet. Wir hatten eine… Begegnung während der Feiertage, aber das war auch alles. Ich bin schon seit langem erwachsen. Ich brauche deinen Schutz nicht mehr«, fauchte sie und schlug wie wildgeworden gegen seinen steinharten Brustkorb. Offensichtlich war er wütend, doch sie selbst hatte allen Grund, ihm wegen seiner Erpressungsversuche zu zürnen.

Wie dem auch sei, sie konnte nicht zulassen, dass er es ihren Brüdern erzählte. Sie wären am Boden zerstört, dass sie ihr wahres Leben nicht mit ihnen geteilt hatte. Aber es war ihr unmöglich gewesen, ihnen etwas von ihrer Tätigkeit zu erzählen. Sie würden sie festbinden oder sie ständig verfolgen, wenn sie wüssten, dass sie sich in Gefahr begab. Sie hatte es vorgezogen, ihre eigenen Interessen zu wahren. Ansonsten hätte sie ihrer Tätigkeit niemals nachgehen können. Leider würden sie nun herausfinden, dass sie sie angelogen hatte, und sie liebte ihre Brüder über alles. Ihre Lügen hatten eine unüberbrückbare Distanz zwischen ihr und ihren Brüdern geschaffen, die sie schmerzte. Doch sie hatte keine andere Möglichkeit gesehen. Nach ihrer verkrampften Kindheit hatte sie ihren eigenen Weg finden müssen, genau wie Dante es getan hatte, als er Kriminalbeamter geworden war. Da sie das jüngste und darüber hinaus einzige weibliche Familienmitglied war, hatten ihre Geschwister ihre ältere-Bruder-Beschützerrolle bis zur Perfektion getrieben. Jeder einzelne von ihnen besaß genug Geld, um sie ständig beschatten zu lassen, und das hätte sie nicht aushalten können.

»Ich habe es mir selbst zur Aufgabe erklärt, Pfirsichköpfchen«, erklärte er mit rauer Stimme. Dann nahm er ihr Gesicht in beide Hände und senkte seinen Mund auf ihren herab.

Pfirsichköpfchen? So hatte er sie schon seit ihrer Kindheit nicht mehr genannt, als er ihr erklärt hatte, die rotorangefarbenen Strähnen in ihrem Haar erinnerten ihn an reife Pfirsiche. Damals hatte sie es nicht so sehr gestört; sie war noch sehr jung gewesen und hatte den Aufwind für ihr Selbstbewusstsein benötigt. Er hatte ihr erklärt, reife Pfirsiche wären etwas Gutes und ihr Haar wäre einzigartig. Doch nun erschien ihr der Spitzname aus Kindertagen aus seinem Mund eher wie eine Verspottung als wie ein trostspendender Kosename.

»Nenn mich nicht so –« Ihr wurde das Wort im Munde abgeschnitten, als er diesen mit einem fordernden, wilden Kuss in Besitz nahm, der sie beinahe umgehend kapitulieren ließ. Tief atmete sie seinen nun schon vertrauten männlichen Geruch ein. Er schmeckte nach Minze, frischem Kaffee und purer Wollust. Seine Zunge brach durch ihre Lippen und forderte ihre Hingabe.

*Gib nicht nach! Er ist ein R*üpel. Gib nicht nach!

Ihre verräterischen Brustwarzen verhärteten sich, als sie gegen seinen Oberkörper gedrückt wurden, und plötzlich überwand ihr Verlangen nach ihm ihren Willen, sich zu wehren. Sie fuhr ihm mit den Händen durch seine *fick-mich-jetzt* Haare, klammerte sich darin fest und drückte seinen Mund noch fester auf ihren. Ihre

Münder verschmolzen miteinander und mit jedem Schlag seiner Zunge eroberte er sie ein Stückchen mehr. Er stieß auf sie ein und sie stieß zurück.

Hopes Begierde wuchs. Sie stöhnte in seinen Mund und begehrte so viel mehr, als sie möglicherweise bekommen würde. Sie wollte *ihn*, wollte *dies* schon seit so langer Zeit. Doch sie war nicht in der Lage, Jason das zu geben, wonach er verlangte, selbst wenn sie ihn den herrischen Rüpel spielen ließ, wogegen sie sich sträubte. Trotzdem sehnte sich ihr Körper danach, doch was er wirklich brauchte, war frustrierender Weise unmöglich.

Schwer atmend lösten sie sich schließlich aus dem Kuss. »Lass es gut sein, Jason!«, forderte sie ernst und stieß ihn gegen seine Schultern. »Lass los!«

Als sie sich aus seiner Umarmung befreite, hätte sie schwören können, ihn das Wort »niemals« flüstern zu hören. »Ich werde mich duschen und dann verschwinden.«

»Ja, geh duschen!«, knurrte er. »Und dann werden wir etwas essen und du wirst mir genau erklären, warum du es für nötig befunden hast, alle anzulügen, die dich gern haben. Meine Drohung war kein leeres Gerede, Hope«, warnte er sie eindringlich.

»Dafür werde ich dich immer hassen«, erklärte sie zornig. Sie war wütend auf sich selbst, dass sie sich noch immer auf so unkontrollierbare Weise von ihm angezogen fühlte, obwohl er sich wie ein Arschloch benahm. »Was zum Teufel stimmt nicht mit dir? Was ist mit dem Jason passiert, der mich vor Rüpeln beschützt hat, anstatt selbst einer zu sein?«

»Er wurde dazu erzogen, ein Arschloch zu sein«, antwortete er verdrießlich. Seine azurblauen Augen schienen jetzt eisig und dunkel. »Hasse mich, wenn du dich besser damit fühlst! Doch ich werde dich nicht gehen lassen, bevor ich nicht bekommen habe, was ich will.«

Hurensohn!

Jason zu hassen wurde mit jedem Wort, das er von sich gab, leichter, und bevor sie sich versah, war sie zu ihm hinüber geeilt und ließ ihre Hand durch die Luft sausen, einzig und allein beherrscht von dem Gedanken, ihm den selbstgefälligen Ausdruck aus seinem Gesicht zu wischen.

Klatsch!

Die Befriedigung, ihre Hand auf seinem eisigen Gesicht zu spüren, überwog den brennenden Schmerz auf ihrer Handfläche bei weitem. Wie konnte er es wagen, sie zu erpressen, damit er ihr an die Wäsche gehen konnte?

Seine schockierte Miene war Gold wert und Hopes Zorn entbrannte aufs Neue, als er ihre Handgelenke festhielt, um sie davon abzuhalten, ihn noch einmal zu schlagen.

In Wahrheit war sie nicht nur maßlos verärgert, sondern enttäuscht und verzagt und wunderte sich, was aus dem Jason geworden war, den sie gerngehabt hatte. Dieser Mann war vollkommen anders und ihr Herz trauerte um den Jason, der jedes ihrer Geheimnisse für sich behalten und niemals etwas dafür verlangt hatte.

»Bedeutet das, dass du beschlossen hast, mich zu verachten?« Er legte sich eine Hand auf die gerötete Wange. »Das spielt keine Rolle.«

Für einen kurzen Augenblick meinte Hope, einen verletzten, traurigen Ausdruck in seinen ansonsten kalten Augen entdeckt zu haben… aber im nächsten Moment war er schon wieder verschwunden.

»Ich weiß wirklich nicht, wie du etwas anderes erwarten kannst.« Hope entwand ihm ihre Handgelenke. »Ich gebe zu, dass… ich mich besoffen habe, was normalerweise niemals vorkommt. Ich gebe zu, dass… ich nicht gerade sehr mitteilsam war, was die Tätigkeit anbelangt, die ich mir erwählt habe. Doch das ist allein meine Sache. Ich bin eine erwachsene Frau. Was ich beschließe, den Leuten zu erzählen oder nicht, geht dich nichts an. Ich bedeute dir nichts und du bist nichts weiter für mich als ein alter Freund aus Kindheitstagen.«

Lügnerin! Hopes Herz raste. Es war voll Trauer und Schmerz um den Mann, den sie so verzweifelt begehrt hatte und der so anders war als der Jason, der nun vor ihr stand.

»Du bedeutest mir alles andere als nichts. Und du kannst sagen, was du willst: Dein Körper will mich, auch wenn du mich verabscheust«, erklärte er stur. »Du bist mit mir verheiratet. Offensichtlich habe ich dich nicht zu deinem Eheglück gezwungen. Ich trage auch einen

Ring an meinem Finger und niemand kann mich zu etwas zwingen. Ich bitte dich lediglich um etwas Zeit.«

»Du forderst mich dazu auf, deine Hure zu spielen, damit du meinen Brüdern die Wahrheit verschweigst. Du bittest mich nicht um etwas Zeit, Jason. Du erpresst mich, deine Prostituierte zu sein«, erwiderte sie wütend und atemlos.

»Ich bitte dich sehr wohl um Zeit. Der nötige Sex zwischen uns ist eine gegebene Tatsache. Mein Gott! Fühlst du nicht die sexuelle Spannung zwischen uns?« Er raufte sich frustriert die Haare. »Und. Du. Bist. Nicht. Meine. Hure.« Voller Zorn betonte er jedes einzelne Wort. »Du bist meine Frau.«

»Nicht mehr lange«, fauchte sie, immer noch verärgert, doch ebenso verwirrt. Jason machte ein beleidigtes Gesicht angesichts ihrer Beschreibung seiner Intrige und das ergab keinen Sinn. War es nicht genau das, was er verlangte? »Und Sex zwischen uns ist nicht eine Notwendigkeit, im Gegenteil, er ist unmöglich.«

Sie war nicht mehr in der Lage, noch ein einziges Wort aus seinem Munde zu hören, ohne dass ihr das Herz aus dem Leib gerissen wurde. Also ließ sie ihn stehen und lief ins Schlafzimmer. Hastig verriegelte sie die Tür hinter sich und zerrte eilig ein paar Kleidungsstücke aus ihrem Koffer. Es überraschte sie, neben ihrem Koffer in einer großen Tasche weitere Jeans, Shorts und bequeme Kleidung zu finden, alles Dinge, die sich in ihrer Eigentumswohnung befunden hatten. Jemand musste in ihrer Wohnung gewesen sein, was ihr eine Gänsehaut verursachte. Wer auch immer Daisy hierhergebracht hatte, musste ihr auch die Kleidungsstücke mitgebracht haben. Hope erschauderte vor Empörung. Sie schnappte sich eine saubere Jeans und ein Top, ging ins Badezimmer und schloss schnell die Tür hinter sich, bevor die Tränen zu fließen begannen.

Jason griff schweren Herzens nach den Schlüsseln für seinen Mietwagen. Also hasste ihn Hope am Ende. Nun ja, damit gab es schon zwei Menschen in diesem Haus, die ihn hassten, denn er selbst verabscheute sich jetzt auch.

Man musste einräumen, dass *nicht alles* eine Lüge gewesen war, was er ihr erzählt hatte. Er hatte sie lediglich glauben lassen, er selbst wäre auch nicht zurechnungsfähig gewesen, als sie geheiratet hatten, und hatte ihre diesbezügliche Vermutung bestätigt. Verflucht! Sie war bereits ausgeflippt, weil er sie zum Bleiben gezwungen hatte. Er konnte sich ihren Zorn vorstellen, wenn sie entdeckte, dass er nicht nur nicht ganz ehrlich gewesen war, sondern von Anfang an alles so inszeniert hatte, dass ihre Heirat stattfinden konnte.

Jason hatte sich selbst daran erinnern müssen, dass sie selbst gelogen hatte, dass sie nicht die Frau war, für die er sie gehalten hatte. Allein dieser Umstand und die Tatsache, dass sie sich für den Rest ihres Lebens mit einem Versager unglücklich gemacht hätte, wenn er nichts unternommen hätte, hatten ihn in die Lage versetzt, sich wie ein herzloser Hurensohn zu verhalten.

Jetzt jedoch sah Jason die Enttäuschung, die sich hinter ihrem Zorn verbarg, und das brachte ihn um.

Seine Hand fuhr über seine noch brennende, gerötete Wange und er lächelte. Der Schmerz bewies ihm, dass Hope sich verteidigen konnte, wenn sie wütend war. Damit konnte er umgehen. Das war weitaus besser als der desillusionierte Blick, den sie ihm zugeworfen hatte und der besagte, dass sie das Vertrauen in ihn verloren hatte.

Jason versuchte, sich nicht von diesem Blick verfolgen zu lassen, als er durch die Tür hinausging und diese hinter sich schloss.

Kapitel 3

Ich kann mich nicht für immer im Badezimmer verstecken.

Hope fühlte sich schon viel besser nach dem Duschen, doch sie verzichtete darauf, sich zu schminken oder gar die Haare zu föhnen. Sie spürte immer noch die Lethargie des noch nicht ganz überstandenen Katers und außerdem drängte es sie nicht im Geringsten, Jason noch einmal gegenüberzutreten.

Ich muss einen Weg finden, ihn davon abzuhalten, mit meinen Brüdern zu reden. Es gab eine Zeit, als er ein Geheimnis wahren konnte. Kann er das jetzt auch noch?

Es nagte an ihr, dass sie auf seine Forderungen eingehen musste, doch sie wusste bereits, dass sie keinen Sex mit ihm haben würde. Konnte sie ihm trauen, wenn sie ihm die Zeit gab, die er verlangte, aber er nicht das bekommen würde, was er begehrte? Hatte sie genug Vertrauen zu ihm, um zu glauben, dass er sie nicht an ihre Brüder oder irgendjemand anderen verraten würde? Das Problem bestand darin, dass Jason so anders war als der junge Mann, den sie aus ihrer Kindheit kannte. Ja, er unterschied sich sogar von dem Mann, der Monate zuvor ihre Welt ins Wanken gebracht hatte, mit Intimitäten, nach denen sie sich jetzt sehnte.

Also wer zum Teufel ist nun der wahre Jason Sutherland? Und wie konnte es dazu kommen, dass ich mit ihm verheiratet bin?

Wie hatte sie das nur zulassen können? *Dumme, dumme Frau! Was habe ich mir dabei gedacht?* Offensichtlich hatte sie überhaupt nicht gedacht. Ihr Denkvermögen war unter dem Einfluss von viel zu viel Alkohol beeinträchtigt gewesen. Das zufällige Zusammentreffen mit Jason in Las Vegas hatte sie vollkommen aus dem Gleichgewicht gebracht. Sie erinnerte sich nur noch daran, dass er sie zu einem Drink in die Hotelbar eingeladen und dass sie befürchtet hatte, er könnte ihre Geheimnisse entdecken. Daher hatte sie ein weiteres Getränk zu sich genommen, um sich zu entspannen – und noch eines und noch eines.

Irgendwie konnte sie sich nur schwer vorstellen, dass Jason so betrunken gewesen war, dass er sie geheiratet hatte, doch offensichtlich war es so gewesen. Er war ein Mann, der gern die Kontrolle behielt, und es war schwierig, sich vorzustellen, dass er diese Haltung aufgegeben und sich am Ende verheiratet gesehen hatte.

Gedankenverloren starrte sie auf den glitzernden Diamanten an ihrer linken Hand. Der große Stein blinzelte ihr spöttisch zu. Er war wunderschön in seiner Schlichtheit, ein einzelner Diamant, eingebettet in einen Ring, in den keltische Knoten eingraviert waren. Sie wusste, das Schmuckstück mit dem großen Stein und dem komplizierten Design musste sehr teuer gewesen sein. »Ich muss das zu einem Ende bringen«, flüsterte sie aufgeregt vor sich hin. Sie senkte die Hand. Eigentlich war es unwichtig, *wie* diese Heirat zustande gekommen war. Wichtig war nur, wie schnell sie sie annullieren lassen und wie sie Jason dazu bringen konnte, sie nicht an ihre Brüder zu verraten. Sie musste in ihr eigenes Leben zurückkehren und sich um ihre eigenen Angelegenheiten kümmern, auch wenn Jason das nicht gefiel.

Warum kümmerte ihn das überhaupt? Offensichtlich wollte er mit ihr schlafen, doch welcher Mann – welcher Milliardär, der jede Frau haben konnte, die er wollte – heiratete eine Frau wie sie, selbst wenn sein Hirn zeitweilig *nicht* funktioniert hatte? Ehrlich, sie konnte nicht verstehen, warum er sie erpresste, nur um Zeit mit ihr zu verbringen. Jason konnte beinahe jede Frau dazu veranlassen, ihr Höschen herunterzulassen. Warum sollte er den begangenen Fehler noch weiter treiben, nur wegen der Hoffnung auf Sex mit ihr – was sowieso aussichtslos war? Das würde auf keinen Fall stattfinden.

Aufdringlicher, arroganter Besserwisser!

Er mochte verletzt und zornig sein, weil er herausgefunden hatte, dass sie eine Lügnerin war. Aber warum? Ihre Lügen hatten doch sein Leben nicht wirklich beeinflusst, obwohl er mit ihren Brüdern befreundet war. Vielleicht war er so ausgeflippt, weil sie diese angelogen hatte, und möglicherweise hatte er einen ausgeprägten Gerechtigkeitssinn, wenn es um seine Freunde ging. Zugegebenermaßen war ihr immer bewusst gewesen, dass ihre Lügen eines Tages auf sie zurückfallen würden, sie hatte sich nur nicht vorstellen können, dass es auf diese Weise geschah. Und Jason gegenüber wollte sie sich am allerwenigsten rechtfertigen müssen.

Er wird es niemals verstehen.

Es war eher unwahrscheinlich, dass der unbeugsame Mann, mit dem sie sich gerade auseinandergesetzt hatte, verstehen konnte, *warum* sie auf diese Weise handeln musste. Wusste sie manchmal doch noch nicht einmal, ob sie sich selbst vollkommen verstehen konnte.

Beende diese Sache, Hope!, sagte sie sich nachdrücklich. Entschlossen öffnete sie die Schlafzimmertür und zwang sich, ins Wohnzimmer zurückzugehen.

Jason kam gerade mit einem Arm voll weißer Papiertüten zur Tür herein. »Abendessen«, bemerkte er lässig. »Ich koche nämlich nicht sehr gut.«

Hope nahm ihm einige Tüten ab und stellte sie auf den Küchentisch. »Hungrig?« Sie betrachtete die Unmengen an Lebensmitteln. Für den Augenblick hatte sie ihren Ärger vergessen.

»Ich bin am Verhungern«, gab er mit einem schüchternen Lächeln zu. »Ich fürchte, ich habe etwas übertrieben.«

Sein Lächeln brachte sie aus dem Gleichgewicht. Seine Miene glich so sehr dem alten Jason, dass ihr Herz wild zu schlagen begann. Sie knabberte vor Konzentration an ihrer Unterlippe, als sie versuchte, in seinem Gesicht zu lesen, um beurteilen zu können, ob sie jetzt über diese Sache reden konnten, ohne wütend zu werden.

Angesichts der riesigen Essensmengen, die Jason angeschleppt hatte, musste sie zugeben, dass er tatsächlich maßlos übertrieben hatte. Sie holte Teller aus dem Schrank und packte riesige Burger, Pommes frites, frittierte Champignons und sogar einige Prärie-Austern aus.

Nachdem sie sich gesetzt hatten, aßen sie schweigend; beide konzentrierten sich auf ihr Essen. Jetzt, da ihr Magen sich wieder beruhigt hatte, spürte Hope ihren Hunger, und außerdem wollte sie nichts sagen, was den eisigen Jason wieder aufwecken würde, mit dem sie vor einer Weile so erbittert gestritten hatte. Er schien entspannter und zugänglicher zu sein. Sie nahm eine der Austern, schob sie sich in den Mund und stöhnte beinahe auf, als sie zu kauen begann. »Die sind fantastisch.«

Nachdem Jason den letzten Rest seines zweiten Burgers vertilgt hatte, streckte er die Hand aus und nahm sich ebenfalls eine der Austern. »Der Besitzer des Burgerladens meinte, sie seien eine Spezialität des Hauses.« Nachdem er die erste Auster verspeist hatte, griff er nach einer zweiten. »Sie sind gut. Ich weiß, dass es keine richtige Austern sind. Sie schmecken beinahe wie Hühnerfleisch. Woraus bestehen sie?« Er steckte sich die Auster in den Mund und sah sie fragend an.

Böswillig wartete Hope, bis er zu kauen begann. Erst dann antwortete sie ihm. »Bulleneier. Kälberhoden. Sie schmecken tatsächlich köstlich, wenn sie richtig zubereitet sind. Es gibt wirklich nichts Besseres, als sich an frisch gebratenen Hoden zu laben«, erklärte sie neckend, nahm sich eine weitere Auster, schob sie sich genüsslich in den Mund und warf ihm einen unschuldigen Blick zu.

Treffer!

Hope unterdrückte ein schadenfrohes Lächeln, als Jason würgen musste. Hastig schnappte er nach seinem Sodawasser und spülte die Auster mit mehreren großen Schlucken hinunter. Vor Ekel verengten sich seine Augen. »Das ist scheußlich«, knurrte er. »Warum hast du mich nicht gewarnt?«

Gelassen zuckte sie mit den Schultern, obwohl sie sich ziemlich sicher gewesen war, dass er so reagieren würde. Jeder ihrer Brüder hätte die gleiche Reaktion gezeigt. »Du bist doch ein weitgereister Mann. Probierst du auf deinen Reisen die lokalen Gerichte nicht? Oder hast du Mitleid mit dem armen Bullen?«

Der angeekelte Ausdruck auf seinem Gesicht war Gold wert und Hope wünschte sich, einen Fotoapparat zur Hand zu haben. Obwohl Jason gewillt war, beinahe alles zu essen, war er offensichtlich bei Bullenhoden an seine Grenze gelangt. Sie selbst hatte lange genug in Colorado gelebt, um diese ungewöhnliche Spezialität aus den Rocky Mountains schätzen zu lernen. Sie hatte keineswegs gelogen, als sie ihm erklärt hatte, sie würden besonders gut schmecken, wenn sie richtig zubereitet wären. Und die Austern, die er mitgebracht hatte, waren vorzüglich… falls man Bullenhoden mochte.

»Ich habe alle möglichen lokalen Gerichte probiert, doch es gibt etwas, das man unmöglich essen kann –« Er warf einen finsteren Blick auf die Austern. »Das hier!«

Hope brach in brüllendes Gelächter aus und fing beinahe an zu schnauben, als sie diese komische Seite von Jason sah, die sie noch niemals zuvor an ihm bemerkt hatte. Er sah aus wie ein kleiner Junge, der seinen Erbsenbrei nicht essen will, und sie wünschte sich einmal mehr, ihre Kamera griffbereit zu haben. Sie wusste nicht, ob sie diese Miene noch einmal zu Gesicht bekommen würde, und sie wollte sie gern einfangen. Der selbstgefällige, selbstsichere, hinreißende Jason Sutherland wirkte wie ein trotziges Kind.

Er schob die Schachtel mit den restlichen Austern in ihre Richtung. »Das ist nicht lustig. Manche Sachen sind einfach zu persönlich, um sie essen zu können.«

Hope gluckste vor Lachen. »Der Bulle hat sie sicher auch als sehr persönlich empfunden. Du *empfindest* Mitleid. Ich nehme an, dass du nicht sehr oft nach Colorado reist.«

»Nur selten. Und niemals sind mir diese… Dinger angeboten worden.«

Er konnte das zutreffende Wort nicht einmal aussprechen, was Hope maßlos belustigte. »Warum nur habe ich das Gefühl, dass meine

Brüder genauso empfinden würden?« Hope lächelte. Augenscheinlich hatten Männer, die über einen Testosteronüberschuss verfügten, ein großes Problem damit, Hoden zu verspeisen.

»Mit Sicherheit«, stimmte Jason zu und verzog das Gesicht. »Das löst in mir den Wunsch aus, ein paar an Grady zu schicken, ohne ihm zu sagen, um was es sich handelt.«

»Gib es zu: Wenn du nicht gewusst hättest, was du gegessen hast, würdest du sie mögen. Sie schmecken wirklich gut.« Hope wollte ihn unbedingt dazu bringen zuzugeben, dass die lokale Spezialität wirklich köstlich war. »Sie schmecken noch besser, wenn du sie mit einer scharfen Cocktailsauce zusammen isst, aber leider haben sie dir keine mitgegeben.«

»Ich weiß aber *jetzt*, um was es sich wirklich handelt. Und ich kann nicht glauben, dass du diese Dinger tatsächlich in eine Sauce tunken würdest.« Jason warf ihr einen unglücklichen Blick zu. »Und du hast mich nicht vorgewarnt«, schloss er anklagend.

Sie hatte *absichtlich* gewartet, bis er eine gegessen hatte, weil sie gespannt auf seine Reaktion gewesen war. Und es hatte sie weit mehr amüsiert, als sie erwartet hatte. »Vielleicht wollte ich mich dafür rächen, dass du mich erpresst hast und dafür, dass du ein solches Arschloch gewesen bist. Wenn wir länger verheiratet bleiben als nötig, verschlimmern wir unseren dummen Fehler nur noch.«

Augenblicklich tobte ein Sturm über sein Gesicht. »Du musst die Heirat gewollt haben, Hope. Ich bin mir sicher, dass ich dich nicht dazu gezwungen habe.«

Natürlich hatte er sie nicht dazu gezwungen. Offensichtlich hatte sie dieser Idee zugestimmt. Die Zeiten der Zwangsehen waren vorüber und sie musste willig gewesen sein – wahrscheinlich, weil sie sich immer so verzweifelt nach Jason gesehnt hatte. All ihre Hemmungen waren offensichtlich unter dem Alkoholeinfluss verschwunden gewesen und sie musste tatsächlich einverstanden gewesen sein. »Ich frage mich, ob diese Idee von mir ausging.« Sie wünschte, sie wüsste genau, was geschehen war.

»Vielleicht haben wir uns einvernehmlich dazu entschieden«, bemerkte Jason gelassen, während er aufstand und die leeren Kartons entsorgte. Dann nahm er sich eine Tafel Schokolade vom Regal, wickelte sie aus der Verpackung und verschlang die Hälfte davon mit einem einzigen Bissen.

Das war zwar nicht gerade romantisch, doch es war sehr gut möglich, dass sie *ihn* gefragt hatte. Da ihre gewöhnlichen Abwehrmechanismen ausgeschaltet gewesen waren, hatte sie ihn vielleicht sogar angebettelt. Allein der Gedanke daran ließ sie erröten. Ihr Gesicht war nun so rot wie ihre Haare.

Sie versuchte, nicht mehr an ihren gemeinsamen Aufenthalt in Vegas zu denken, daher erhob sie sich und half Jason, den Tisch abzuräumen. »Was glaubst du? Wie sind wir an die Ringe gekommen?«

»Ich kann mir denken, dass wir sie gekauft haben wie jedes andere Paar, das heiraten will«, erwiderte er gelassen. Das Schokoladenpapier wanderte in den Mülleimer; er hatte bereits die ganze Tafel aufgegessen. »Gefällt dir, was wir erstanden haben?« Er versuchte, gleichgültig zu klingen, doch sie konnte einen Hauch von Unsicherheit, ein leichtes Zögern wahrnehmen.

Hope seufzte. »Sie sind wunderschön. Aber es sieht nicht so aus, als ob wir sie tragen würden.« Sie drehte den ungewohnten Ring an ihrem Finger hin und her und begann, ihn abzuziehen.

»Lass ihn am Finger!«, forderte Jason, während er sich zu ihr herumdrehte. »Fürs Erste«, fügte er mit leiser, heiserer Stimme hinzu.

Hope ließ ihn gehorsam an ihrem Finger. Was spielte es schon für eine Rolle? Mit der Zeit würde sie ihn ablegen, allerdings fand sie es seltsam, dass Jason seinen immer noch trug und das Gleiche von ihr verlangte.

»Was haben wir uns nur dabei gedacht?« Sie befummelte immer noch nervös den Ring an ihrem Finger. Es sah ihr überhaupt nicht ähnlich, verrückten Einfällen nachzugeben, und sie war sich sicher, dass Jason genauso gestrickt war. War er doch der Typ Mann, der alles gegeneinander abwog und immer die Vor- und Nachteile bedachte. Er war bestimmt nicht Milliardär geworden, indem er seinen Verstand ausgeschaltet hatte.

Plötzlich trieb er sie in die Enge, gegen den Küchentisch, legte seine Hände auf beiden Seiten neben sie auf die Tischplatte und schaute mit einem Paar so stürmisch bewegter blauer Augen auf sie herab, dass Hope erbebte.

»Ich bin davon überzeugt, dass der Kopf, den ich auf meinem Hals trage, *nicht* nachgedacht hat. Mein Schwanz hat währenddessen wahrscheinlich überglücklich die Konsequenzen bedacht und vollkommen die Kontrolle übernommen.« Er beugte sich zu ihr hinab, bis sie seinen heißen Atem auf ihren Lippen spürte. »Vielleicht wollte ich dich nicht einen anderen Mann heiraten lassen.«

Dann fing er ihren Mund mit seinem ein und gab ihr einen so feurigen Kuss, dass Hopes Unterleib sofort reagierte und sich begehrlich zusammenzog. Sein Kuss war besitzergreifend. Wild. Alles verzehrend. Dies war die Art von Kuss, dem sie sich aus eigener Kraft nicht widersetzen konnte. Ihre Arme schlangen sich wie von allein um seinen Hals und sie quiekte, als seine Hände gierig ihre Pobacken umschlossen und sie auf den Tisch hoben. Dabei lösten sich seine Lippen kein einziges Mal von ihren. Er schmeckte sündhaft köstlich, wie die Schokolade, die er gerade verschlungen hatte, und er war genauso süchtig nach ihr wie nach der Süßigkeit. Mit einem Griff zog er ihren erhitzten Leib nicht gerade sanft gegen seinen mächtig angeschwollenen Schwanz und ließ sie spüren, wie sehr sie ihn erregen konnte.

Für einen kurzen Moment begann Hopes Herz vor Befriedigung zu hüpfen und sofort schlang sie ihre Beine um seine Taille, um ihm noch näher zu sein.

Jason.

Ihr Herz seufzte und ihr Körper fing Feuer, als Jason sie küsste, als ob er mit ihr verbunden sein *müsste*, als ob er ihren Mund mehr als alles andere bräuchte.

Jason.

Sie wickelte ihre Beine noch fester um seine Taille. Sie begehrte ihn so verzweifelt, dass flüssige Hitze ihren Unterleib überschwemmte und ihre Brustwarzen sich zu empfindlichen Zwillingsspitzen verhärteten.

Jason.

Dann löste sie unvermittelt ihren Mund von seinem, legte den Kopf in den Nacken und stöhnte. Tränen der Frustration liefen ihr die Wangen hinunter.

Ich kann das nicht tun.

»Hope?« Jason legte ihr eine Hand um den Hinterkopf und zwang sie, ihn anzuschauen. »Stimmt etwas nicht? Warum weinst du?«

Hope blickte in ein Paar Augen voller Leidenschaft und fühlte sich hilflos. Wie sollte sie es ihm erklären? Jason, das Arschloch, war verschwunden und der mitfühlende Mann, den sie kannte, kehrte langsam zurück. Leider machte seine vielschichtige Persönlichkeit alles nur noch komplizierter. Ihrem alten Freund wollte sie gern alles beichten, dem Mann, der ihr früher im Jahr ein solch auserlesenes Vergnügen bereitet hatte. Doch mit dem Mann, der versucht hatte, sie zu nötigen, bei ihm zu bleiben, wollte sie nichts zu tun haben. Ihr Problem bestand darin, dass Hope tief in ihrem Inneren wusste, dass das nicht der wahre Jason war. Diese kalte Rücksichtslosigkeit mochte vielleicht ein Teil von ihm sein, doch stellte sie nicht seinen *ganzen* Charakter dar.

»Nichts stimmt«, jammerte sie. Es fühlte sich an, als ob plötzlich die ganze Welt um sie herum zusammenbrechen würde. Sie trommelte gegen seine Brust. »*Dies* ist falsch. Wir hätten niemals heiraten dürfen, Jason. Ich hätte keinem von uns beiden ein solches Verhalten zugetraut. Doch so war es nun einmal.« Natürlich traf die Schuld nicht allein Jason. Gewiss spielte er im Moment ein schmutziges Spiel und zog seinen Vorteil aus der Situation, aber sie selbst hatte sich betrunken und offensichtlich die Chance beim Schopfe gepackt, um den Mann zu bekommen, den sie schon seit so unglaublich langer Zeit begehrte. Dann hatten sich ihre Lügen an ihr gerächt. »Ich glaube nicht, dass deine Motive rein egoistischer Natur waren. Nicht, wenn du dir Sorgen gemacht hast, ich könnte den falschen Mann heiraten. Vielleicht hat der vernünftige Teil in dir versucht, mich zu retten.«

Jason zog eine Braue in die Höhe. »Versuch nicht, mich zu einem Helden zu machen, Hope! Ich bin mir sicher, aus vollkommen selbstsüchtigen Gründen gehandelt zu haben. Und meine Bedingung, dass du hierbleibst, ist definitiv eigennützig.«

»Dann hast du nur deine Zeit verschwendet«, spie ihm Hope ins Gesicht und stolzierte mit Jason auf den Fersen ins Wohnzimmer.

»Ich glaube nicht, dass du verstehst, wie sehr ich dich begehre«, bemerkte Jason finster. Dann schlang er ihr einen Arm um die Taille und zog sie auf das Sofa hinunter. »Lass mich hören, was dein Hauptgrund für all die Lügen war. Rede mit mir!«

Hope landete auf seinem Schoß, doch sie kletterte sofort von ihm herunter und setzte sich ans andere Ende der Couch. Im Augenblick konnte sie seine unmittelbare Nähe nicht ertragen. Sie musste sich über einiges in ihrem Leben klar werden und ihre Chance mit Jason ergreifen, auch wenn sie ihm immer noch seine willkürlichen Taktiken nachtrug. Entschlossen wischte sie sich die Tränen vom Gesicht. »Du weißt von meiner Tätigkeit als Fotografin?«

»Offensichtlich«, erwiderte Jason barsch. »Eine Künstlermappe voller Bilder ist schwer zu übersehen. Es ist mir auch klar, dass du vermeiden wolltest, dass du mit der milliardenschweren Sinclair-Familie in Zusammenhang gebracht wurdest, daher hast du nur deine Initialen benutzt. Ich verstehe allerdings nicht, warum du nie jemandem etwas davon erzählt hast.«

Hope konnte einen Funken des Schmerzes in Jasons Augen aufblitzen sehen. »Glaubst du etwa, meine Brüder hätten mich unterstützt?«, fauchte sie. »Ich liebe sie von ganzem Herzen, doch sie hätten alles in ihrer Macht Stehende getan, um mich von einer Tätigkeit abzubringen, die ich liebe. Du weißt, dass sie das versucht hätten. Um Gottes willen, schon als ich noch zum College ging, wollten sie mich bewachen lassen. Der einzige Weg, ihnen das auszureden, bestand darin, ihnen zu versprechen, dass niemand mich mit den Bostoner Sinclairs in Verbindung bringen würde und dass ich niemandem ein Sterbenswörtchen verraten würde. Nach meiner Collegezeit musste ich sie in dem Glauben wiegen, dass ich ein ruhiges, äußerst anonymes Leben führe. Andernfalls hätten sie mir ihren Sicherheitsdienst auf den Hals geschickt, ob ich es nun gewollt hätte oder nicht.«

»Warum musstest du dir unbedingt extremes Wetter als Thema aussuchen?«, knurrte Jason. Bezüglich ihrer Brüder konnte er ihr nur zustimmen.

Hope zuckte mit den Schultern. »Es begann mit etwas Glück. Stürme habe ich schon immer geliebt: der Donner, die Blitze und die unaufhaltbare Gewalt von Mutter Natur. Gewitter besitzen eine brutale Schönheit und wirken deshalb so faszinierend auf uns, weil extremes Wetter so viele Rätsel birgt, die wir noch nicht gelöst haben. Vielleicht war die Neugier auf das Geheimnisvolle der Auslöser für mein Interesse. Gleich nach der Schulzeit habe ich als Freiberuflerin angefangen. Die meisten meiner Fotos thematisierten Blitze und Gewitter. Zeitungen und andere Unternehmen begannen, sie zu kaufen, und die Nachfrage wurde größer. So bin ich Schritt für Schritt in diese Tätigkeit hineingewachsen. Schließlich bemerkte ich, dass das, was ich fotografierte, am meisten gefragt war. Mit der Zeit habe ich nicht mehr gewartet, bis die Stürme zu mir kamen, sondern habe sie in Eigeninitiative aufgesucht.«

»Also wenn die meisten normalen Leute geflüchtet sind, bist du direkt in den Sturm hineingelaufen?«, knurrte Jason. Er klang immer noch verärgert.

Hope nickte. »Ja. Allerdings gehe ich sehr bedächtig vor. Tornados sind unberechenbar, aber David und ich haben immer versucht, so vorsichtig wie möglich zu sein. Am Anfang war ich manchmal nicht so achtsam. Ich war zu naiv und berauscht von meiner neuen Freiheit. Wenn du unter der eisernen Faust eines gewalttätigen Alkoholikers aufwächst und dann mit einer Mutter zurückgelassen wirst, die dir die Schuld dafür gibt, dass sie nicht einfach weggehen kann, um die Vergangenheit zu vergessen, dann lernst du, die Freiheit zu schätzen.«

»Deine Mutter hat dir Vorwürfe gemacht?«, fragte Jason zornig nach.

»Jeden einzelnen Tag. Ich wurde beständig daran erinnert, dass ich ihr ihre Freiheit raubte. Der Tag, an dem ich meinen High School-Abschluss erhalten habe, war der glücklichste Tag meines Lebens. Endlich konnte ich aufhören, mich schuldig zu fühlen, dass ich existierte.« Daisy sprang auf die Couch und kuschelte sich in Hopes Schoß.

Jason machte eine Kopfbewegung in Richtung des Tiers. »Am selben Tag hast du als Abschlussgeschenk eine taube Katze bekommen.«

»Ich habe es niemals bereut, sie behalten zu haben«, bemerkte Hope ehrlich. »Sie schenkt mir ihre bedingungslose Liebe. Sie ist mir eine großartige Gefährtin, Jason. Wenn es eben möglich ist, nehme ich sie mit, und sie passt sich an jede Umgebung an, was für eine Katze sehr ungewöhnlich ist.« Hope verschwieg jedoch, dass sie die Katze nur deshalb so übertrieben liebte, weil sie sie von Jason bekommen hatte.

»Warum ist niemand von uns von selbst darauf gekommen? Warum wusste niemand von uns, dass du Fotografin bist? Wie ist es möglich, dass deine Brüder das nicht entdeckt haben?«, fragte Jason verstimmt.

»Weil ich verhindert habe, dass auch nur irgendjemand davon erfährt. Ich wollte meine Freiheit. Sie haben geglaubt, ich führe ein müßiges, anonymes Leben in Aspen und würde gelegentlich mit Freunden auf Reisen gehen. Und genau das wollte ich sie glauben machen.«

»Du weißt, dass das vollkommen verrückt ist, was du tust, oder? Du riskierst dein Leben für Fotos.«

»Es ist mein Leben, das ich aufs Spiel setze«, gab Hope zurück. »Und ich finde nicht, dass ich verrückt bin. Das ist mein Beruf.«

»Ich habe die Aufnahmen gesehen, Hope. Die Zerstörung und all die Toten verlangen gewiss ihren Tribut von dir.« Er warf ihr einen prüfenden Blick zu.

Das war in der Tat der härteste Aspekt ihrer Arbeit und zehrte an ihrer Seele. »Es ist furchtbar«, gab sie zu. »Ich helfe, wo ich kann. Ich habe eine Erste Hilfe Ausbildung gemacht. Aber ja, es ist… schwierig.« Angesichts der bitteren Wahrheit musste sie den Kloß hinunterschlucken, der sich in ihrer Kehle bildete. »Die Katastrophen finden nun einmal statt, ob ich dabei bin oder nicht. Und die Opfer leiden schrecklich. Ich muss mich damit abfinden und versuchen zu helfen.«

»Was hast du in Vegas gemacht? Jetzt ist mir klar, dass du dich bestimmt nicht wegen einer Junggesellinnenparty dort aufgehalten hast, wie du behauptet hast, als wir uns über den Weg gelaufen sind. Andernfalls hättest du dich bestimmt bemüht, die anderen Leute über dein plötzliches Verschwinden zu informieren. In deinem Zimmer hat sich mit Sicherheit niemand anderes und nichts anderes befunden als deine Sachen.« Jason blickte sie durchdringend an, als ob er sie mit purer Willenskraft zwingen wollte, ihm die Wahrheit zu erzählen.

»Ich war dort wegen einer Konferenz. Ich wurde gebeten, einen Vortrag über Extremfotografie zu halten. Deshalb hatte ich auch meine Künstlermappe dabei.« Hope sank das Herz in die Hose, als sie diese weiteren Lügen enthüllte. »Die Party schien mir eine gute Entschuldigung abzugeben, als ich mich versprochen und Grady erzählt habe, ich würde nach Las Vegas fahren. An jenem Tag war ich ziemlich müde. Ich war gerade erst aus Oklahoma zurückgekommen. Ich war erschöpft und konnte nicht klar denken.«

Jason zog beide Brauen in die Höhe. »Ah, ja. Der Typ, der auf mehreren Fotos auftaucht. Wie passt der ins Bild?«

»David«, erwiderte sie gerührt. »Er war ein Extremmeteorologe. Wir haben dasselbe College besucht. Er lebte in Oklahoma und wir beide haben uns für die Tornadojagd zusammengetan. Ich habe eine Menge von ihm gelernt.« Hope konnte kaum glauben, dass sie gerade all ihre Geheimnisse an Jason ausplauderte. Doch angesichts seiner unnachgiebigen Miene wusste sie schon im Voraus, dass er keine Ruhe geben würde, bis er nicht die ganze Wahrheit erfahren hatte.

»Wie eng seid ihr befreundet?«, erkundigte sich Jason mit rauer Stimme.

»Wahrscheinlich war er mein bester Freund.« Hope musterte Jasons Gesicht.

»Ein Freund mit besonderen Rechten?«, fragte er grimmig.

Hope keuchte erschrocken auf. War er tatsächlich… eifersüchtig? »Nein. David stand nicht auf Frauen.«

»Er ist schwul?« Jason schien erleichtert.

Hope nickte und begann zu weinen. »Er war schwul. Er ist… gestorben.« Sie hasste es, diese Worte auszusprechen, hasste es, von David in der Vergangenheitsform zu sprechen. Sie hatte sich noch nicht mit der Tatsache abfinden können, dass ihr bester Freund, ihr einziger Freund, gegangen war.

»Wann? Wie?«, fragte Jason, jetzt sanfter.

»Jetzt ist es beinahe zwei Wochen her. Ich war gerade von der Beerdigung und einem Besuch bei seiner Familie zurückgekommen, als Grady mich angerufen hat. Ich stand Davids Eltern sehr nahe. Ich war körperlich und geistig erschöpft, Jason. Ich wusste nicht wirklich, was ich zu Grady gesagt hatte. Ich hatte dummes Zeug geredet.«

»Es tut mir leid, dass du deinen Freund verloren hast, Pfirsichköpfchen«, tröstete er sie zärtlich und ernst. »Was ist passiert?«

Hope betrauerte immer noch schmerzenden Herzens den Verlust von David, doch sie gab zitternd Antwort: »Die genauen Umstände sind unbekannt. Er verfolgte einen großen Tornado in der Nähe seiner Heimatstadt. Laut Zeugenaussagen hat dieser plötzlich die Richtung gewechselt und David stand ihm genau im Weg. Ich war hier in Colorado, weil ich mich auf meinen Vortrag in Vegas vorbereiten wollte, daher war David ganz allein. Er konnte nirgendwohin flüchten, sich nirgendwo verstecken. Sein Laster wurde in die Luft gehoben und irgendwo anders zu Boden geschleudert. Es war nicht viel davon übrig.« Tränen strömten über ihr Gesicht. »Ich kann immer noch nicht glauben, dass er nicht mehr da ist.«

»Mein Gott, Hope! Du hättest auch in dem Laster sein können!« Jasons Stimme vibrierte vor Entsetzen. »Ich habe von dem Unfall gehört. Aber ich hatte keine Ahnung, dass es jemanden getroffen hat, den du kennst. Dies ist einer der Gründe dafür, dass ich so ausflippe, weil du Tornados hinterherjagst. Selbst Leute mit jahrzehntelanger Erfahrung und einer Tonne Wissen kann es erwischen.«

Hope nickte. Dem konnte sie nicht widersprechen. Tornados, auch Windhosen genannt, waren unter den Stürmen am unberechenbarsten. Selbst Schutzmaßnahmen boten keine Garantie, weil man den Weg eines Tornados niemals vollkommen voraussagen konnte. »Ich weiß. David war gut in seinem Fach und sehr vorsichtig und musste trotzdem sterben. Er betrieb die Tornadoforschung mit Leidenschaft und nicht wegen des Adrenalinrauschs. Er wollte Leben retten und den Menschen eine längerfristige Vorwarnung geben.« David war einer der mitfühlendsten Männer gewesen, die sie je gekannt hatte.

Jason ging zu ihr hinüber und nahm sie auf seinen Schoß. Er streichelte ihr beruhigend über den Rücken und die Haare, während sie sich ausweinte. »Ich weiß, mein Liebes. Es tut mir leid. Bitte versprich mir, dass du keinen Tornados mehr hinterherjagst«, bat er innständig und vergrub sein Gesicht in ihren Haaren. »Bitte!«

Sein flehentlicher Tonfall brachte sie zurück in die Gegenwart. Sie schniefte, schlang Jason die Arme um den Hals und schmiegte sich an ihn. »Ich kann das sowieso nicht mehr machen. Nicht ohne David. Wir waren ein Team und er war derjenige, der über die nötige Erfahrung verfügte. Wenn ich Aufnahmen gemacht habe, die sich für Studien eigneten, habe ich die Kopien für Forschungszwecke gestiftet.«

»Du wirst auch nicht mit jemand anderem weitermachen! Versprich mir das, Hope, bevor ich noch meinen Verstand verliere!«, krächzte er an ihrem Hals. Sein Körper erschauderte vor Angst um sie. »Du hättest dabei sein können.«

»Ich war nicht dabei«, antwortete sie mit zittriger Stimme. »Und ich verspreche es.« Sie konnte es nicht ertragen, die Furcht in Jasons Stimme zu hören. Und außerdem hatte sie niemals vorgehabt, noch einmal einen Tornado aufzusuchen. David zu verlieren hatte sie in Stücke gerissen, und ohne ihren Freund würde sie es nie wieder tun.

»Gott sei Dank!«, sagte Jason heiser und drückte sie fest an sich.

»Ich vermisse ihn«, beichtete sie. »Er kannte mich gut. Er war der Einzige, der mich wirklich kannte.« Ihrem Freund waren all ihre Geheimnisse bekannt gewesen, doch nun war er von ihr gegangen und sie empfand eine so abgrundtiefe Leere in ihrer Seele, dass sie seit seinem Tod kaum mehr richtig funktionierte.

»Erlaube mir, dich neu kennenzulernen, Hope! Gewähre mir Einlass in deine Seele! Bitte!«, flehte Jason mit zittriger Stimme, von Gefühlen überwältigt.

»Und was, falls dir die Hope nicht gefällt, die ich jetzt bin?«, fragte sie zögernd, verlockt von der Versuchung, in Jason einen Halt zu finden und ihn ihren Schmerz lindern zu lassen.

»Sie wird mir gefallen. Und ich schwöre, dass ich niemals eines deiner Geheimnisse verraten werde. Rede mit mir!« Andächtig küsste er sie auf den Scheitel.

»Wir müssen diese Ehe-Situation bereinigen, Jason, bevor wir wieder wahre Freunde werden können«, erklärte sie sanft.

»Wir werden eine Lösung finden«, antwortete er ausweichend. »Und ich bin mir nicht sicher, ob wir jemals einfach *nur* wieder gute Freunde sein können. Ich weiß, dass ich das nicht kann. Ich will auch dein Liebhaber sein, Hope. Ich will dich und ich weiß, du willst mich auch.«

»Es ist nicht so, als ob ich dich nicht körperlich begehren würde«, erklärte Hope seufzend. Warum es leugnen? Warum sollte sie ihm widersprechen, wenn er ihre Reaktion spüren konnte, wann immer er sie berührte? Ihr verräterischer Körper war ein untrüglicher Beweis. »Ich bringe es körperlich oder gefühlsmäßig einfach nicht fertig.«

»Dein angeblicher Verlobter? Schwachsinn! Du liebst ihn nicht und das weißt du auch. Denn wenn das der Fall wäre, würde dein Körper niemals auf mich reagieren. Ich kenne dich gut genug, um das zu erkennen, Hope.«

»Es geht nicht um James. Es liegt allein an mir. Du verstehst jetzt, warum ich nicht klar im Kopf war, als ich mit Grady gesprochen habe. Ich wollte einfach nur, dass er damit aufhört, mich zu drängen, zu irgendeinem milliardenschweren Mäzen zu reisen, den ihr in Colorado besuchen wolltet. Er wollte unbedingt, dass ich einige anständige Typen kennenlernte. Als ob jeder Milliardär so eindrucksvoll wäre!« Sie verdrehte die Augen. »Aus purer Verzweiflung habe ich ihm dann die Geschichte von meiner angeblichen Hochzeit mit James aufgebunden und dass ich bereits auf einer Junggesellinnenparty in Las Vegas eingeladen wäre. Ich hätte das nicht sagen sollen, doch ich hätte fast alles behauptet, nur, damit er mich in Ruhe lässt. Mein einziges Streben bestand darin, mir nicht weiter seine Belehrungen anhören zu müssen und das Telefongespräch endlich beenden zu können.«

»Also hat dir dein Freund überhaupt keinen Heiratsantrag gemacht?«, erkundigte sich Jason vorsichtig.

»Er hat gar nichts zu mir gesagt, weil er nicht existiert. Ich habe ihn erfunden. Ich habe diesen angeblichen Freund nur als Ausrede benutzt, wenn ich mir gegenüber meinen Brüdern den Rücken freihalten wollte oder wenn ich eine Weile nicht erreichbar war. In Wirklichkeit gibt es gar keinen James.«

Kapitel 4

Im selben Moment, als Hope Jasons ungläubigen Gesichtsausdruck sah, wusste sie, sie war verloren. All die Energie, die er darein gesetzt hatte, sie zu erpressen, mit ihm hier zu bleiben, war umsonst gewesen. Sie hatte überhaupt nicht geplant, sich jetzt – oder überhaupt jemals – zu verheiraten. Vielleicht war keiner von ihnen beiden seiner Sinne mächtig gewesen, als sie die Ehe geschlossen hatten, und außerdem war Jason nicht böswillig. Sie hatte das Gefühl, dass hinter seinem Versuch, sie zum Bleiben zu bewegen, mehr steckte, als sein Wunsch, sie unbedingt in seinem Bett haben zu wollen. Ihre imaginäre bevorstehende Hochzeit musste etwas mit seiner im betrunkenen Zustand getroffenen Entscheidung, sie zu heiraten und seiner anschließenden Weigerung, sie gehen zu lassen, zu tun gehabt haben. Es fiel ihr schwer zu glauben, dass er sie einfach *nur* ficken wollte.

»Er war also auch nur eine Lüge?«, grollte er. In seinen Augen blitzten blaue Flammen auf, als er sich zurücklehnte, um sie anzusehen.

»Ja.«

»Das ist doch nicht zu glauben! Warum auch noch ein erfundener Liebhaber?« Er schubste sie von seinem Schoß und hielt sie mit seinem Körper auf der Couch gefangen. »Warum zum Teufel musstest du dir diese Lüge einfallen lassen? Verdammt! Ich will dich wieder kennenlernen, Hope. Aber, zur Hölle, ich kann dich einfach nicht verstehen.«

Zuzulassen, dass er alles über sie wusste, war viel zu gefährlich. Irgendwie musste sie ihn von sich stoßen, auch wenn ihr Herz etwas anderes erhoffte. »Aus dem gleichen Grund. Meine Brüder wollten mich ständig mit irgendjemand von ihren Bekannten verkuppeln, wenn sie in Colorado waren. Das wollte ich aber nicht. Also habe ich schließlich James erfunden. Trotz der Tatsache, dass ich oft lüge, bin ich eine schlechte Lügnerin. Als sie wissen wollte, wie er heißt, bin ich ins Stottern geraten und schließlich auf einen vollkommen gewöhnlichen Namen verfallen. Als sie dann noch wissen wollten, womit er sein Geld verdiente und für wen er arbeitete, bin ich vollends in Panik geraten. Ich wusste, sie würden alles überprüfen, daher habe ich behauptet, er wäre arbeitslos.«

»Und eure angebliche Trennung, bevor du zu Gradys Party am Silvesterabend gekommen bist?«

»Das musste ich erfinden, weil Grady von mir verlangte, ihn mitzubringen. Was glaubst du, hätte er gedacht, wenn mein arbeitsloser Verlobter es nicht hätte einrichten können, zu seiner Verlobungsfeier zu erscheinen?«

Jasons Nähe verursachte ihr körperliche Schmerzen vor unerfüllter Begierde, doch ihr Verstand protestierte; sein Zorn hemmte sie. »Bitte geh von mir runter, Jason!«, bat sie. Sie brauchte Abstand.

»Mein Gott!«, fauchte er. »Alles um dich herum ist eine einzige Lüge.«

»Ja.« Sie atmete schwer. Sie fühlte sich in der Falle mit dem wütenden Mann auf ihr, selbst wenn sie wusste, dass er ihr niemals wehtun würde. »Alles.«

Ich muss ihn wegstoßen. Es ist besser, wenn er mich hasst.

Hope versuchte mit aller Kraft, sich von seinem Körper zu befreien. Sie brauchte Luft. Sie brauchte Platz. »So, jetzt weißt du alles. Es gab niemals einen Grund für dich, mich zu heiraten, und gewiss besteht kein Grund, mich hierbehalten zu wollen.« Sie drückte gegen seinen

Brustkorb, aber sein kräftiger Körper war so unbeweglich wie eine steinerne Wand.

»Oh, es gibt einen Grund, warum ich dich hierbehalten will. Ich will dich ficken, Hope. Aus irgendeinem Grund steckst du mir im Blut. Vielleicht mag ich dich im Augenblick nicht besonders und kann nicht das geringste Verständnis für dich aufbringen, trotz alledem begehre ich deinen Körper immer noch«, krächzte Jason, der augenscheinlich nicht besonders glücklich über diese Tatsache war.

»Geh. Runter. Von. Mir!« Hope keuchte jetzt und wollte nur noch weg von ihm. Seine zornige Stimme und seine große unnachgiebige Gestalt erstickten sie.

»Ich habe vor, von dir runter zu gehen«, erklärte er verbittert, »und dann in dich hinein.«

»Nein!« Schwer atmend begann sie, ihn mit ihren Fingernägeln zu kratzen. »Ich kann nicht. Hör auf, Jason! Bitte!«, stieß sie flehentlich aus.

»Mein Gott!« Jason setzte sich auf und raufte sich mit einer Hand seine Haare. »Was zum Teufel stimmt nicht mit dir? Erst reagiert dein Körper auf mich, als ob du mich so sehr begehren würdest wie ich dich, und dann, eine Sekunde später, kämpfst du darum, von mir wegzukommen.«

Hope richtete sich hastig auf und strich sich mit zitternder Hand die Haare aus dem Gesicht. »Ich begehre dich nicht. Ich muss lediglich hier raus, diese katastrophale Ehe annullieren und mein Leben weiterführen. Ich will zwar nicht, dass du mich an meine Brüder verrätst, aber ich kann dich auch nicht daran hindern.«

Jasons wild flackernder Blick bohrte sich in ihre Augen. Einer seiner Kiefermuskeln zuckte unkontrolliert.

Hope hatte Jason noch niemals so zornig erregt gesehen.

»Du wirst zwei Wochen hierbleiben. Danach kannst du gehen und ich werde zu deinen Brüdern kein Sterbenswörtchen sagen«, forderte er mit kalt berechnendem Gesichtsausdruck.

»Ich kann nicht. Ich habe im Moment viel zu tun«, versuchte sie, ihm zu erklären. Nun, da er wusste, dass ihr Verlobter nur erfunden war, warum wollte er immer noch, dass sie hierblieb?

»Das ist mir vollkommen egal. Auf keinen Fall lasse ich dich dort draußen herumlaufen, um irgendeinem verdammten Sturm hinterherzujagen, selbst wenn es sich nicht um einen Tornado handelt. Du bleibst hier! Nimm den Handel an oder ich werde alles an jeden einzelnen deiner Brüder verraten und du wirst mehr Sicherheitsbeamte auf den Fersen haben als der Präsident der Vereinigten Staaten!«

Okay. Jetzt versucht er also, mich von meinem Beruf fernzuhalten, weil er gefährlich ist. Obwohl ich versprochen habe, mich keinem Tornado mehr auszusetzen, will er mir grundsätzlich das Fotografieren aller Stürme verbieten.

Hope stand auf, empört und voller Wut. Jason mochte es vielleicht nicht gefallen, wie sie ihr Leben gestaltete, doch er besaß kein Recht, sich einzumischen. »Ohne Anonymität kann ich meiner Tätigkeit nicht nachgehen«, erklärte sie hitzig. »Selbst, wenn ich keine Tornados mehr jage, habe ich immer noch meinen Job zu erledigen. Es gibt genügend andere Extremwetterschauspiele.«

Jason erhob sich und blickte auf sie hinab. Seine überragende Größe sollte sie einschüchtern. »Dann, denke ich, wirst du ein Problem bekommen. Du wirst plötzlich berühmt werden. H.L. Sinclair, die bekannte Fotografin, gelangt zu noch mehr Berühmtheit, weil sie der megareichen Sinclair-Familie angehört. Die Presse wird sich darauf stürzen wie auf ein gefundenes Fressen.«

Verdammt! Die Medien würden sich auch auf *sie persönlich* stürzen. Das wäre das Ende ihrer Berufslaufbahn. Mit einem solchen Aufgebot im Schlepptau könnte sie ihrer Tätigkeit nicht nachgehen. Ihre Wut auf Jason explodierte und ihre Hand flog in Richtung seines Gesichts.

Er fing ihre Hand ab, bevor sie auf seiner Wange landete. »Versuch das nicht noch einmal! Keiner Frau vor dir ist das jemals gelungen und es wird kein zweites Mal geschehen.« Seine äußerst starke Hand klammerte sich um ihr Handgelenk und hielt es auf Höhe seines Gesichts.

»Hurensohn!«, fauchte sie. Sie haste ihn für das, was er ihr antat.

»Du hast es endlich kapiert.« Jasons eisige Augen musterten teilnahmslos ihr Gesicht. »Gehst du auf den Handel ein oder nicht?«

Hope dachte angestrengt über einen Ausweg nach und gelangte zu der Erkenntnis, dass es… keinen gab. »Kein Sex!« Sie entwand ihm ihr Handgelenk und zog ihren Arm eng an sich heran. »Ich werde dir die zwei Wochen geben, doch ich werde dir das Leben zur Hölle machen.« Er würde während der ganzen zwei Wochen leiden müssen und sie musste sich dazu noch nicht einmal besondere Mühe geben. Sie brauchte lediglich sie selbst zu sein, ihr eigenes gebrochenes Ich. Jason würde feststellen müssen, dass er nicht bekommen würde, was er begehrte. Gut. Sie würde ihm seine verdammten zwei Wochen geben und danach würde er glücklich sein, sie wieder loszuwerden.

»Es *wird* Sex geben und zwar eine Menge«, widersprach Jason. »Ich weiß nicht, was für ein Spiel du treibst, aber du willst es doch genauso sehr wie ich«, sagte er leise und leidenschaftlich, doch mit immer noch ausdrucksloser Miene. Er nahm eine ihrer Locken und spielte zärtlich damit. »Bist du noch Jungfrau, Hope?«, erkundigte er sich dann sanft.

Sie schnaubte und stieß seine Hand weg. »Machst du Witze? Meine Unschuld wurde mir schon vor vielen Jahren genommen.«

»Offensichtlich hat da aber jemand recht schlechte Arbeit geleistet«, bemerkte er gelassen. »Hör auf, dagegen anzukämpfen, Hope! Hör auf, gegen uns anzukämpfen! Es wird ohnehin geschehen. Und bestimmt nicht unfreiwillig. Es ist nicht meine Art, eine Frau gewaltsam zu nehmen.«

»Wenn du mich haben willst, wirst du das aber tun müssen«, gab sie scharf zurück.

»Das werden wir sehen, Pfirsichköpfchen. Zwei Wochen sind eine lange Zeit. Ich erwarte, dass du alles tust, was ich sage. Ficken ausgenommen. Das wird erst geschehen, wenn du bereit bist zuzugeben, dass du mich in dem gleichen Maße begehrst wie ich dich.«

Obwohl er sie zur Weißglut brachte, war Hope schon längst bereit, das einzugestehen, doch das war jetzt nicht wichtig. »Du musst mir versprechen, dass du mich nach Ablauf der zwei Wochen gehen lässt, mich nicht verrätst und mich niemals mehr belästigst«, erklärte sie barsch.

Sie sah, dass er kurz zusammenzuckte. Ein Ausdruck der Verletztheit legte sich für einen kurzen Augenblick wie ein Schatten über sein Gesicht. Es war nur ein Moment gewesen, doch hatte er genügt, um sie erkennen zu lassen, dass sie ihn verwundet hatte, und das schmerzte sie tief in ihrem Herzen. Egal, wie sehr er sich gerade als Arschloch aufspielte, das war nicht der Jason, mit dem sie aufgewachsen war. Er konnte sich doch nicht so sehr verändert haben. Irgendwo in seinem komplexen Gehirn hegte er den Gedanken, sie zu beschützen.

»Einverstanden«, sagte er mit heiserer Stimme.

»Ich würde jetzt gern ein bisschen allein sein. Ich werde ein Bad nehmen.« Sie musste sich entspannen und Körper und Geist die Möglichkeit geben, sich ohne die Anwesenheit von Jason zu entspannen. Und sie brauchte dringend Platz zum Atmen.

»Ich habe eine bessere Idee.« Und schon nahm er sie bei der Hand und zog sie entschlossen den Flur in Richtung Schlafzimmer entlang.

Hope folgte ihm willig. Zwar war ihr Körper angespannt, doch ihr Vertrauen in Jason war groß genug, ihm nicht zu unterstellen, er würde sie mit Gewalt nehmen. Sie gingen an dem Zimmer vorbei, in dem sie geschlafen hatten, bis sie das Ende des langen Korridors erreichten. Dort schob er sie in ein weiteres Gästezimmer. Sie erschrak. Doch Jason ging zu einer gläsernen Schiebetür. Durch diese Tür gelangten sie nach draußen und folgten einem steinigen Pfad. Sie mussten nicht weit gehen, bis er anhielt.

Sofort erkannte sie die Bestimmung des in Felsen gebetteten, dampfenden Beckens. »Heiße Quellen.« Sie seufzte. Der Geruch der Mineralien und die warme, feuchte Luft entspannten sie augenblicklich. Es war ein angenehm großer Pool in natürlicher Umgebung. Direkt neben dem Wasser luden große Felsblöcke zum Sitzen ein und unter einem kleinen Wasserfall konnte sich eine Person auf verschiedenen Ebenen niederlassen.

»Du kennst dich aus«, nahm Jason an. Seine Stimme klang längst nicht mehr zornig.

»Wir haben nicht weit von Aspen entfernt eine große heiße Quelle. Mir war bekannt, dass es in Rocky Springs die größten natürlichen Quellen gibt, aber ich bin noch niemals hier gewesen.« Sehnsüchtig betrachtete sie das warme Wasser. »Und ich wusste nicht, dass sie hier private Becken haben.«

»Leider habe ich es letztes Mal, als ich hier war, nicht geschafft, sie auszuprobieren«, gab Jason heiser zu.

»Das hättest du aber tun sollen«, riet Hope. »Es ist fantastisch.« Die Dämmerung brach herein und in den Bergen hatte sich die Hitze des Tages verflüchtigt. Der perfekte Zeitpunkt, um in das heiße Wasser zu tauchen.

Jason knöpfte sein Hemd auf. »Komm mit mir!«, schmeichelte er leise.

Hope bekam einen trockenen Mund, als er seinen massigen Brustkorb entblößte. »Ich habe keinen Badeanzug«, wich sie aus, obwohl sie der Versuchung kaum widerstehen konnte, als sie seine nackten, perfekt geformten Brust- und Bauchmuskeln betrachtete.

Seine blauen Augen verdunkelten sich und schimmerten in dem gedämpften Außenlicht eher wie Saphire. Beredsam und heiß glühten sie auf, während er seinen Blick über ihren Körper gleiten ließ. »Es ist privat. Zieh dich aus! Es ist doch nicht so, als ob ich dich nicht schon nackt gesehen hätte«, erinnerte er sie zärtlich.

Hope zögerte. Ihre Augen klebten an seinen geschickten, kräftigen Fingern, als er seine Jeans aufknöpfte und qualvoll langsam die sexy, von kleinen Härchen gekennzeichnete Linie auftauchte, die von seinem Nabel abwärts führte. Sie hielt den Atem an und wartete. Und wartete. Und wartete. Endlich schlüpfte er aus der Jeans und gleichzeitig auch aus seinem Slip. Nervös leckte sich Hope ihre plötzlich trocken gewordenen Lippen. Jason stand vor ihr, herrlich nackt. Er musste wahrlich nicht schüchtern sein. Er war… absolut perfekt, angefangen bei seinen verwuschelten *fick-mich* Haaren und unergründlich blauen Augen bis zu seinem wohlgeformten, durchtrainierten Körper, der mit goldener Haut bedeckt war.

Oh mein Gott! Wie sehne ich mich danach, ihn zu berühren!

Jetzt schritt er auf das Becken zu und Hope kam in den Genuss, einen Blick auf sein festes, knackiges Hinterteil zu werfen. Am liebsten hätte sie es begrapscht, nur um zu testen, ob es wirklich so hart war, wie es aussah.

»Kommst du?«, fragte Jason gespielt unschuldig.

Er war sich vollkommen seiner Wirkung auf sie bewusst – der eingebildete Hurensohn. Sie beobachtete, wie er sich sofort im Becken versinken ließ, ohne seinen Körper langsam an die Hitze zu gewöhnen, wie er es eigentlich hätte tun sollen. Mit vor Nässe schimmernder Haut und mit am Kopf klebenden Haaren tauchte er wieder auf.

Oh. Mein. Gott!

Er kam nahe zu ihr an den Beckenrand und stützte seine Unterarme auf die felsige Oberfläche. »Ich werde dich zu nichts zwingen oder dich bedrängen, Hope. Komm und entspann dich mit mir!«

Er lächelte nicht, doch seine Miene war weicher geworden. Hope war hin- und hergerissen. Wie gern wollte sie in das Wasser steigen und sich von der verführerischen Wärme trösten lassen. Sie fühlte sich einsam und betrauerte immer noch Davids Tod und sie sehnte sich nach Gesellschaft. Doch sie fühlte sich immer noch zutiefst überrumpelt von Jasons vorherigem kaltem, scheußlichem Benehmen. Ja, sie hatte gelogen, aber nicht direkt ihm gegenüber und außerdem waren sie auch nicht mehr wirklich freundschaftlich verbunden gewesen. Ja, es hatte dieses unglaubliche Neujahrsrendezvous gegeben. Trotzdem fand sie seine Reaktion ziemlich heftig, wenn sie die Tatsache berücksichtigte, dass sie vor und nach jener Nacht eigentlich immer Distanz zueinander gehalten hatten.

Vielleicht waren sie beide durcheinander. Sie kannten einander nicht mehr. Jason erweckte all ihre Emotionen – Gefühle, die sie so tief in sich vergraben hatte, dass sie nicht damit gerechnet hatte, dass sie noch einmal an die Oberfläche durchbrechen würden. Er konnte ihre Stimmung schneller beeinflussen als irgendein anderer Mann auf der Welt, einschließlich ihrer Brüder. Gott weiß, er hatte gewiss einen sexuellen Funken entzündet, und das in einer Intensität, die sie noch nie zuvor erlebt hatte. Außerdem behandelte er sie zärtlich, wenn sie Trost suchte, und brachte sie dazu, sich zum ersten Mal während ihres Erwachsenenlebens danach zu sehnen, bei jemandem Halt zu suchen. Er konnte sie erst zum Lachen und in der nächsten Sekunde zum Weinen bringen. Die Komplexität der Gefühle erschöpfte sie und sie war sich nicht im Klaren darüber, was sie sich an diesem Punkt ihrer Beziehung für die Zukunft erhoffte. Ihn an ihr Herz rühren zu lassen, wäre katastrophal. Vielleicht mochte er sie momentan begehren, doch sie selbst würde am Boden zerstört enden.

Denk nicht darüber nach, Hope! Mach, was du willst!

Hope wollte hierbleiben, sich in das warme Wasser sinken lassen und es genießen, nicht allein zu sein. Mit einem hatte Jason recht: Er *hatte* sie bereits nackt gesehen. Sich jetzt vor ihm zu schämen, machte keinen Sinn. Hastig zog sie sich aus, um sich nicht zu lange zur Schau zu stellen. Ihr Gesicht lief rot an, als sie die Hitze seiner Augen auf sich spürte.

»Spring!« Er breitete die Arme aus, um sie aufzufangen.

Er weiß ja nicht, wozu er mich auffordert, wie ungern ich jemandem vertraue, mich aufzufangen.

»Wo ist dein Sinn für Abenteuer geblieben, Pfirsichköpfchen?«, neckte er sie träge.

Er forderte sie heraus, dessen war sie sich bewusst, und leider konnte sie eine Provokation nur schwer ignorieren.

Sie sprang.

Und Jason fing sie sicher und ohne Schwierigkeiten auf.

Mit einem festen Griff um ihre Taille ließ er ihren Körper langsam vor sich ins Wasser gleiten, bis ihre Füße den Grund des brusthohen, angenehm warmen Wassers berührten. Sie entwand sich seinen Armen und tauchte unter. Nach und nach sickerte der Stress des Tages aus ihrem Körper. Dann erschien ihr Kopf wieder über Wasser und sie strich sich die nassen Haare aus den Augen. »Fantastisch!«

»Vielleicht sollte ich eines in mein Penthouse in New York City einbauen lassen«, neckte er sie.

»Ich denke, du solltest dir besser einen Whirlpool zulegen«, erwiderte Hope lachend. Ihr Herz begann zu rasen, als sie das kleine, teuflische Lächeln auf seinem Gesicht entdeckte. Die Feuchtigkeit perlte von seiner Brust und seinen Schultern und sie hätte am liebsten jeden einzelnen Tropfen mit ihrer Zunge aufgefangen. »Ich glaube nicht, dass du dort, wo du lebst, natürliche heiße Quellen finden wirst, außer, du verabschiedest dich vom städtischen Leben, du Stadtkind.«

»Eine normale Badewanne besitze ich bereits«, antwortete Jason mit einem spöttisch verdrießlichen Blick.

»Ach, du armer kleiner Milliardär. Hast du etwas gefunden, das du nicht bekommen kannst?« Übermütig schöpfte sie eine Handvoll Wasser und bespritzte ihn damit.

Mittlerweile war die Sonne untergegangen und als Hope den Blick gen Himmel richtete, konnte sie sehen, wie er sich langsam mit Sternen bevölkerte. So abgelenkt bemerkte sie nicht, dass Jason sich näherte. Unerwartet schlang er ihr einen stählernen Arm um die Taille und drückte sie unter Wasser. Auch nachdem sie bereits wieder aufgetaucht war, hielt er sie weiter gefangen. Noch prustend versuchte sie, sich zu rächen, und schlang ein Fußgelenk um seine Unterschenkel, um ihn zu Fall zu bringen. Doch leider hatte er das vorausgesehen und bewegte sich kaum von der Stelle. Mit schallendem, tiefem Gelächter nahm er sie auf den Arm und setzte sich mit ihr auf eine der ausladenden Felsplatten. Nun saß sie zwischen seinen Beinen, mit dem Rücken an seiner Brust, und er schlang seine Arme um sie herum. »Wann wirst du endlich lernen, nichts zu beginnen, das du nicht auch beenden kannst, Pfirsichköpfchen?«, fragte er in seinem heiseren Bariton.

Lethargisch von dem heißen Bad und des Streitens müde lehnte sie ihren Kopf an seine Schulter. An ihrem unteren Rücken spürte sie die Hitze seiner Erektion, was sie jedoch nicht als beunruhigend empfand. Sein Körper war entspannt und sein Kopf ruhte an der natürlichen Kopfstütze des Felsensimses.

»Erzähl mir, wo du überall gewesen bist, Hope, und womit du dich beschäftigt hast.« Er klang neugierig und schien sich mit der Situation abgefunden zu haben.

Während das Wasser gegen ihre Brust plätscherte, begann sie zu erzählen. »Ich bin fast überall herumgekommen: Indien, Japan,

Philippinen, Mexiko, Hawaii… überall, wo extremes Wetter geherrscht hat oder Naturereignisse stattgefunden haben, bin ich gewesen. Während des Frühlings und Sommers habe ich mit David im Team gearbeitet und sogenannte Superzellen, Riesenwolken, verfolgt, meist in der Gegend von Tornado Alley. In der jetzigen Jahreszeit hätte ich mich normalerweise darauf vorbereitet, Tornados hier in den USA aufzuspüren und mit David Stürme zu beobachten.« Vor Kummer brach ihr die Stimme und Jason schloss sie in stillem Trost beschützend und mitfühlend noch fester in die Arme.

»Und wann hältst du dich zu Hause auf?«

»Beinahe überhaupt nicht«, gab sie zu. »Doch wenn, dann im Winter.«

»Wegen der Lawinen und Schneestürme«, erkundigte sich Jason ironisch.

»Eher wegen des Skifahrens«, antwortete sie frech. »Und wegen der Footballspiele der Denver Broncos.«

»Ernsthaft?« Jason klang gespielt erzürnt. »Du hast deine Sympathien den Broncos zugewandt? Und was ist mit den Bostoner Patriots? Du bist doch ein Mädchen aus Boston.«

»Ich bin wankelmütig«, antwortete sie scherzhaft. »Die Broncos haben mir mein Herz gestohlen.«

»Die haben doch seit fünfzehn Jahren keinen Super Bowl mehr gewonnen«, brummte Jason in ihr Ohr.

»Die Fans der Broncos sind loyal. Irgendwann wird die Mannschaft wieder gewinnen. Es gibt immer ein nächstes Mal.«

»Ich kann nicht glauben, mit einer Frau verheiratet zu sein, die nicht Fan der Patriots ist«, erwiderte er unglücklich und spielte mit dem Ring an ihrer linken Hand.

Verheiratet.

Für einen kurzen Augenblick hatte sie das vollkommen vergessen, so entspannt fühlte sie sich in Jasons Armen. »Gut, dass das nicht von Dauer ist«, gab sie leichthin zurück. »Ich glaube nicht, dass ich meinerseits mit einem Fan der Patriots verheiratet sein möchte.«

Jason schwieg eine Zeit lang, dann bemerkte er: »Ich will gar nicht wissen, wie nahe du manchen dieser Tornados gekommen bist.

Und ich will auch nicht wissen, wie oft du dem Tod von der Schippe gesprungen bist. Ich habe die Fotografien gesehen, Hope, und deshalb weiß ich, wie nahe du daran warst, mit deinem Freund zu sterben. Ich bin so verdammt dankbar dafür, dass du dich damals auf Vegas vorbereiten musstest.« Seine Stimme flatterte, als er von ihrem knappen Davonkommen sprach. »Du bist unglaublich talentiert, doch ich möchte, dass du deine Tätigkeit neu überdenkst.«

»Ich arbeite mit Teleobjektiven, das heißt, ich kann die Bilder näher heranholen, als sie es in Wirklichkeit sind.« Sie lächelte schwach; ihr Körper war von dem warmem Wasser vollkommen erschlafft. Obwohl es nicht gerade als Kompliment gemeint gewesen war, tat es ihr gut, von Jason zu hören, dass sie Talent besaß. Sie hatte niemals wirklich nach Anerkennung gestrebt, doch es war gut, dass jemand über ihren Beruf Bescheid wusste, den sie kannte und der auch ihren Brüdern nahestand. Der einzige Mensch in ihrem Leben, der sie bisher unterstützt hatte, war David gewesen.

»Aber du bist dir doch der Gefahren bewusst«, grollte er.

»Davids Tod hat mich zu hart getroffen. Ich weiß Bescheid und ich werde keine Tornados mehr aufsuchen, Jason.«

»Und was ist mit den Hurrikanen, Zyklonen und Taifunen?«

»Ich bin so vorsichtig wie möglich. Ich versuche, mich wegen der Bodenwirbel auf Erhebungen aufzuhalten und postiere mich in einem Gebäude, das der Gewalt des Windes widerstehen sollte«, erklärte sie ihm bedachtsam.

»Sollte?«, knurrte er.

Hope zuckte mit den Schultern. »Für nichts im Leben bekommen wir eine Garantie, Jason. Alles, was wir tun, birgt Risiken. Wenn du jeden Tag in ein Auto steigst, ist das ebenfalls gefährlich. Trotzdem tun wir es.«

»Autos vermeiden normalerweise Gefahrensituationen und suchen nicht nach ihnen.« Seine Stimme klang blechern und rau.

»Können wir nicht einfach die Waffen ruhen lassen? Nur für heute Abend? Erzähl mir, was du gemacht hast, nachdem du die Schule abgeschlossen hattest… außer, dass du eine Tonne Geld gemacht hast und einer der heißesten Junggesellen der Welt geworden bist!« Sie war neugierig darauf, wie sich Jasons Leben gestaltet hatte, wohin er gereist war. Und sie wollte unbedingt in Erfahrung bringen, ob es in seinem Leben für ihn wichtige Frauen gegeben hatte, auch wenn sie das eigentlich nichts anging. Obwohl sie sich schon bald wieder trennen würden, beherrschte sie die Neugier. »Wie geht es deiner Mutter?« Hope hatte Jasons Mutter immer gern gehabt.

»Es geht ihr gut. Sie hat lange gebraucht, um über den Tod meines Vaters hinwegzukommen, doch jetzt geht es ihr gut«, antwortete Jason mit Wärme in seiner Stimme. Die Zuneigung, die er für seine Mutter empfand, trat deutlich zu Tage.

»Ich bin leider nie dazu gekommen, dir mein Beileid auszusprechen. Er war ein guter Mann.« Jason hatte seinen Vater verloren, kurz nachdem er seinen Collegeabschluss gemacht hatte, und in jenem Jahr hatte sie ihn kein einziges Mal gesehen, weil sie ihr erstes Jahr auf der Universität absolvierte. Unglücklicherweise hatte sie bis nach dem Begräbnis noch nicht einmal von dem Tod seines Vaters gewusst. Grady hatte sie während eines ihrer seltenen Telefongespräche davon in Kenntnis gesetzt.

»Er war ein sehr guter Mensch gewesen«, bestätigte Jason, »doch leider kein guter Geschäftsmann. Als ich seine Firma übernommen habe, war sie beinahe bankrott.«

»Wie ist das möglich?«, fragte sie schockiert. Jasons Familie hatte in der Nähe ihrer eigenen gelebt, gleich am unteren Ende der Straße, in einer Villa, die ebenso groß wie die ihrer eigenen Familie gewesen war, und sein Vater war ebenso wohlhabend gewesen wie ihrer. »Er war reich.«

»Er war nicht reich«, gestand Jason barsch ein. »Er hat stets versucht, die Fassade aufrechtzuerhalten. Aber er hatte einige schlechte Investitionen getätigt und eine Menge Geld in Firmen versenkt, die nicht liefen.«

»Oh Gott! Das tut mir leid. Das wusste ich nicht. Wussten meine Brüder Bescheid?« Hope war sich sicher, dass jeder einzelne ihrer Brüder Jason aus der Patsche geholfen hätte.

»Keiner wusste davon. Außer unseren höchsten Managern bist du die einzige Person, der ich das jemals erzählt habe. Selbst meine Mutter weiß nichts davon. Ich konnte es einfach nicht übers Herz bringen, sie wissen zu lassen, dass mein Vater ihr fast nichts hinterlassen hat«, gab er widerstrebend zu. »Nach seinem Tod habe ich versucht, die Scherben aufzusammeln. Ich habe einige riskante Unternehmungen gewagt und habe das restliche Vermögen kalkuliert investiert, was sich ausgezahlt hat. Dann habe ich einfach immer weitergemacht.«

Hope hätte darauf wetten mögen, dass die Geschäfte so riskant nicht gewesen sein konnten. Jason war brillant und hatte einen geschärften Sinn für Investitionen. Wenn er der Überzeugung war, ein Unternehmen könnte florieren, so hatte er stets gute Gründe dafür. »Also hast du die Firma wieder aufgebaut und dir selbst wieder zu Reichtum verholfen. Aus eigener Kraft.«

»In einigen Bereichen hatte ich einfach nur Glück. Aber ja. Dann habe ich mit meinen eigenen Investitionen begonnen und herausgefunden, dass ich verdammt gut darin bin, aus *wenig* Geld *mehr* Geld zu machen, eine Menge mehr.«

»Hast du jemals schlecht investiert?« Hope war von Jasons Leistung beeindruckt. Sie hatte ihn immer für einen reichen Sohn gehalten, der mithilfe des bereits laufenden Geschäftes zu noch mehr Reichtum gelangt war.

Jason zuckte mit den Schultern. »Kaum einmal«, sagte er ohne die Spur von Arroganz. »Falls das passiert, schreibe ich meine Verluste umgehend ab und mache weiter. Mein Vater ist niemals so vorgegangen und deshalb hat er sich beinahe ruiniert.«

»Woher weißt du, dass sich eine Investition auszahlen wird?«

»Das Wichtigste ist die Marktanalyse«, antwortete Jason lässig.

Es beinhaltete weit mehr als das und Hope wusste das. Wenn alles nur auf einer streng ausgeführten Analyse beruhen würde, gäbe es eine Menge mehr reicher Leute. Jason besaß eine Gabe, gute Investitionen aufzuspüren. Und dieser ausgezeichnet ausgeprägte Instinkt kombiniert mit einer gründlichen Analyse bescherte ihm den Erfolg. »Du besitzt Talent, Jason. Ich finde dich unglaublich. Was du geleistet hast, ist quasi unmöglich, trotzdem hast du es geschafft.«

Er schwieg eine Weile, als ob er darauf keine Antwort wüsste. Nach ein paar Minuten stand er auf und nahm sie auf den Arm.

»Ich glaube, wir sind beide durchgeweicht«, brummte er. Sanft setzte er sie auf den Rand des Beckens, sodass sie leicht hinaussteigen konnte, und folgte ihr auf dem Fuß.

»Ich muss duschen«, murmelte sie. »Sonst bekomme ich Hautreizungen von den Mineralien.« Schnell öffnete sie einen kleinen Schrank in einer Nische neben dem Becken. Sie warf Jason ein Handtuch zu und benutzte ein anderes, um sich eilig die Haare zu trocknen. Dann wickelte sie sich den flauschigen Stoff um den Körper und nahm sich eine Flasche Wasser aus einem der Regale. Nachdem sie die Flasche zur Hälfte geleert hatte, reichte sie sie Jason. »Es ist nicht gerade kalt, aber es versorgt uns mit der nötigen Flüssigkeit.«

Schnell hatte Jason die Flasche geleert und warf sie in den Mülleimer. Nachdem er sich grob seinen Körper trockengerieben hatte, wickelte er sich das Handtuch um die Hüfte.

»Eine Dusche hört sich gut an«, bemerkte er unvermittelt, ergriff ihre Hand und zog sie in Richtung Tür. »Lass uns gehen!«

Hope verlor beinahe ihr Handtuch, als sie so plötzlich in Jasons Kielwasser fortgerissen wurde.

Kapitel 5

Jason hatte sich immer für einen Denker gehalten, für einen Mann, der in aller Ruhe seine Möglichkeiten betrachtete, bevor er eine Entscheidung traf. Auch konnte man ihn kaum unbeherrscht oder verwirrt nennen. Hope Sinclair – Hope Sutherland – jedoch brachte ihn langsam aber sicher vollkommen um den Verstand.

Langsam begann sein Geist, die Vielschichtigkeit ihres Charakters zu erfassen. Sein Schwanz aber brachte ihr die gleichen Gefühle wie immer entgegen: Er war mehr als bereit, vollkommen willig und so verdammt gierig darauf, in sie einzudringen, dass er jederzeit zuschlagen konnte.

Er hatte jetzt allen Grund, böse auf sie zu sein.

Sie hatte alle angelogen – ja!

Sie war ein vollkommen anderer Mensch, als er gedacht hatte – ja!

Sie war unabhängig und dickköpfig – hundert Mal ja!

Das Problem bestand darin, dass sie trotzdem immer noch Hope war: immer noch die lustige, süße und großherzige Frau, die sie immer gewesen war. Außerdem war sie talentiert und mutig, was er bewunderte. Ehrlicherweise musste er zugeben, wenn er die Situation als unbeteiligter Zuschauer betrachtete, konnte er verstehen, warum sie ihrer Tätigkeit heimlich nachgegangen war, ohne ihren Brüdern etwas davon zu erzählen. In dieser Hinsicht hatte sie Recht. Ihre Brüder hätten sie aufgrund ihrer ausgeprägten Beschützerinstinkte von einem Sicherheitsdienst überwachen lassen und das hätte ihr die Ausübung ihres Berufes unmöglich gemacht. Fiel es doch ihm selbst schwer genug, die ganze Situation mit Gelassenheit zu betrachten, und auch er verspürte den Drang, sie körperlich dazu zu zwingen, niemals wieder etwas Riskantes zu tun.

Hinzu kam, dass ihn ihr irrsinniges Jekyll-und-Hyde Verhalten beim Sex vollkommen wahnsinnig machte.

Sie begehrte ihn.

Sie reagierte auf ihn.

Sie betrachtete ihn mit Feuer und Glut in den Augen.

Er konnte sie mit seinem Mund zu einem unglaublichen Orgasmus bringen.

Trotzdem durfte er sie nicht ficken. *Warum. Zur. Hölle?* Es geschah etwas mit Hope und er konnte ums Verrecken nicht herausfinden, warum sie ihre Hemmungen nicht überwinden konnte. Sie war keine Jungfrau mehr, also konnte ihr Zögern nicht an einem Mangel an Erfahrung liegen.

Es würde seine Aufgabe sein, ihr zu zeigen, wie unglaublich schön Sex zwischen ihnen beiden sein könnte. Hoffentlich bald! Bevor sein Schwanz zersprang, weil er sich ständig in einem steinharten Zustand befand.

Am schlimmsten war, dass er ihre Anspannung und ihre Bedürfnisse spüren konnte, was in ihm den drängenden Wunsch weckte, sie zum Kommen zu bringen und sie dabei seinen Namen ausrufen zu hören.

Am liebsten hätte er die Dusche auf den stärksten und kältesten Wasserstrahl eingestellt, doch er verzichtete darauf, weil er Hope mit in die Duschkabine nehmen wollte. Schnell entledigte er sich seines Handtuchs und befreite auch Hope von ihrem, bevor er unter das warme Wasser stieg und sie hinter sich herzog.

Mein Gott! Wenn er sie nicht bald berühren durfte, würde er verrückt werden. Er beobachtete, wie sie nach der Flüssigseife griff und ihren Körper einschäumte. Er nahm ihr die Flasche ab und spritzte großzügig Seife in seine Hand, um ihr behilflich zu sein.

»Jason«, wehrte sie ihn mit bebender Stimme ab. Sie riss ihre Augen weit auf und warf ihm einen erschrockenen Blick zu, als seine Finger über ihre Brüste glitten.

»Ich werde dir nichts tun, Hope. Ich verwöhne dich nur ein bisschen«, krächzte er. »Lass mich doch!«

Er hörte ein leises Wimmern, als er seine Hände auf ihre Hüften legte und sie mit dem Rücken gegen seine Vorderseite presste. Jetzt konnte er ihre wunderschönen Brüste bequem erreichen. Er umfasste sie mit beiden Händen, ließ seine Daumen um ihre Brustwarzen kreisen und bemerkte höchst befriedigt, dass sie sich unter seinen Fingern verhärteten. Er wartete, bis sein Streicheln und Necken sie zu empfindlichen Spitzen werden ließ, bevor er sie leicht zwischen seinen Fingern zusammendrückte.

»Jason«, stöhnte Hope und lehnte ihren Hinterkopf gegen seine Schulter.

Gab es etwas Besseres, als zu hören, wie sie seinen Namen stöhnte? Vielleicht, in ihr zu sein, während sie auf ihrem Höhepunkt seinen Namen schrie. Doch fürs Erste gab er sich mit dem zufrieden, was er bekam.

Ihre Haut war von der Seife ganz glitschig und Jasons Hand glitt sanft über ihren Bauch nach unten, bevor er in den fleischigen Schlitz zwischen ihren Schenkeln eindrang, wo er ihre Klitoris suchte und fand. In dem Moment, als seine Finger über das sensibilisierte Nervenknötchen rieben, stöhnte sie auf. Ihr Körper erbebte, als er mit ihrer eigenen Feuchtigkeit seine Finger benetzte und sie dann über ihre Knospe gleiten ließ. »Du bist so feucht und so heiß«, erklang seine raue Stimme an ihrem Ohr. Er keuchte, als er erkannte, dass sie für *ihn* so bereit war.

»Ich brauche –« Ihre Stimme brach mit einem gequälten Ächzen.

In diesem Augenblick begehrte Jason nichts weiter, als sie zu befriedigen. Sie wollte ihn. Sie brauchte ihn. Er war der Mann, der ihr alles geben konnte.

Mit einer Hand spielte er an ihren Brustwarzen, während er mit den Fingern seiner anderen Hand die Stärke und Geschwindigkeit der Reize auf ihre Klitoris erhöhte. Sie bebte am ganzen Körper. »Komm für mich, Hope!«

»Ich glaube, ich kann es nicht aufhalten!«, schrie sie verzweifelt.

»Nicht aufhalten! Lass los!« Gnadenlos fuhr Jason mit seinen erotischen Quälereien fort. Begierig wartete er darauf, dass sie für ihn kam.

»Ja. Oh Gott! Jason!« Sie keuchte, ihr Körper bebte noch heftiger und sie geriet außer sich in seinen Armen.

Mein. Sie gehört mir.

Als sie ihren Höhepunkt erreichte, wurde Jason von seinen Besitzerinstinkten übermannt. Er löste seine Hand von ihren Brüsten und drang mit zwei Fingern in ihren Tunnel ein. Er empfand es als reiche Belohnung, als er spürte, wie sich ihre Muskeln anspannten und sich um seine Finger zusammenzogen, als sie schließlich Erleichterung fand.

Ihr zu Tode entsetzter Schrei brachte ihn in die Wirklichkeit zurück.

»Nein! Aufhören! Nein!« Hope wehrte sich gegen ihn und versuchte verzweifelt zu entkommen.

Erschrocken zog Jason seine Hände zurück und drehte sie zu sich herum. »Hope! Hör auf damit! Es ist alles gut, mein Herz! Was ist geschehen?«

Sein Herz hämmerte mit aller Gewalt gegen seinen Brustkorb und mit festem Griff presste er sie an seine Brust, unfähig, sie loszulassen.

Was zum Teufel war hier los? Es schien beinahe so, als ob sie besessen wäre: Ihre Nägel krallten sich in seine Brust und ihre Schreie hallten durch das Badezimmer, ein markerschütterndes Geheul des Schmerzes und des Entsetzens, das er niemals mehr vergessen würde. »Hope!«, versuchte er, ihre Schreie zu übertönen. »Rede mit mir!«

Langsam beruhigte sie sich etwas, so als ob sie aus einer Betäubung aufwachte. »Jason?«, schluchzte sie.

»Ich bin es, Baby. Ich bin hier.«

»Oh Gott! Es tut mir so leid!« Weinend verbarg sie ihr Gesicht an seiner Brust.

So hielt er sie eine Weile und verlor jegliches Zeitgefühl. Er streichelte ihr den nassen Kopf und den Rücken, bis sie zu schluchzen aufhörte. Dann stellte er mit einer Hand das Wasser ab und stieg aus der Kabine. Sie blieb hilflos in der Kabine stehen und sagte kein Wort, als er sie mit einem Handtuch abtrocknete. Bevor er es zur Seite legte, fuhr er sich selbst kurz damit über den Körper. Dann nahm er sie auf den Arm und brachte sie ins Bett.

Sie zitterte, als er zu ihr unter die Decke kroch, sodass er sich eiligst an sie schmiegte. »Möchtest du, dass ich das Licht einschalte?«, fragte er heiser, weil er nicht wusste, wie er ihr helfen konnte. Das Zimmer war dunkel, die Fensterläden geschlossen und nur das Flurlicht tauchte das Schlafzimmer in mäßiges Dämmerlicht.

»Nein.« Sie warf ein Bein über seine und kletterte beinahe auf seinen Körper. »Lass mich nicht allein, Jason!«

Er atmete schwer aus und schloss sie noch fester in seine Arme. »Ich werde nirgendwohin gehen. Das verspreche ich dir.«

Auf der Stelle beschloss Jason, niemals irgendwohin zu gehen, wenn Hope ihn brauchte.

In dem Augenblick, in dem er ihre entsetzten Schreie gehört hatte, die ihm beinahe einen Herzstillstand beschert hatten, waren seine Beschützerinstinkte aufgelodert. Er hatte keine Ahnung, was geschehen war, doch das würde er noch herausfinden. Im Moment galt seine ganze Aufmerksamkeit der Frau in seinen Armen. Er musste dafür sorgen, dass sie sich wieder sicher fühlte.

Noch lange, nachdem sie eingeschlafen war, lag Jason wach und versuchte, die Dämonen, die sie plagten, welcher Art auch immer sie sein mochten, zu bezwingen und zum Teufel zu jagen. Nach einer Weile, nachdem er sicher sein konnte, dass sie friedlich im Schutz seiner Arme schlummerte, fiel auch Jason in Schlaf.

Am nächsten Morgen wachte Hope früh auf. Ihre Gliedmaßen waren immer noch um Jasons gewickelt und seine Arme umfingen sie, als ob er sie beschützen wollte.

Leise schlüpfte sie aus dem Bett und zog sich schnell eine kurze Jeans und ein blattgrünes kurzärmeliges Hemd über. Nachdem sie sich das zerzauste Haar gekämmt hatte, das sie am Abend zuvor nach der Dusche nicht gebürstet hatte, wühlte sie in ihrem Schminkkoffer, bis sie eine Haarspange gefunden hatte, um die widerspenstigen Strähnen zusammenzuhalten. Dann schnappte sie sich ihre Leinenschuhe, ihre zuverlässige Nikon und deren Tasche und schlich sich aus dem Schlafzimmer, genau in dem Moment, als die Sonne aufging.

Jason schlummerte friedlich weiter – Gott sei Dank! – also musste sie sich nicht schon am frühen Morgen einer Konfrontation stellen. Am vorherigen Abend hatte sie sich erniedrigt gefühlt und sie wusste nicht, wie sie sich Jason verständlich machen konnte. Sie hatte geglaubt, über diese extremen Reaktionen hinweggekommen zu sein und endlich das Entsetzen überwunden zu haben, das sie bei dem Vorfall vor drei Jahren bei lebendigem Leib verschlungen hatte.

Ich habe nie wieder versucht, Sex zu haben, außer in jener Nacht mit Jason.

Nein, sie hatte es nicht mehr versucht und vielleicht sollte sie auch jetzt keine Experimente wagen. Jason war in der Lage, ihren Körper in die höchsten Hemisphären zu versetzen… doch nur bis zu einem gewissen Punkt. Nachdem sie endlich ein bisschen Frieden gefunden hatte, sollte sie vielleicht alles vermeiden, was diese erschütternde Erfahrung wieder zu neuem Leben erweckte.

Entschlossen schlüpfte sie in ihre Tennisschuhe – sie verzichtete auf die Socken, denn sie wollte keinesfalls ins Schlafzimmer zurückgehen, um nach ihnen zu suchen – und ging in die Küche.

Mache ich mir einen Kaffee oder nicht?

Ohne Koffein war sie zu nichts zu gebrauchen, doch sie wollte keine Zeit verlieren. Also nahm sie eine Dose gezuckertes Sodawasser mit Koffeingehalt aus dem Kühlschrank und griff lächelnd nach einem der Schokoriegel, die auf der Arbeitsplatte lagen.

Er ist immer noch süchtig nach Schokolade.

Als Kind hatte sie Jason kaum ohne eine mit Schokolade überzogene Süßigkeit in der Hand gesehen und seine Gewohnheiten hatten sich offensichtlich nicht geändert. Aus irgendeinem Grund flößte ihr das ein angenehmes Empfinden ein. Sie lächelte, als sie sich fragte, ob er bemerken würde, dass sie einen der Schokoriegel stibitzt hatte. In ihrer Kindheit hatte er immer mit ihr geteilt, doch mit seiner Schokolade konnte er ziemlich geizig sein.

Leise öffnete sie die Tür, schlüpfte ins Freie und schloss sie genauso vorsichtig wieder hinter sich. Sie nahm die Kamera aus ihrer Hülle und legte sie sich mit dem Riemen um den Hals. Schnell stellte sie die Linse ein, um vorbereitet zu sein, falls ihr ein wildes Tier über den Weg lief. Nachdem sie sich orientiert hatte, beschloss sie, einem ausgetretenen Pfad durch den Wald zu folgen, und öffnete im Gehen ihren Proviant. Sie hatte sich den Riemen der Kamera quer über den Oberkörper gelegt, um sich frei bewegen zu können, und schritt kräftig aus, sodass ihre Beine keine Möglichkeit bekamen auszukühlen. Über Nacht hatte es sich merklich abgekühlt, wie es für diese Höhe typisch war, doch sobald die Sonne höher und heller am Himmel stehen würde, konnte man wieder mit Wärme rechnen.

Recht schnell war der Schokoriegel verspeist und in einem Zug kippte sie das Sodawasser hinterher. Sie fühlte sich bereits wacher, als sie spürte, wie der Zucker und das Koffein ihre Wirkung entfalteten.

Hin und wieder legte Hope eine Pause ein, um die Berge zu fotografieren. Der enge Pfad öffnete sich nun auf eine weite Wiese. Sie erstarrte, als sie neben dem in der Mitte verlaufenden Wildbach den größten Elchbullen entdeckte, den sie je zu Gesicht bekommen hatte. Träge und friedlich graste er entlang des Wassers. Langsam bewegte sie sich vorwärts und achtete auf jedes noch so kleine Anzeichen der Aggression. Währenddessen fotografierte sie das majestätische Tier mit dem gekräuselten braunen Fell und dem größten Paar Hörner, das sie je gesehen hatte. Sie war sich bewusst, dass der Elch sie längst bemerkt hatte, doch das große Säugetier ignorierte sie. Sein einziger natürlicher Feind war der Wolf, daher zeigte sich das Tier nicht sehr beeindruckt von ihrem Erscheinen. Trotzdem blieb sie in sicherer Entfernung, schoss ein Foto nach dem anderen und justierte die Linse und die Kamera, um den Elch aus verschiedenen Winkeln aufnehmen zu können.

Die Nachfrage nach ihren Landschafts- und Wildtieraufnahmen war gestiegen, obwohl sie eigentlich eher für ihre Extremwetterfotografie bekannt war. Hope war während des Fotografierens von einer stillen Ehrfurcht erfasst und sie genoss jeden Augenblick, den sie mit diesem herrlichen Geschöpf verbringen durfte, bevor es weiterzog, zurück in die Wälder.

»Manchmal kannst du hier auch europäische Elche und Bären beobachten«, bemerkte plötzlich eine tiefe Stimme hinter ihr. »Das ist ein bekanntes Wasserloch für wilde Tiere.«

Hope wirbelte herum. Das Herz sprang ihr beinahe aus der Brust, als sie den Besitzer der Stimme sah, einen Mann, der nur einige Meter von ihr entfernt stand. Mit einer Hand auf der Brust erklärte sie ihm atemlos: »Sie haben mir Angst eingejagt!«

»Entschuldigen Sie. Ich wollte den Elch nicht verjagen«, erwiderte er mit den Händen in den Taschen seiner Jeans.

Hope starrte ihn an. Der Mann war ungefähr in Jasons Alter und hatte hinreißend blonde, kurz und akkurat geschnittene Haare. Er trug lässige Jeans und einen langärmeligen Pullover und seine Füße steckten in wunderschönen Wanderstiefeln. Er blickte zu Boden, doch als er seinen Kopf hob, um sie anzusehen, erstarrte Hope. Sie war geschockt. Sie kannte dieses Gesicht, dieses Paar rauchige graue Augen, gerahmt von herrlich dichten Augenwimpern. »C- Colt?«

»Hallo H.L. Sinclair«, antwortete er mit einem schwachen Grinsen. »So trifft man sich wieder.«

Hope war sprachlos vor Erstaunen, den Mann wiederzusehen, den sie nur ein einziges Mal und nur sehr kurz getroffen hatte, der aber trotzdem in ihrem Leben eine solch wichtige Rolle gespielt hatte. Sie konnte es kaum glauben, dass er tatsächlich leibhaftig vor ihr stand. Sie schloss die Augen und öffnete sie wieder, doch Colt stand immer noch vor ihr.

»Wie geht es dir?« Sein Gesicht verschattete sich.

»Mir geht es gut. Ich kann einfach nicht glauben, dass du hier bist«, antwortete sie stockend.

»Mein richtiger Name lautet Tate Colter. Irgendwie gehöre ich hierher«, erwiderte er neckend.

»Du bist Tate Colter?«

»Ich habe das vor Kurzem noch überprüfen lassen«, gab er scherzend zurück. Dann breitete er die Arme aus und schenkte ihr ein so strahlendes Lächeln, dass auf seiner Wange ein attraktives Grübchen zum Vorschein kam. »Lass dich umarmen! Du weißt, dass du das am liebsten tun würdest!«

»Oh Gott!« Hope sprang ihn an und warf sich in seine ausgestreckten Arme. »Ich hatte nie die Gelegenheit, mich zu bedanken. Ich habe dich nie wiedergesehen.« Die Tränen rollten ihr die Wangen hinunter, als sie dem Mann, der ihr einst das Leben gerettet hatte, fest die Arme um den Hals schlang. »Ich danke dir, Colt! Danke für alles, was du für mich getan hast.«

Er erwiderte die Umarmung und wiegte sie sanft hin und her. »Ich habe nur meinen Job getan, Hope. Ich war mir nicht einmal sicher, ob du mich wiedererkennen würdest. Vor ein paar Tagen wäre das gewiss nicht der Fall gewesen.«

Wie konnte sie Colt nicht wiedererkennen? Er war ihr Retter gewesen und diese wunderschönen Augen waren unvergesslich. »Ich war total betrunken, als wir hier angekommen sind«, gab sie zu. »Habe ich dich denn hier schon gesehen?«, erkundigte sie sich verwirrt.

»Ich habe dich und Jason hierher nach Rocky Springs geflogen. Ich war mit ihm in Vegas. Dir schwanden die Sinne, bevor wir gelandet sind, und wir hatten keine Gelegenheit mehr, uns zu sehen, bevor du vollkommen das Bewusstsein verloren hast.«

»Nicht gerade einer meiner besten Momente«, erwiderte sie beschämt. Sie lehnte sich zurück, um ihn anzuschauen. »Ich bin so glücklich, dich zu sehen.«

»Das geht den meisten Frauen so«, erklärte er eingebildet.

Hope erwiderte sein Lächeln. Sie konnte nicht anders. Colt – oder Tate? – war damals äußerst selbstbewusst aufgetreten, doch vor drei Jahren hatte ihr diese zuversichtliche Dreistigkeit als Rettungsanker gedient und sie hatte sich mit allem, was ihr verblieben war, an sie geklammert. »Verrate mir, wie es dazu gekommen ist, dass ein milliardenschwerer Colter bei der Spezialeinheit landet«, drängte sie ihn neugierig.

»Ich bin ein Rebell«, antwortete er gelassen. »Wahrscheinlich bin ich auf die gleiche Art dort hineingeschlittert wie eine vermögende Sinclair in die Extremwetterfotografie«, neckte er sie. »Meine Hütte befindet sich direkt hinter diesem Hügel. Darf ich dir einen Kaffee anbieten?«

»Aber sehr gern«, stimmte sie dankbar zu und folgte ihm, nachdem er sich von ihr gelöst und die Führung übernommen hatte. Für eine Weile breitete sich eine behagliche Stille zwischen ihnen aus, bevor Tate zu sprechen begann. »Ich fürchte, ich bin genauso neugierig wie du«, bemerkte er. »Ich frage mich, wie eine äußerst vermögende Sinclair dazu kommt, allein und ohne Schutz in ein fremdes Land zu reisen. Ich habe dich niemals mit *den* Sinclairs in Verbindung gebracht, denn der Familienname ist sehr gebräuchlich. Und deinen Vornamen kannte ich nicht.«

»Ich wollte meine Tätigkeit vor allen verheimlichen.« Nun befanden sie sich auf einem Pfad, der bergauf führte.

»Weiß Jason, was geschehen ist?«, fragte Tate vorsichtig. »Ich habe dich erkannt, als ich dich in Vegas gesehen habe, aber ich habe kein Wort darüber verloren.«

Sie starrte auf seinen breiten Rücken vor ihr. »Danke, dass du nichts gesagt hast.«

Auf der Hügelkuppe drehte er sich zu ihr herum und reichte ihr die Hand, um ihr einen kurzen, felsigen Anstieg hinaufzuhelfen. »Ich habe deinen Computer geknackt, als wir in Rocky Springs angekommen sind«, beichtete er plötzlich, nicht im Geringsten reumütig.

»Warum?« Sie sah ihn befremdet an und holte zu ihm auf.

»Weil ich dazu in der Lage war«, antwortete er boshaft. »Du musst dir unbedingt einen besseren Computerschutz zulegen. Ich wollte wissen, was du so treibst, für den Fall, dass du mich nicht wiedererkannt hättest. Immerhin musste ich damit rechnen, dass du dich wieder in einen Sturm begeben würdest.«

Sie wusste, sie hätte verärgert sein sollen, weil Colt in ihren Computer eingebrochen war, doch sie konnte ihm nicht böse sein. Hope nickte langsam. »Ich musste weitermachen.«

Tate nickte. »Ich verstehe. Aber ich finde, du solltest es Jason erzählen. Er war vollkommen außer sich, Hope. Der Junge hat dich geheiratet. Er liebt dich genug, um Bescheid wissen zu müssen. Ich habe ihm nur deinen speziellen Beruf verraten. Den hätte er sowieso herausgefunden. Aber ich sehe es nicht als meine Aufgabe an, ihm noch mehr über dich mitzuteilen, auch nicht, dass wir beide uns schon einmal begegnet sind. Das solltest du ihm selbst erzählen.«

Sie folgte ihm, als er nun auf ein großes Haus auf der Spitze des Hügels zustrebte. »Er war betrunken, als er mich geheiratet hat, und wollte mir einfach nur an die Wäsche«, erwiderte sie und erschrak im selben Moment darüber, dass ihr diese Worte entschlüpft waren. Sie kannte Colt doch kaum, obwohl er in ihrem Leben kurzzeitig eine wichtige Rolle gespielt hatte.

Tate lachte in sich hinein. »Ich habe eine Sondermeldung für dich, Hope: Das ist das, was die meisten Männer wollen. Und um das zu bekommen, müssen sie die Frau nicht erst heiraten. Aber das ist nicht alles, was Sutherland begehrt.«

»Colt, er hat gesagt –«

»Er hat eine Menge Mist im Gehirn«, unterbrach Tate sie bestimmt. »Und nenn mich bitte Tate! Colt war lediglich mein Deckname.«

Hope hielt inne, als das Haus in Sicht kam, das Tate ansteuerte. »*Das* ist deine *Hütte*?«

Er zuckte mit den Schultern. »Sie besteht in der Tat aus Baumstämmen.«

Hope bestaunte das Haus und versuchte, die wahre Größe und Bauart zu erfassen. Es bestand aus Zedernholzbaumstämmen und Stein und besaß große Zedernpfeiler vor der Fassade. Diese war mit hochaufragenden Panoramafenstern geschmückt, die wahrscheinlich einen unglaublichen Ausblick auf den Sonnenuntergang boten. Das Haus wies mindestens zwei Stockwerke auf, wahrscheinlich sogar drei, denn sie war sich ziemlich sicher, dass eine der Treppen in ein Kellergeschoss führte. Außerdem gab es eine mit zahlreichen

Türen verbundene Garage, die wahrscheinlich ein halbes Dutzend Fahrzeuge beherbergen konnte. Merkwürdig, das Haus war so gestaltet, dass es sich perfekt in die Umgebung des bewaldeten Berges einpasste, und obwohl es riesig groß war, machte es einen einladenden Eindruck, anstatt protzig zu wirken. »Es ist wunderschön«, bemerkte Hope atemlos. »Darf ich ein paar Fotos machen?«

Tate winkte mit der Hand, was Hope als Erlaubnis auffasste. Schnell schoss sie einige Fotos und folgte ihm dann über den steinigen Pfad zur Haustür.

Das Innere des Hauses war ebenfalls atemberaubend schön. Die ganze obere Etage, offen und weiträumig, wurde von der gleichen Kathedralendecke überwölbt wie im Gästehaus. Als sie das Wohnzimmer durchquerte, bemerkte sie eine Menge antiker Feuerwehrausrüstungen und -fotos, die gut sichtbar präsentiert waren. »Du sammelst Antiquitäten?«

»Nur Dinge, die mit der Feuerwehr zu tun haben. Einer meiner Vorfahren hat die Firma ›Colter Equipment‹ gegründet, die in großem Umfang Feuerwehrausrüstung und Getriebe produziert hat und heute zu den größten Herstellern zählt. Mir gefällt es, die alten Stücke und das Werbematerial des Unternehmens zu sammeln. Ich betrachte es als mein Hobby. Außerdem bin ich Mitglied bei der Freiwilligen Feuerwehr.«

Hope lächelte vor sich hin, als sie ihm in die Küche folgte, nicht im Geringsten überrascht, dass Tate sich engagierte, um in seinem Lebensumfeld Hilfe zu leisten. »Das Haus ist hinreißend.«

»Die Küche ist eigentlich überflüssig«, brummte Tate, während er ihr eine einzelne Tasse Kaffee aufbrühte und dann den Prozess für sich selbst wiederholte. »Ich benutze hier fast nichts, außer die Mikrowelle und die Kaffeemaschine.«

Hope nahm am Küchentisch Platz und sah sich anerkennend in der großen, geräumigen Küche um, die mit allem erdenklichen modernen Komfort und hübsch mit Arbeitsplatten aus Granit und Schränken aus Zedernholz ausgestattet war. Sie nahm die Tasse Kaffee, die er ihr reichte. »Zu schade. Die Küche ist der Traum eines jeden Koches.«

Tate stellte Milch und Zucker auf den Tisch, bevor er nach seinem eigenen Kaffee griff. Er drehte den aus hölzernen Latten bestehenden Stuhl herum, ließ sich mit gespreizten Beinen darauf nieder und stützte seine Unterarme auf der Tischplatte ab. »Also geht es dir jetzt wirklich gut?«

Hope zuckte mit den Schultern. »Zum größten Teil… ja. Aber ich glaube, es gibt da noch ein paar Dinge, von denen ich mich niemals werde befreien können.«

»Ich glaube nicht, dass du ein solches Erlebnis haben kannst, ohne dass psychische Probleme zurückbleiben«, bemerkte Tate mit leiser, beschwichtigender Stimme. »Wie wirst du dich Jason gegenüber verhalten? Du solltest ihm alles erzählen. Er weiß doch auch über deinen Beruf Bescheid.«

Ihre Augen verengten sich. »Das habe ich dir zu verdanken«, warf sie ihm vor.

»Er hätte es sowieso herausgefunden. Deine Künstlermappe lag offen herum. Er ist doch nicht dumm. Er wäre auch dahintergekommen, wenn ich ihm nicht geholfen hätte. Du bist mit ihm verheiratet, Hope. Du musst ihm alles erzählen. Der Junge ist verrückt nach dir.«

»Sicher nicht«, widersprach Hope. »Er wollte lediglich verhindern, dass ich einen anderen Mann heirate, einen Mann, der noch nicht einmal existiert.«

Tate grinste. »Der erfundene Liebhaber?«

»Wie hast du das herausgefunden?« Hope gab Milch und Zucker in ihren Kaffee und nahm genießerisch einen großen Schluck des aromatischen Getränks.

»Weil ich nicht Jason bin. Der Kerl ist im Moment nicht in der Lage, klar zu denken. Es war nicht schwer, das aufzudecken, doch es hat eine Weile gedauert. Ich glaube, der ausschlaggebende Faktor bestand darin, dass in deinem Computer nicht eine einzige E-Mail oder irgendeine andere Spur von ihm zu finden war.«

»Und du hast es nicht für nötig befunden, ihm auch das zu verraten?« Sie warf ihm einen verärgerten Blick zu.

»Nein. Ich bin davon ausgegangen, dass du ihm mit der Zeit von selbst alles beichten würdest.«

»Ich habe ihm fast alles erzählt. Doch es gibt da noch ein paar Dinge, über die ich nicht sprechen will. Ich habe immer noch ein paar… Probleme.« Hope seufzte. »Ich kann unmöglich mit ihm verheiratet bleiben.«

»Wir alle haben unsere Probleme«, knurrte Tate. »Der einzige Weg, deine zu lösen, besteht darin, mit Jason darüber zu reden. Glaub mir, er will mehr von dir, als dir nur an die Wäsche zu gehen«, erklärte Tate offen. »Wenn das alles wäre, hätte er sich leicht mit einer anderen Frau befriedigen können, ohne diesen ganzen Aufwand.«

Dieser Umstand war Hope längst bewusst, weshalb sie Jasons Motivation immer noch nicht ganz durchschauen konnte. Sie war sich ziemlich sicher, dass der einzige Grund für sein momentanes friedliches Verhalten in seinem Bestreben zu suchen war, sie von gefährlichen Unternehmungen abzuhalten. »Warum hat er dann nicht diese Möglichkeit gewählt?«, wollte sie verzweifelt wissen. »Warum hat er sich dann in Vegas nicht einfach eine andere Frau genommen und mich in Ruhe gelassen?«

Tate kreuzte die Arme über der Stuhllehne und bedachte sie mit einem durchdringenden Blick. »Ich denke, das ist etwas, das du selbst herausfinden solltest.«

Hope stieß ärgerlich die Luft aus. »Ich weiß, dass ich ihm von meinem Erlebnis erzählen sollte. Einige meiner Ängste verwirren ihn. Alles Übrige ist ihm bekannt. Es fällt mir nur so schwer… es wieder zum Leben zu erwecken.«

»Obwohl ich weiß, wie schwer dir das fallen wird, möchte ich, dass du dir selbst die Möglichkeit gibst, vollkommen zu heilen, was bedeutet, dass du dich Jason stellen musst und ihn die ganze Wahrheit wissen lässt«, sagte Tate ernst und griff nach seiner Kaffeetasse.

»Ich will es doch auch. Ich will weiterkommen.« Sie wünschte, sie besäße Tates Zuversicht, sodass sie wieder vollkommen geheilt würde. Sie war der Überzeugung gewesen, auf dem richtigen Weg zu sein… bis sie Jason wiedergesehen hatte. Er brachte sie dazu, sich nach Dingen zu sehnen, die sie zuvor nicht einmal vermisst hatte.

Der letzte Abend und ihr Erlebnis mit Jason während der Feiertage waren beredt genug gewesen. Es gab immer noch ein paar Geister, die sie offenbar noch nicht hatte vertreiben können.

»Wie lange wirst du bleiben?«

»Zwei Wochen. Er erpresst mich«, klärte Hope Tate unglücklich auf.

Tate grinste zynisch. »Kluger Mann. Er droht damit, alles deiner Familie zu verraten, falls du weggehst?«

»Ja.«

Tate lachte in sich hinein.

»Tate?«, fragte Hope ruhig.

»Ja?«

»Du bist schon ein Arschloch«, erklärte sie.

Er grinste. »Ich habe niemals vorgetäuscht, etwas anderes zu sein, Liebling.«

Hope verdrehte die Augen. So viel sie Tate auch schuldete, er erzürnte sie mit seiner Vagheit. Sie nahm an, dass es sich dabei um eine Begleiterscheinung seiner Mitgliedschaft bei der Spezialeinheit handelte. »Bist du aus dem Militär ausgestiegen?«

Er nickte. »Schon vor über einem Jahr.«

Gnädiger Weise ließ Tate das Thema Jason fallen. Sie und Tate unterhielten sich noch über dies und jenes, bis sie ihren Kaffee getrunken hatten. Dann begleitete er sie zum Gästehaus zurück.

Gerade als sie Tate auf der Türschwelle zum Abschied umarmte, flog die Haustür auf und Jason erschien.

Kapitel 6

»Ich gebe dir zwei Sekunden, um deine Finger von meiner Frau zu nehmen, bevor ich dich umbringe«, knurrte Jason böse.

Hope löste sich hastig aus Tates freundschaftlicher Umarmung und bemerkte erschrocken den mörderischen Blick, mit dem Jason Tate anstarrte.

»Sie ist allein in den Wäldern herumgelaufen. Vielleicht solltest du dich besser um deine Frau kümmern«, erwiderte Tate selbstgefällig, um Jason absichtlich zu provozieren.

»Hurensohn«, knurrte Jason, während er versuchte, um Hope herumzugehen, um zu Tate zu gelangen.

»Stopp!«, schrie Hope laut. »Jason, ich muss mit dir reden.« Sie behauptete ihre Position zwischen Tate und Jason und trommelte diesem gegen die Brust. »Tate, danke, dass du mich nach Hause gebracht hast, obwohl ich meinen Weg auch allein gefunden hätte.«

»Ich glaube, es wird mir langsam zur Gewohnheit, Sie sicher nach Hause zu geleiten, H.L. Sinclair«, erwiderte Tate rätselhaft. »Ich habe dir gesagt, dass er mehr von dir will als nur Sex«, fügte er ruhig hinzu, bevor er sich umdrehte und den Pfad zu seinem Haus zurückging.

»Was zum Teufel hat er damit gemeint?«, grollte Jason. Seine saphirblauen Augen schossen feurige Blitze auf Tates Rücken ab.

»Nichts«, wich sie aus, während sie versuchte, Jason durch die Vordertür ins Innere des Hauses zu schieben. Während des Rückwegs von Tates Heim hatte sie ein paar Entscheidungen getroffen und jetzt wollte sie mit Jason reden. Sie musste versuchen, ihm alles zu erklären. Wenn es ihr gelang, würde er ihr vielleicht helfen, wieder ganz zu werden. Wenn sie es nicht versuchen würde, würde sie ihr Leben lang bereuen, nicht zu wissen, was geschehen wäre, wenn sie Jason um Hilfe gebeten hätte.

Und sie hatte bereits mehr als genug zu bereuen.

Abrupt drehte sich Jason herum und stürmte ins Haus zurück.

Hope stieß erleichtert die Luft aus und folgte ihm. Sie hatte befürchtet, dass Jason Tate verfolgen würde. Sie schloss die Tür hinter sich und ging zu Jason ins Wohnzimmer.

»Rede!«, forderte er sie auf und ließ sich mit stürmischer Miene in einen ledernen Sessel sinken. »Erklär mir, wie es dazu kommen konnte, dass du dich mit einem Kerl einlässt, den du gerade erst kennengelernt hast! Mein Gott, Hope! Was zum Teufel stimmt nicht mit dir?«

»Ich habe mich nicht mit ihm eingelassen«, empörte sich Hope. »Ich habe ihn zwar umarmt, doch ich habe ihn nicht erst heute kennengelernt. Wir haben uns schon vorher einmal… getroffen.« Vorsichtig legte sie ihre Kamera und die Hülle auf dem Kaffeetischchen ab und setzte sich ihm gegenüber mit untergeschlagenen Beinen auf die Couch.

Du schaffst es. Erzähl ihm einfach alles! Jason ist der einzige Mann, der dir im Augenblick helfen kann.

»Wie zum Teufel hast du Colter kennengelernt? Er hat nie erwähnt, dass er dich bereits kennt. Hast du zwischen deinen verschiedensten Liebhabern und Trennungen mit ihm geschlafen?« Jason explodierte. Sein Gesichtsausdruck wurde kalt. »Ich kann dich absolut nicht mehr verstehen, Hope. Gestern bist du bereits während des Vorspiels ausgeflippt und am nächsten Morgen finde ich dich in enger Umschlingung mit einem anderen Mann.«

»Ich weiß.« Hope wusste, dass ihr Verhalten ihn verwirrte. An seiner Stelle hätte sie wahrscheinlich angenommen, sie wäre psychotisch. »Ich möchte es dir gern erklären. Bitte!«

»Ich wünschte, es könnte mir jemand erklären«, brummte Jason mit unverändert zornigem Gesichtsausdruck.

Hope holte tief Luft. »Ich kenne Tate unter dem Namen Colt, den er als Decknamen benutzt hat, als er noch bei der Spezialeinheit gedient hat. Ich wusste nicht, dass er hier ist oder dass er zu den Colters aus Colorado gehört. Er und sein Team von der Spezialeinheit haben mir vor drei Jahren das Leben gerettet.« Sie sah, dass Jason seinen Mund öffnete, um eine Frage zu stellen. Schnell wehrte sie mit einer Hand ab, ängstlich bemüht, die ganze Geschichte loszuwerden, bevor sie der Mut verließ. »Bitte lass mich zuerst zu Ende erzählen!«

Jason nickte und schwieg, starrte sie aber finster an.

Hope fuhr fort. »Ich war gerade erst seit einem Jahr meiner Tätigkeit nachgegangen und versuchte immer noch, mir einen Namen zu machen. Ich bemühte mich darum, in meinem Beruf Fuß zu fassen, indem ich Extremwetterschauspiele fotografierte. Mir war bekannt, dass ein großer Zyklon erwartet wurde, der die Küste von Indien treffen sollte. Ganz allein bestieg ich ein Flugzeug und machte mich auf den Weg. Dort angekommen positionierte ich mich auf einem sicheren Platz auf einer Anhöhe. Der Sturm entwickelte sich verheerender, als vorausgesagt worden war, und die Küstenlinie verwandelte sich in ein Katastrophengebiet. Ich befand mich an einem sicheren Ort, doch die Schäden waren ungeheuerlich und alles war nur noch ein einziges Chaos. Niemand bemerkte es, als ich in den Kofferraum eines Autos gezwungen und entführt wurde.«

Hope begann, schwer zu atmen, doch sie erzählte weiter, um alles herauszulassen. »Ich war zutiefst erschrocken und um mich herum blieb alles dunkel, obwohl es doch noch Tag zu sein schien. Es dauerte nur ein paar Stunden. Als der Kofferraum endlich geöffnet wurde, befand ich mich weit entfernt von der Küste und war zu einer Ruine außerhalb eines Dorfes gebracht worden. Man bedrohte mich mit Waffen.« Hope erschauderte, als sie an den eiskalten, gefühllosen Blick in den Augen des fremden Mannes dachte, doch sie schüttelte die entsetzliche Erinnerung ab. »Da war ein… Mann. Ich wusste zuerst nicht, was er mit mir vorhatte, und flehte ihn an, mich gehen zu lassen, bevor die Behörden Wind von der Sache bekamen. Er sprach gebrochen Englisch, genug, um zu verstehen, was ich sagte. Er lachte nur und lachte immer weiter, während er… er…« *Oh mein Gott! Sag es einfach!* »Er hat mich vergewaltigt, Jason. Mehrmals hintereinander. Ich habe mich gewehrt, habe geschrien und versucht wegzulaufen, aber es gelang mir nicht. Und es tat weh. Es tat so verdammt weh. Nach einer Weile verschwamm alles im Nebel. Er hat mich geschlagen, um mich zum Schweigen zu bringen, und niemand kam, um mir zu helfen.«

Die Tränen flossen ihr die Wangen hinunter, als sie weitererzählte. »Ich glaube, er hatte vor, mich zu töten, doch ich habe ihm erklärt, dass er die amerikanische Botschaft kontaktieren könnte und vielleicht Lösegeld bekäme, falls er mich am Leben ließe. Zwischen –«, Hopes Stimme brach, doch tapfer brachte sie ihre Erzählung zu Ende, »zwischen seinen Angriffen kontaktierte er dann die Botschaft und diese versuchte, Zeit zu gewinnen. Zu jener Zeit befand sich Tates Einheit in Indien. Später habe ich herausgefunden, dass sie sich ganz in der Nähe aufgehalten haben, weil sie eben diesen Mann verfolgten, bei dem es sich um einen bekannten Terroristen handelte, der in Indien untergetaucht war. Ich glaube, sie sahen den Versuch einer Rettung als den einzigen Weg an, da sie annahmen, dass er mich ohnehin töten würde, selbst wenn sie Lösegeld zahlten. Tates Team stürmte die Ruine und tötete den Terroristen, während ich glücklicherweise noch am Leben war. Sie haben mir das Leben gerettet.« Hope schluchzte und versuchte verzweifelt, die Erinnerungen an das schiere Entsetzen jenes Tages zu verdrängen, doch sie scheiterte elendig.

»Tate ist auf dem gesamten Rückweg in die Vereinigten Staaten an meiner Seite geblieben, hat mit mir geredet und versucht, mir zu helfen. Danach habe ich ihn nie wiedergesehen. Ich hatte noch nicht einmal die Gelegenheit, mich bei ihm zu bedanken. Deshalb war ich so dankbar, als ich ihn heute unverhofft getroffen habe. Ich war froh, endlich die Möglichkeit zu bekommen, mich dafür zu bedanken, was er und sein Team für mich getan haben.« Hope vermied es, Jason anzusehen. Sie konnte es nicht. »Ich habe zwei Jahre Therapie hinter mir. Das Militär hat meine Verletzungen behandelt. Ich musste nach drei Monaten auf HIV getestet werden und ein weiteres Mal nach sechs Monaten. Gott sei Dank war das Ergebnis negativ. Gott sei Dank! Ein Gerichtsverfahren hat nicht stattgefunden. Tate hatte den Mann getötet, der mich misshandelt hat, und ich habe geglaubt, darüber hinweggekommen zu sein… bis ich dich wiedergesehen habe. Ich habe dich begehrt, Jason. Mein Körper wurde durch etwas zu neuem Leben erweckt, das ich niemals zuvor erlebt habe. Es ist nicht so, als ob ich mich nicht danach sehnte. Ich würde gern wissen, wie es wäre, mit dir zusammen zu sein. Aber meine Gefühle machen es mir… unmöglich.« Sie schloss die Augen.

Plötzlich spürte Hope, wie sie angehoben wurde, denn Jason nahm sie auf den Arm und ließ sich mit ihr auf die Couch fallen, wo er sie behutsam auf seinen Schoß setzte. Tröstend strich er ihr mit einer Hand über die Haare und küsste sie auf die Stirn. Mit der anderen Hand streichelte er beruhigend ihren Rücken. »Mein Gott! Es tut mir so leid, mein Pfirsichköpfchen. Das habe ich nicht geahnt. Mir ist überhaupt nicht in den Sinn gekommen –« Seine Stimme brach. Beides, Schmerz und Zorn, war aus seinem Tonfall herauszuhören.

Hope verbarg ihr Gesicht an seiner Schulter. »Ich war noch niemals willentlich mit einem Mann zusammen. Ich habe niemals jemanden genügend begehrt.«

»Also warst du noch Jungfrau, als es geschehen ist«, stellte Jason mit schmerzerfüllter Stimme fest. »Verdammt! Ich wünschte, ich könnte diesen Hurensohn wieder ausgraben und ein zweites Mal töten.« Seine Stimme begann, gewaltig zu vibrieren, und er vergrub sein Gesicht in ihren Haaren. »Es tut mir so leid, Hope… so verdammt leid. Ich hätte, verdammt noch mal, merken müssen, dass etwas nicht stimmte. Ich war zu sehr in meine eigenen Emotionen verstrickt, um dich wirklich bewusst wahrzunehmen. Und jetzt hasse ich mich dafür«, würgte er hervor und schloss sie noch fester in seine Arme. »Ich hasse es, dass du all das allein durchmachen musstest. Verdammt! Warum bin ich nicht da gewesen? Warum nur bin ich damals nicht für dich da gewesen?« Er wiegte sie auf seinem Schoß hin und her, während sein Körper vor unbewältigten Gefühlen bebte.

»Das war nicht dein Fehler.« Sie ließ sich von ihm trösten und von seinen starken Armen beschützen. Sie hatte damals den Kontakt zu David noch nicht wieder aufgenommen, daher hatte sie auf sein Mitgefühl verzichten müssen. Es fühlte sich so gut an, jemanden zu haben, insbesondere wenn es sich um Jason handelte, der ihr endlich Trost zusprach. Obwohl sie die grauenhafte Erfahrung jetzt erneut durchlebte, fühlte sie sich in Jasons Armen geborgen. »Niemand wusste davon. Die Mission stand unter strengster Geheimhaltung. Es gab keine Zeugen und die indische Polizei hat es niemals herausgefunden. Nur die amerikanische Botschaft und Regierung waren eingeweiht. Es handelte sich um ein isoliertes Gebiet außerhalb eines Dorfes. Ich wurde niemals in den Medien erwähnt und dafür war ich äußerst dankbar.« Das Erlebnis war auch ohne den Medienzirkus entsetzlich genug gewesen.

»Aber du brauchtest doch damals irgendjemanden, mein Herz. Du warst allein, verdammt!«, krächzte er und vergrub wieder sein Gesicht in ihren Haaren. »Ich habe mich dir gegenüber wie ein Oberarschloch verhalten, Hope. Ich wusste es nicht. Ich wusste es nicht.« Er wiegte sie heftiger und umklammerte sie verzweifelt.

Der Schmerz, der aus Jasons Stimme sprach, ließ Hope zittern. Sie spürte, dass sein Bedauern echt war. »Du hast es nicht gewusst. Und ich bin froh, dass du jetzt hier bist. Ich war allein und das war schwer. Jetzt ist alles viel leichter.«

»Ich werde dich nicht mehr zum Bleiben zwingen, Hope. Und niemals mehr werde ich dir mit etwas drohen. Ich werde alles tun, um mein Verhalten wiedergutzumachen.«

Ihr Herz zog sich zusammen und sie fuhr ihm zärtlich mit der Hand durch die Haare, um nun ihrerseits ihn zu trösten, so wie er es so bereitwillig bei ihr getan hatte. »Ich möchte gern bleiben.«

»Gott sei Dank!«, knurrte er. »Ich muss jetzt bei dir sein. Ich möchte dir beweisen, dass ich mich nicht immer wie ein Arschloch benehme.«

Hope lächelte durch ihre Tränen hindurch. »Das weiß ich doch längst.«

»Du wirst nicht mehr allein sein. Von nun an werde ich immer für dich da sein. Mein Gott, du hast dich schon viel zu lange allein damit herumgeschlagen.« Er zitterte immer noch am ganzen Körper und hörte nicht auf, sie in seinen Armen zu wiegen. »Du brauchst jemanden, Hope. Lass mich dieser Mann sein! Bitte!«

Sie brauchte nicht einfach nur *jemanden*, sie brauchte *ihn*. Instinktiv wusste sie, dass Jason genau der Richtige für sie war. »Ich habe Angst«, gestand sie ihm zögernd ein.

»Um Gottes Willen! Das tut mir leid. Auf keinen Fall will ich, dass du dich vor mir fürchtest. Ich wollte doch nur, dass du mich genauso begehrst wie ich dich«, gestand er mit rauer Stimme.

»Das tue ich doch. Du bist der einzige Mann, für den ich jemals diese Art Verlangen verspürt habe. Aber hoffentlich kannst du verstehen, dass meine Ängste mich beherrschen. Ich habe nicht dich abgewehrt. Es war der Akt selbst. Die schlimmen Erinnerungen suchen mich jedes Mal heim, wenn es zur… Penetration kommt. Oder wenn ich festgehalten werde.« Sie sprach jetzt vollkommen offen, denn er musste sie unbedingt verstehen.

»Ich werde dich nie mehr sexuell berühren. Ich schwöre es.«

Das war nun aber das Gegenteil von dem, was sie eigentlich wollte, und das musste sie ihm irgendwie begreiflich machen. Sie öffnete schon den Mund zu einer Erklärung, schloss ihn aber, als er wieder zu sprechen begann.

»Du könntest tot sein. Allein die Tatsache, dass du jetzt hier bist, dass ich dich hier in meinen Armen halten kann, ist ein verdammtes Wunder.«

»Ich habe überlebt und dafür bin ich dankbar.«

»Trotzdem bist du in die Katastrophengebiete zurückgegangen. Warum?« Er hob seinen Kopf, um sie zu zwingen, ihn anzusehen. Seine Miene war immer noch stürmisch bewegt.

Hope blickte in seine aufgewirbelten, bekümmerten Augen. »Ich musste es tun«, gestand sie. »Für einige Monate fiel ich in eine tiefe Depression, fürchtete mich, meine Wohnung zu verlassen, und hatte

Angst vor beinahe allem und jedem. Schließlich beschloss ich, dass ich ihn nicht gewinnen lassen konnte. Er hatte mir erzählt, dass er Amerikaner hasste. Er hatte mich angespuckt. Ich musste nun meinerseits auf jene Erinnerungen spucken, um sie zu begraben. Er war tot, ich aber lebte. Ich musste ins wirkliche Leben zurückkehren, statt nur noch zu existieren, und ihn besiegen. Es ist mir äußerst schwergefallen, meine Arbeit wieder aufzunehmen und wieder zu reisen. Doch mit der Zeit wurde es immer leichter. Ich musste unbedingt meine Energie zurückgewinnen und genau das ist geschehen, als ich wieder angefangen habe zu arbeiten.«

Hope holte tief Luft. Sie war nun zu dem Versuch bereit, alles zu erklären, was sie für nötig hielt. »Es ist nur so, dass ich scheinbar keinen Sex haben kann. Ehrlich, vor dir habe ich es auch nicht versucht. Es gab einfach keinen Mann, der den Wunsch in mir erweckt hätte. Ich glaube, es ist die Vorstellung… dass jemand in mich eindringt, die mich zum Ausflippen bringt. Ehrlich, vor dir habe ich nie die Lust auf Sex verspürt. Ich möchte dich bitten, mir zu helfen, Jason. Hilf mir, über meine Ängste hinwegzukommen!« Wenn Jason es nicht konnte, dann konnte es niemand. Auf dem Rückweg zum Gästehaus hatte sie sich entschlossen, ihn um Hilfe zu bitten. Sie musste ihre Angst überwinden, jetzt, da sie wusste, dass es sie gab, und der einzige Mann, den sie begehrte, war Jason.

Er starrte sie an, seine Augen voll der Sorge. »Hope, ich kann dich doch nicht zwingen, nachdem –«

»Ich bin gesund und nehme ein Verhütungsmittel. Nach dem, was geschehen ist, nehme ich vorsorglich die Pille, weil ich immer noch in der ganzen Welt herumreise und nun weiß, was passieren kann. Vielleicht ist das ein bisschen paranoid. Wie groß sind die Chancen, dass so etwas noch einmal geschieht? Aber es vermittelt mir eine gewisse Sicherheit. Ich war so dankbar, dass ich mir weder etwas eingefangen habe noch schwanger geworden bin. Es ist nicht so, dass ich keinen Sex haben wollte. Ich möchte, dass du das verstehst, dass du verstehst, warum ich mich gestern Abend so verrückt benommen habe. Du kennst jetzt alle meine Geheimnisse. Ich würde gern die kommenden zwei Wochen bei dir bleiben und versuchen, meine

Ängste zu besiegen. Danach können wir getrennte Wege gehen, egal, was passiert.« Sie musste ihre letzten Worte beinahe hervorwürgen. Es würde ihr schwerfallen, sich von Jason zu verabschieden, doch sie war davon überzeugt, einen Versuch wagen zu müssen. Denn vielleicht würde sie ansonsten während ihres ganzen weiteren Lebens niemals mehr die Gefühle erleben, die sie für Jason aufbrachte. Vielleicht war er ihre einzige Chance.

»Du musst mir vertrauen, Hope! Wirklich vertrauen«, sagte Jason heiser. Er streichelte ihr über die Wange und seine Augen blickten sie fragend an. »Jetzt, da ich weiß, was du durchgemacht hast, habe ich auch Angst. Ich will dir nicht wehtun und möchte keinesfalls, dass du noch eine einzige Minute des Schmerzes ertragen musst.«

»Wir haben keine Geheimnisse mehr voreinander. Ich vertraue dir. Willst du mich immer noch, obwohl ich… missbraucht worden bin?« Sie hatte sich jahrelang beschmutzt und ungeliebt gefühlt.

Er brach den Augenkontakt mit ihr und barg ihren Kopf an seiner Schulter. »Ich glaube, ich begehre dich umso mehr. Du bist wahrscheinlich die tapferste Frau, die ich jemals gekannt habe. Tate und seine Männer haben dich vielleicht gerettet, doch du hast dabei geholfen, dein eigenes Leben zu retten, weil du so schlau bist. Ich wünschte nur, ich hätte das alles früher gewusst. Ich kann kaum glauben, dass du all das durchgemacht hast, ohne deinen Brüdern etwas davon zu erzählen.«

»Ich konnte es einfach nicht. Ich vertraue darauf, dass du es ihnen auch verschweigst. Es würde jetzt auch nichts mehr ändern«, erwiderte sie nervös. Es gab keinen Grund, warum ihre Brüder jemals von dem Vorfall erfahren sollten, und sie selbst wollte am liebsten überhaupt nicht mehr darüber reden.

»Ich werde niemals eines deiner Geheimnisse verraten«, versprach Jason mit rauer Kehle.

Nun stellte Jason ihr Fragen, größtenteils über ihre Gefühle während des Erlebnisses und über die Einzelheiten, wie Tate sie gerettet hatte. Und sie gab bereitwillig Antwort. Sie fühlte sich bereits viel sicherer, nun, da ihre Geschichte heraus war. Er wartete geduldig und ließ ihr die Zeit, die sie brauchte, um zu antworten, während er sie auf seinem Schoß beschützend in seinen Armen barg.

Nach und nach erläuterte Hope ihm alle Einzelheiten, nach denen er fragte, und empfand nichts außer Erleichterung. Ihr Gewissen war nun vollkommen rein. Körperlich und geistig erschöpft entspannte sie sich in seinen Armen, wo sie sich vollkommen sicher fühlte.

Jason hingegen befand sich in der Hölle und fühlte sich wie der leibhaftige Teufel.

Feigling!

Seitdem Hope ihm alles gebeichtet hatte, nagte sein Gewissen an ihm und drängte ihn dazu, ihr zu gestehen, dass er kaltblütig eine Intrige inszeniert hatte, um mit ihr verheiratet zu werden. Doch wie konnte er das zum jetzigen Zeitpunkt wagen, wo alles davon abhing, dass sie ihm vertraute?

Mein Gott! Er hatte sie belogen, sie manipuliert und sie einiger gemeiner Dinge beschuldigt, an denen sie überhaupt keine Schuld trug. Sie war vergewaltigt worden. Geschlagen. Terrorisiert. Er wünschte, er könnte alles wieder in Ordnung bringen. Doch das konnte er nicht und dafür hasste er sich.

Hurensohn!

Arschloch!

Egoistisches Schwein!

Hope hatte Torturen erlitten, die er sich nicht einmal vorstellen konnte, und doch war er niemals auf die Idee gekommen, dass etwas ernsthaft nicht mit ihr stimmte. Er war zu sehr mit sich selbst beschäftigt gewesen und der Frage, wie er sie ficken konnte, um seine eigenen Bedürfnisse zu befriedigen. Hatte er an ihre Bedürfnisse gedacht? Nein… das hatte er nicht und er sollte dafür erschossen werden, ein solch egoistisches Arschloch zu sein.

Sie war tapfer genug gewesen, ihre eigenen lebensverändernden Geheimnisse preiszugeben. Was er erfahren hatte, hatte ihm die

Seele im Leib herumgedreht. Jetzt brachte er es nicht fertig, ohne vollkommen den Verstand zu verlieren, an ihre Marter zu denken, oder daran, wie sehr sie gelitten hatte – wie nahe sie dem Tod gewesen war. Wenn er sich vorstellte, wie sie im Kofferraum eines Autos gefangen war und in einem fremden Land Gott weiß wohin gebracht und immer und immer wieder vergewaltigt wurde, begann er, am ganzen Körper vor Wut zu zittern. Seine Beschützerinstinkte waren vollkommen überreizt und am liebsten wollte er sie niemals mehr aus den Augen lassen.

Jason war sich ziemlich sicher, dass die meisten Menschen, die eine solche Folter durchgemacht hatten wie Hope, nie wieder das Land verlassen würden. Trotzdem war *sie* zurückgegangen, entschlossen, ihr Leben nicht von dieser Erfahrung beherrschen zu lassen. Vielleicht hatte Tate Recht mit seiner Behauptung, Hope hätte Eier in der Hose.

Offenbar hatte Tate Hope wiedererkannt, doch diese Erkenntnis für sich behalten, was Jason ärgerte, gleichzeitig aber auch beschämte. Colter hatte Hopes Geheimnisse gewahrt, trotzdem wünschte Jason, der eingebildete Hurensohn hätte wenigstens eine Andeutung fallen lassen und ihn gewarnt, dass Hope solch ein Erlebnis hinter sich hatte. Jason war sich bewusst, dass er sich seinem Freund gegenüber nur wegen einer Umarmung wie ein Arschloch benommen hatte – und Hope gegenüber wegen der Hochzeitsintrige – deshalb konnte er sich im Moment selbst nicht leiden. Colter hatte Hopes Leben gerettet und deshalb hätte er den arroganten Kerl gern selbst umarmt und ihm gedankt, dass er Hope beschützt hatte, während er selbst nicht zur Stelle gewesen war.

Sie ist noch niemals mit einem Mann zusammen gewesen, außer mit Gewalt.

Mein Gott! Er wollte der Mann sein, der ihr beibrachte, dass Sex keine schlechte Sache war. Der einzige Mann. Nur der Gedanke daran, irgendjemand anderes könnte sie berühren, brachte ihn dazu, seine Arme so fest um sie herum zu schließen, dass sie aufschrie.

»Entschuldige!« Er gab ihr einen Kuss auf den Scheitel. »Ich fühle mich ein bisschen wie dein Beschützer.«

Ich fühle mich ein bisschen wie ein Geisteskranker! Also gut… vielleicht mehr als ein bisschen.

»Ich brauche deinen Schutz nicht. Ich brauche es, dass du mich fickst und mir hilfst, es zu mögen«, erklärte sie ihm neckend, doch mit bebender Stimme.

Jason fing beinahe an zu knurren. Für ihn war beides miteinander vermengt. Er wollte sie in Besitz nehmen, sie als die Seine brandmarken, indem er sie bis zum Wahnsinn fickte. Er wollte sie besitzen, um sie unter seinen Schutz zu stellen. Sie sollte sich an keine sexuelle Handlung mehr erinnern, die vor ihrer und seiner Vereinigung stattgefunden hatte. Doch vor dem Akt selbst hatte er jetzt furchtbare Angst. Was, wenn er ihr wehtat? Trotz alledem, wenn es das war, was Hope wollte, würde er ihr alle Wünsche erfüllen. »Wir haben zwar über sicheren Sex geredet und du hast mir versichert, dass du gesund bist, aber mich hast du nicht danach gefragt«, bemerkte er barsch.

»Ich vertraue dir«, murmelte sie leise. »Wenn du nicht gesund wärst, hättest du es mir gesagt.«

Treffer!

Sein Gewissen schlug zu. Hart!

Sie traute ihm, obwohl er ihres Vertrauens wirklich nicht würdig war.

Ich kann es ihr jetzt nicht beichten. Nicht in diesem Moment. Sie muss in der Lage sein, mir zu vertrauen. Und von diesem Augenblick an werde ich niemals wieder etwas tun, das ihr Vertrauen verletzt. Eines Tages werde ich es ihr sagen müssen, doch zuerst werde ich versuchen, ihr das zu geben, worum sie mich bittet.

»Ich bin gesund. Ich hatte kein einziges Mal Sex, ohne dass ich selbst für meinen Schutz gesorgt hätte. In dieser Hinsicht bin ich nicht gerade sehr vertrauensselig«, gab er ehrlich zu.

Sie schlängelte sich von seinem Schoß und setzte sich neben ihn. Mit ihrem grünäugigen Blick musterte sie neugierig sein Gesicht. »Mit wie vielen Frauen warst du schon zusammen?«

Jason schluckte den Kloß in seiner Kehle hinunter und würgte mit Mühe hervor: »Mit genügend.«

Hope verschränkte entschlossen die Arme vor der Brust. »Wie viele?«

Ehrlich beschämt gab Jason zu, dass er den Überblick verloren hatte. »Ich weiß nicht. Ich erinnere mich nicht.« Er wusste jedoch, dass vor Hope keine der Frauen wirklich wichtig für ihn gewesen war. Sie hatten ihm als Balsam für seine Wunden gedient, als zeitweiliger Trost, und alle hatten dasselbe gesucht wie er: Sex ohne Bindung.

»Keine feste Freundin? Niemals?«, vergewisserte sie sich mit ungläubig gerunzelter Stirn.

»Ein einziges Mal. Als ich das College besucht habe.«

»Was ist daraus geworden?«

»Sie hat mich sitzenlassen, als sie herausgefunden hat, dass ich nicht so reich war, wie sie angenommen hatte.«

»Was?«, kreischte Hope.

Jason zuckte mit den Schultern. »Im Ernst. Sie hat mich verlassen. Nachdem wir unsere Abschlüsse hatten, erzählte ich ihr von den Problemen, die mir die Firma meines Vaters bescherte. Daraufhin hat sie mich für einen reicheren Mann verlassen. Ich nehme an, das Risiko war ihr zu hoch«, erklärte er mit einem wehmütigen Grinsen.

Er musste zugeben, dass es damals wehgetan hatte, trotzdem war er recht schnell darüber hinweggekommen. Seine Versuche, die Firma zu retten, hatten ihn zu sehr in Anspruch genommen, um der Beziehung lange nachzutrauern. Vielleicht hatte ihn *das* ein bisschen vorsichtiger und weitaus gelassener im Umgang mit Beziehungen werden lassen, doch es hatte ihm nicht das Herz gebrochen.

»Niemand würde sich freiwillig von Jason Sutherland trennen«, schnaubte Hope ungläubig. »Sie muss nicht ganz richtig im Kopf gewesen sein.«

»Bin ich eine solche Trophäe, Hope? Du selbst willst dich doch sogar von mir scheiden lassen.« Doch insgeheim fühlte er sich von ihrer Entrüstung geschmeichelt.

»Wir können die Ehe annullieren lassen. Wir waren nicht gerade zurechnungsfähig. Und bei uns ist es etwas anderes. Wir haben eine Vereinbarung getroffen«, erwiderte sie zögernd. »Sie war deine richtige Freundin. Sie hatte keine Entschuldigung, dir wehzutun.«

Jason betrachtete mit Besitzerstolz den Ring an ihrem Finger.

Sie gehört mir. Keine Scheidung. Keine Annullierung.

Jasons Lippen zuckten, während er sich bemühte, nicht über ihren wilden, aufgeregten Gesichtsausdruck zu lächeln. Sie regte sich auf und ärgerte sich *für* ihn. »Das ist lange her.« Er schlang ihr seine Arme um die Taille, denn es verlangte ihn danach, sie wieder in seiner Umarmung zu bergen. Dann zog er sie wieder auf seinen Schoß. »Außerdem, wenn sie mir nicht den Laufpass gegeben hätte, würde ich jetzt nicht mit dir hier sitzen.«

Er wäre trotzdem hier bei ihr und das war ihm nur zu bewusst. Seitdem sie achtzehn und er dreiundzwanzig Jahre alt waren, hatte es niemals irgendeine andere Frau als Hope für ihn gegeben. Vielleicht hatte er nur auf den richtigen Zeitpunkt gewartet, doch seine Beziehung wäre nach der Collegezeit sowieso beendet gewesen. Er hatte Hope immer im Hinterkopf behalten, was ihm unbewusst verboten hatte, sich ernsthaft auf eine andere Frau einzulassen, weil er für niemanden jemals die gleichen Gefühle aufbringen konnte wie für Hope. Im Moment befand er sich genau dort, wo das Schicksal es vorherbestimmt hatte. Endlich. Sein Bauchgefühl bestätigte ihm, dass seine Empfindung richtig war. Für immer würde ihn der Albtraum von Hopes schrecklichem Erlebnis plagen. Sein Gewissen stellte ihm unablässig die Frage, ob es möglicherweise nicht geschehen wäre, wenn er sie bereits umworben hätte, bevor sie das College beendet hatte oder zumindest kurze Zeit danach. Auf keinen Fall wäre sie schutzlos um die ganze Welt getingelt, wenn er zu ihrem Leben gehört hätte. Und er hätte an ihrem Leben teilhaben *sollen*.

»Ich mag nicht daran denken, dass dir jemand wehtut«, bemerkte Hope sanft und strich ihm zärtlich mit ihrer weichen Handfläche über die Wange.

»Dann weißt du jetzt, wie ich mich fühle. Dein Erlebnis bringt mich um«, krächzte er. »Ich kann es nicht ungeschehen machen. Ich wünschte, ich wäre dazu in der Lage. Doch ab jetzt musst du niemandem mehr etwas beweisen, besonders nicht einem toten Mann.«

»Ich weiß.« Sie legte den Kopf auf die Seite und schaute ihn an. »Ich will für niemand anderen mit dir zusammen sein als nur für mich selbst. Du bist der erste Mann, bei dem ich mich auf diese besondere Art lebendig fühle.«

Sie gehört mir.

Gott helfe ihm, aber er empfand genau das Gleiche. Sein Problem bestand darin, dass er keine Ahnung hatte, wie er sich Hope gegenüber zügeln konnte. Sie hatte unstillbare Bedürfnisse bei ihm hervorgerufen. Verzweifelte Begierde. So primitiv und elementar, dass er bezweifelte, ob er ihr das geben konnte, was sie im Augenblick brauchte. »Es wird nicht leicht für mich sein«, gab er mit heiserer Stimme zu. »Manchmal glaube ich, die Beherrschung zu verlieren, wenn ich mit dir zusammen bin. Und ich ziehe es vor, im Schlafzimmer die Kontrolle zu behalten. Du machst mich wahnsinnig vor Begierde, dich niederzuwerfen und dich zu zwingen, dich mir zu unterwerfen. Ich bin besessen von meinem Verlangen nach dir.«

Hope strich ihm eine widerspenstige Locke aus der Stirn. »Es liegt nicht an dir. Es liegt an mir selbst. Mein Körper reagiert auf jede deiner Seiten, besonders auf die besitzergreifende Alpha-Art, mit der du die Kontrolle über meinen Körper übernimmst. Es ist mein Verstand, der die Probleme auslöst.«

»Dann solltest du vollkommen bei mir bleiben und dich mit Körper und Geist ganz auf mich konzentrieren, Liebes. Lass dich nicht ablenken!« Seine Augen glitten hungrig über ihren Körper. »Reagiere auf mich und nur auf mich! Sieh mich und nur mich! Fühle mich und nur mich!«

Jason sah das Verlangen in den Tiefen ihrer smaragdgrünen Augen und verlor beinahe die Nerven. Sein Schwanz pochte vor Begierde, sich in ihrer Hitze zu vergraben.

Sie nickte zustimmend und schlang ihm die Arme um den Hals. »Ich brauche dich.«

Zum ersten Mal in seinem Leben vernahm Jason diese Worte, ohne dass sein Reichtum mit im Spiel war. Hope wollte *ihn*, begehrte *ihn*.

»Ich gehöre dir.« Er stand auf und hielt das Wertvollste, das er jemals besessen hatte, in seinen Armen.

»Was hast du vor?«, erkundigte sie sich neugierig.

Jason trug sie schnellen Schrittes ins Schlafzimmer. »Es ist an der Zeit für die erste Lektion, Pfirsichköpfchen, bevor ich noch vollkommen durchdrehe.«

»Wir haben zwei Wochen Zeit«, erinnerte sie ihn, doch ihre Stimme klang dunkel und rauchig vor Verlangen.

»Das reicht nicht aus«, erklärte Jason mit rauer Stimme, während er sie behutsam auf ihre Füße stellte.

Nicht annähernd.

Kapitel 7

Hope beobachtete ihn. Als er sein Hemd hob und über den Kopf zog und sich die Muskeln seines Oberkörpers anspannten, lief ihr das Wasser im Mund zusammen. Er warf das Hemd achtlos zu Boden.

Flinke Finger wanderten zum Verschluss seiner Jeans und öffneten einen Knopf nach dem anderen. Währenddessen ließ er seinen stürmischen Blick keinen Moment von ihrem Gesicht.

Hope schluckte, als er sich seiner Jeans und des Slips entledigte. Diese lagen nun am Boden und Jason stand vor ihr. Dann kletterte er auf das Bett und warf hastig die Laken und die Daunendecke zu Boden. Er verschränkte seine Arme hinter dem Kopf und sah sie mit dem gleichen glühenden Blick an. »Ich gehöre dir. Was wirst du jetzt mit mir anstellen?«

Oh. Mein. Gott!

Heiliger Jesus, noch niemals hatte sie etwas Ähnliches wie Jason gesehen: goldene Haut und verrücktes *fick-mich* Haar lagen auf dem Bett ausgebreitet und warteten auf sie.

Ich bin schon intim mit ihm gewesen. Ich brauche nicht nervös zu sein.

Sie waren zusammen gewesen, hatten ihre Lippen und andere Teile ihrer Körper miteinander vereinigt, doch sie kaute immer noch nervös auf ihrer Unterlippe. Sein starker, energiegeladener Körper und seine Ausstrahlung lockten sie und ihr Unterleib wurde bereits nur durch seinen Anblick von flüssiger Hitze durchflutet. Sein Schwanz war erigiert, bereit und offensichtlich sehr erwartungsvoll. »Ich habe damit gerechnet, dass du mich anleitest«, gab sie zu.

Langsam schüttelte er den Kopf. »Du ziehst dich aus. Du triffst die Entscheidungen. Du übernimmst die Führung, Hope!«

Das war eine Herausforderung für sie und für ihn bedeutete es ein Opfer. Hope war sich seiner Vorgehensweise genauestens bewusst und vor Rührung traten ihr die Tränen in die Augen. Jason war eigentlich ein Mann der Tat, ein purer Alpha-Mann, der ihr nun die Kontrolle überließ, weil er wollte, dass sie sich als der aktive Teil empfand. Das war vollkommen gegen seine Natur, trotzdem tat er es für sie.

Also gut. Ich spiele mit.

Entschlossen zog sie ihr Hemd über den Kopf und warf es auf den wachsenden Berg von Kleidungsstücken auf dem Boden. Der vorn verschlossene BH war schnell geöffnet und sie ließ ihn einfach fallen, ohne sich davon zu überzeugen, wo er landete, so sehr war sie davon in Anspruch genommen, Jasons Mienenspiel zu beobachten.

»Mein Gott! Wie schön du bist!« Seine Stimme klang wie mit Sandpapier geschmirgelt.

Unter Jasons unverfrorenem Blick, mit dem er ihre Brüste bewunderte, fühlte sich Hope *schön*, obwohl sie wusste, dass sie das wirklich nicht war. Im besten Fall konnte man ihr Aussehen als durchschnittlich bezeichnen; normalerweise konnte ihre kurvige Figur keinem Mann geifernde Blicke entlocken. Doch Jason erweckte ihren Körper zum Leben. Als Jason ihre Brüste anstarrte, als ob er sie verschlingen wollte, verhärteten sich ihre Brustwarzen auf der Stelle.

»Fürs Erste gehörst du mir.« Eilig streifte sie sich die kurze Hose und ihr Höschen von den Beinen. Ihr Verlangen, mit Jason zusammen zu sein, war größer, als sie es jemals in ihrem ganzen Leben erfahren hatte.

»Dann nimm mich!«, antwortete er verführerisch. »Und ich habe dir schon immer gehört.«

Er ist der Richtige.

Während ihrer Behandlung hatte der Therapeut ihr vorausgesagt, dass sie eines Tages einen Mann finden würde, dem ihr Körper trauen würde. Nun, Jason war dieser Mann, der einzige, der jemals ihren Körper entflammt hatte.

»Tu mit mir, was du willst!«, forderte Jason sie auf. Aus seiner Stimme sprach die Leidenschaft und sein Blick suchte unter schweren Lidern ihr Gesicht.

Hope kroch nackt quer über das Bett. Sie fühlte sich nicht so zuversichtlich, wie sie es wünschte. Jason war ganz Mann, vielleicht mehr Mann, als sie bewältigen konnte. »Ich bin nicht sehr erfahren in sexueller Verführung«, gestand sie, während sie sich neben seine Hüften kniete.

»Baby, du brauchst keine Erfahrung. Da du es bist, hast du ein leichtes Spiel mit mir«, antwortete er. Seine Stimme klang schmerzvoll, aber seine Lippen zuckten vor Vergnügen.

Hope lächelte schwach und verlor sich in seinen unbeschreiblichen Augen. »Ich möchte dich gern berühren.«

»Dann tu es!«, ermutigte er sie. »Vielleicht wird es mich umbringen, doch ich werde als glücklicher Mann dahinscheiden.«

Vorsichtig ließ sie sich mit gespreizten Beinen auf ihm nieder. Ihr erhitzter Unterleib ruhte nun auf seinen Oberschenkeln. Sie legte ihm ihre Handflächen auf die Schultern, ließ sie dann zärtlich seinen Brustkorb hinabgleiten und erlaubte sich, seine glühende Haut ganz langsam zu erkunden. Genussvoll folgte sie jedem einzelnen wohlgeformten Muskel seines Bauches und ließ sich Zeit, bis sie schließlich an seinen steinharten Schwanz gelangte, der steil aufgerichtet gegen seinen Unterleib pochte. Als sie ihn in die Hand nahm, leckte sie sich ihre plötzlich trocken gewordenen Lippen. Dann schloss sie gierig ihre Finger um seine Männlichkeit und erforschte mit ihrem Zeigefinger die empfindliche Spitze. »Du bist so groß«, bemerkte sie ehrfürchtig.

Jason stöhnte erstickt auf und umklammerte mit beiden Händen das hölzerne Kopfende hinter ihm. »Du bringst mich um, Hope. Küss mich!«, rief er mit tiefer, fordernder Stimme.

Sein Befehl vermengt mit einem flehentlichen Unterton veranlasste Hope, umgehend ihren Oberkörper auf seinen hinabzusenken. Sie erschauderte, als sie sein heißes Fleisch an ihrem spürte. Ihre sensibilisierten Brustwarzen rieben sich an seiner Brust, als sie ihre Finger durch sein Haar gleiten ließ, und jede einzelne Berührung erhöhte ihr Verlangen.

Ihre Blicke trafen sich und verloren sich ineinander; feurig blaue und smaragdgrüne Augen prallten aufeinander, die schiere Begierde ausstrahlten. Jason hatte sich ihr vollkommen hingegeben, sich ihr vollkommen geöffnet. In dem Bemühen, nicht die Kontrolle zu übernehmen, klammerten sich seine Hände so fest um das Kopfende, dass seine Finger weiß wurden.

Hope neigte den Kopf und gab ihm einen Kuss, in den sie ihre ganzen Gefühle legte. Sie verkrallte sich in seinem dichten Haar und seine Locken glitten durch ihre Finger. Sie stöhnte in seinen Mund, als er plötzlich begann, die Führung zu übernehmen und mit der Art, wie er sie küsste, ihre Unterwerfung einzufordern, obwohl eigentlich sie im Moment die dominierende Position innehatte.

Jasons Zunge stieß in ihren Mund, eroberte sie, verzehrte sie. Seine Hände lösten sich von dem Holzbrett hinter ihm und schlangen sich um ihren Körper. Suchende Finger glitten ihren Rücken hinauf und hinunter und zu ihren Pobacken, berührten jeden erreichbaren Zentimeter ihres erhitzten Fleisches.

Hopes Unterleib zog sich so fest zusammen, als ob er nach Jasons Inbesitznahme bettelte. Ihre Hüften rieben sich kreisend an seinen Leisten, als Jason seinen Kuss vertiefte, die verzweifelten Liebkosungen seiner Lippen auf ihren wollüstig und verlangend. Und Hope spürte in sich die gleichen wilden, urtümlichen Instinkte. Sie reagierte auf jeden seiner Zungenschläge und die fleischigen Falten ihrer durchnässten Muschi teilten sich, als sie ihre Hüften gegen ihn drückte, gierig nach mehr.

Sie keuchte und löste ihre Lippen von seinen. »Bitte, Jason! Ich muss dich spüren. Hilf mir!«

Sofort glitt seine Hand zwischen ihre Körper und hinab zu dem empfindlichen Fleisch zwischen ihren Schenkeln. »Baby, du bist so feucht«, krächzte er. Dann griff er in ihre Haare und bog ihr den Kopf hoch. »Sieh mich an!«, brummte er. »Wende deinen Blick nicht von mir ab! Bleib bei mir!«

Hope legte ihm ihre Hände auf die Brust und stützte sich auf die massiven, harten Muskeln. »Bitte!«, wimmerte sie. Die Begierde fuhr ihr scharf durch den Leib, als sie sich in seinen tiefblauen Augen verlor, sodass sie zu keuchen begann.

»Sag meinen Namen! Immer und immer wieder. Wag es nicht, die Augen zu schließen! Sieh mich weiter an! Sei dir genau bewusst, was du tust und mit wem du zusammen bist!«, leitete Jason sie an. Währenddessen streichelten und umkreisten seine von ihrer flüssigen Hitze nassen Finger ihre Klitoris.

»Jason!«, stöhnte sie. Schon wollte sie die Augen schließen, doch sie zwang sich, auf ihn fokussiert zu bleiben.

In diesem Augenblick gab es nur noch das wilde Verlangen nach dem Mann unter ihr. »Jason.«

»So ist es gut, mein Herz. Ich bin es nur. Nur ich«, wiederholte er in einer Art Singsang, während er vorsichtig die Spitze seines Schwanzes an den Eingang ihrer Muschi führte.

Hopes Fingernägel gruben sich in die Haut seines Brustkorbs, während er zärtlich ihre Hüften umfasste.

»Du hast die Wahl, Hope: Nimm mich oder mach weiter wie bisher! Es ist deine Entscheidung«, knurrte er, während seine Hände auf ihren Hüften verharrten. Er wartete.

Nimm ihn! Nimm ihn! Nimm ihn!

Sie beobachtete, wie sich seine Miene verfinsterte. Einer seiner Kiefermuskeln begann zu zucken. Er starrte sie an und wartete, welche Wahl sie treffen würde.

Da sie nur noch von dem Bestreben beherrscht war, ihnen beiden das zu geben, was sie so verzweifelt begehrten, senkte sie sich langsam auf seinen Schaft herab. Als sie ihn in sich willkommen hieß, dehnten sich die Wände ihres Tunnels bereitwillig. »Jason«, stöhnte sie.

»Wow, Baby!«, stieß Jason heiser hervor und hielt ihre Hüften unbeweglich. »Langsam!«

Hope konnte spüren, wie er sie ausfüllte, und wollte keineswegs langsam vorgehen. Doch sie fühlte auch einen stechenden Schmerz, den das Eindringen seines riesigen Schaftes verursachte. Also zwang sie sich, sich langsamer auf ihn hinabzulassen. »Ich sehne mich aber so sehr nach dir.«

Zentimeter für Zentimeter gaben die Wände ihrer Muschi nach und die Muskeln entspannten sich, um ihn in sich aufzunehmen. Auch der Schmerz ließ nach, als Jason seine Männlichkeit vorsichtig in sie hineinführte und verhinderte, dass sie sich zu schnell auf ihm niederließ. Sein Gesicht war verzerrt, als ob er um Beherrschung kämpfte, aber sein beruhigender Blick hielt dauerhaften Augenkontakt mit ihr.

Endlich saß sie zur Gänze auf seinem Schaft und er lockerte den Griff um ihre Hüften. Als sie Jason tief in die Augen blickte, schwoll ihr das Herz und ihr Körper stand in Flammen. Das Gefühl, ihn vollkommen in sich zu spüren, war überwältigend, unvergleichlich.

»Fuck! Du fühlst dich so gut an, Baby, so unglaublich nass und heiß«, bemerkte Jason mit rauer Kehle.

Ihr Körper hatte ihn akzeptiert! Vor Befriedigung entwich Hope ein wollüstiges Wimmern. Sie fühlte sich ausgefüllt und gedehnt; alles in ihr hatte Jason den Weg freigegeben.

Jetzt umfasste er ihre Hüften wieder fester. »Fick mich, Hope! Ich brauche dich.«

Seinem Flehen konnte sie nicht widerstehen; die Qual in seinen Augen brachte sie in Bewegung. Während sie sich von seinem nun sanften Griff an ihren Hüften führen ließ, richtete sie sich selbst an seinem Schwanz in die Höhe und ließ sich dann wieder an ihm hinabsinken. Vor Befriedigung entfloh ihren Lippen ein kehliges Stöhnen, das durch den Raum hallte. Sie blickte ihm weiterhin tief in die Augen, vollkommen von dem Bedürfnis in Anspruch genommen, deren schmerzgeplagten Ausdruck in einen verlangenden und dann befriedigten umzuwandeln. Durch ihren eigenen Körper fluteten Hitzewellen und darauf sollte er reagieren.

»Bist du okay?«, knurrte er mit tiefer, rasselnder Stimme.

»Ja«, keuchte sie. Die Hitze in ihrem Körper breitete sich in einer Spirale weiter aus und ihr Körper bewegte sich mit ihm im selben Rhythmus, als er seine Hüften hob, um ihr entgegenzukommen. Das Geräusch des Aufeinanderklatschens von Haut auf Haut hypnotisierte sie. Ihre erdverbundene, elementare Vereinigung verzehrte sie und ihre Augen flatterten, als sie auf ihn niederstieß.

»Sieh mich weiter an! Bleib bei mir! Verlass mich jetzt nicht!«, brummte Jason und griff in ihre Haare, um sie zu zwingen, Blickkontakt mit ihm zu halten.

»Jason«, murmelte sie mit einem zittrigen Seufzer. Sie konnte nicht anders, sie senkte ihren Kopf auf ihn hinab und fing seinen Mund mit ihrem ein. Gierig zwängte sie ihre Zunge in seinen Mund und ahmte den Rhythmus seines Schwanzes nach, der in sie eindrang.

Plötzlich setzte er sich auf, ohne jedoch den Kuss zu unterbrechen, und umfasste mit einer starken Hand fest ihre Pobacken, während seine Hüften sich ihr fester und schneller entgegenhoben. Immer noch mit gespreizten Beinen auf seinem Schoß sitzend schlang Hope ihm die Arme um seine kräftigen Schultern. Jetzt konnte sie den in ihr aufkeimenden Orgasmus nicht mehr verleugnen. Die Stellung, die sie eingenommen hatten, ließ seinen Schwanz bei jedem Stoß grob über ihre Klitoris reiben und sie verlor sich vollkommen in Jason allein.

Unvermittelt riss Hope ihren Mund von seinem und warf den Kopf in den Nacken, denn ein mächtiger Orgasmus tobte durch ihren Körper. Hilflos und zu nichts anderem mehr fähig schrie sie seinen Namen. »Oh Gott! Jason!«

»Ich bin es, mein Herz. Nur ich«, erklang seine raue Stimme laut und erregt an ihrem Ohr. Die Wände ihres Tunnels schlossen sich jetzt eng um seinen Schwanz und molken ihn, sodass er ein gequältes Stöhnen ausstieß. »Fuck, ja! Komm mit mir, Hope!«, forderte er, während er mit beiden Händen ihre Pobacken umklammerte und sich bis zu den Hoden in ihr vergrub. Sein eigener Orgasmus begann zu pulsieren, als sie ebenfalls um ihn herum erbebte.

Hopes Herz schlug wie wild gegen seine Brust, während sie in ihrer Vereinigung verharrten. Jason streichelte ihr Rücken und Hals, während er sie an sich presste und seine Brust sich hob und senkte.

»Gütiger Himmel!«, keuchte er. Sein Körper erschauderte, als er sich in die Kissen zurückfallen ließ und sie mit sich zog.

Hope bewegte sich nicht und sagte kein Wort. Benommen blieb sie mit gespreizten Beinen auf seinem mächtigen, vor Schweiß glitschigen Körper liegen und versuchte, zu Atem zu kommen.

Schließlich fragte Jason brummend: »Geht es dir gut?«

Sie war frei! Sie fühlte sich, als ob sie fliegen konnte. »Ja, es geht mir mehr als gut«, antwortete sie atemlos. »Das war unglaublich. Ob es wohl immer so ist?«, fragte sie sich laut.

»Niemals«, gab Jason überzeugend zur Antwort. »Es kann recht gut sein, aber niemals ist es *so* gut. Das Zusammenspiel unserer Körper ist unglaublich.«

Hope lächelte an seiner feuchten Haut. »Danke.«

»Wofür?«, fragte er verwirrt nach.

»Dafür, dass du mir geholfen hast.« Vielleicht konnte Jason nicht verstehen, was es für sie bedeutete, in der Lage zu sein, mit einem Mann zu schlafen, und bei einem Akt, der ihr zuvor verhasst war, in Ekstase zu geraten. »Ich fühle mich endlich… befreit.«

»Ich würde es vorziehen, wenn du deine neue sexuelle Unabhängigkeit nur an mir erkunden würdest«, grollte Jason.

Sie lachte beglückt auf. »Im Augenblick, glaube ich, bist du der einzige Mann, den ich erkunden *kann*.«

»Benutze mich nur für jede erdenkliche Forschung, die du betreiben willst«, gab Jason hastig zurück. »Bitte!«

Schließlich löste sich Hope von ihm und rollte ihren lethargischen Körper von ihm herunter, um kichernd neben ihn zu schlüpfen. »Ich fühle mich geehrt, dass du dich so bereitwillig zur Verfügung stellst.«

Er drehte sich zu ihr herum und musterte sie mit einem ängstlichen Blick. »Bist du wirklich okay?«

Ihr Herz begann, unruhig zu schlagen. Seine besorgte Miene rührte sie. Sie legte ihm eine Handfläche auf die Wange und streichelte sein stoppliges Kinn. »Mir geht es gut. Ich denke, ich habe endlich einen Mann gefunden, zu dem mein Körper Vertrauen gefasst hat. Ich war mit meinen Gedanken und Gefühlen immer bei dir, Jason. Nicht ein einziges Mal habe ich an etwas anderes gedacht. Mir war in jeder Sekunde genau bewusst, mit wem ich zusammen war und wer meinen Körper in Ekstase brachte. Ich glaube nicht, dass ich das mit jemand anderem als dir schaffen würde.«

»Ich will auf keinen Fall, dass du das mit jemand anderem als mir zu Wege bringst«, erwiderte er barsch und schlang besitzergreifend einen Arm um sie, nachdem er sich auf die Seite gerollt hatte, um ihr ins Gesicht blicken zu können.

Ihre Köpfe ruhten nun gemeinsam auf einem Kissen und ihre Blicke versanken ineinander. Hope seufzte und strich mit ihrer freien Hand über seine kräftige Schulter und an seiner Seite hinunter, bis sie schließlich träge auf seiner Hüfte verharrte. Im Augenblick mochte er ihr vielleicht diese Gefühle entgegenbringen, doch mit der Zeit würde er genug von ihr haben und im Gegenzug würde sie endlich von allen bösen Geistern aus ihrer Vergangenheit befreit sein. »Mit der Zeit wirst du dich etwas abnutzen, fürchte ich«, neckte sie ihn.

Ein tiefes, widerhallendes Geräusch entwich seiner Kehle. »Damit solltest du nicht rechnen, Liebes.«

Die sinnliche Drohung und der hitzige Ausdruck in seinen Augen ließen ihr Herz rasen. Jasons Blick bohrte sich intensiv und beinahe wild in ihre Augen. »Vielleicht brauche ich eine Weile, bis ich mich daran gewöhnt habe«, wandte sie ein. Doch ihr Körper drängte sie bereits wieder, ihn noch einmal in sich aufzunehmen. »Und wahrscheinlich habe ich eine Menge zu lernen.«

»Eine ganze Menge«, verbesserte er. »Das kann lange dauern«, fügte er in einem *fick-mich-noch einmal* Tonfall hinzu, während sich seine Lippen zu einem sinnlichen, unverschämten Grinsen verzogen.

»Wir haben zwei Wochen«, erinnerte sie ihn.

Jason ließ stumm seinen schmelzenden Blick über ihr Gesicht schweifen. Dann bemerkte er: »Zwei Wochen reichen nicht.«

»So lautet aber unsere Abmachung«, widersprach sie gelassen. Ihre Finger glitten währenddessen unbewusst über seine harten Hüftmuskeln und weiter nach oben zu seiner Brust.

»Reiz mich nicht, Frau!« Er gab ihr einen leichten Klaps auf den Hintern. »Denn wenn du das tust, wirst du heute kein Tageslicht mehr erblicken«, drohte er ihr.

Hope wollte ihm gerade mitteilen, dass sie das nicht kümmerte, als er ihre sündigen Gedanken unterbrach.

»Du würdest dich so wund scheuern, dass du nicht mehr laufen könntest«, erklärte er unglücklich.

Wahrscheinlich hatte er Recht, doch Hope wollte das nicht zugeben. »Ich muss duschen.« Nachdem sie sich aufgesetzt hatte, blickte sie auf ihn hinab. »Willst du den ganzen Tag im Bett verbringen?«

»Nicht, wenn du nicht dabei bist«, antwortete er mürrisch. »Es wäre nicht annähernd so unterhaltsam. Stattdessen folge ich dir lieber unter die Dusche.«

»Ich dachte, du hättest gesagt, wir sollten es langsam angehen lassen«, erwiderte sie scherzhaft, während sie sich erhob und ihm einen schelmischen Blick über die Schulter zuwarf.

»Aber betrachten kann ich dich doch«, erwiderte Jason frech und ließ seine Augen mit unverhüllt nackter Begierde über ihren Körper gleiten.

Gott! Bei ihm fühle ich mich wie eine Göttin!

Sie konnte sich nicht daran erinnern, sich jemals so begehrt gefühlt zu haben, und schwang ihre Hüften ein bisschen forscher, als sie ins Badezimmer tänzelte.

Mit einem leisen Knurren folgte ihr Jason direkt auf den Fersen.

Kapitel 8

Hope wühlte in ihrer Handtasche, ignorierte die Kreditkarte, die Jason ihr ausgehändigt hatte, bevor sie zu ihrem Einkaufsausflug nach Rocky Springs aufgebrochen war, und zog stattdessen ihre eigene Karte hervor. Sie reichte sie dem freundlichen, älteren Mann an der Kasse, froh, dass sie beinahe alles bekommen hatte, was sie wollte, und sogar noch mehr.

Das Sportgeschäft hatte eine große Palette an Wanderausrüstung, Kleidung und anderen Gegenständen, die sie gesucht hatte, im Angebot. Nur zögernd hatte ihr Jason zuvor die Schlüssel zu seinem Mietwagen überlassen, als ob er befürchtete, sie würde weglaufen.

Als ob ich im Ernst den Mann verlassen könnte, der mir die unglaublichsten Orgasmen schenkt, die ich je erlebt habe.

Sie wollte mehr, viel mehr, und dieses kleine Geheimnis hatte sie mit Jason geteilt, als sie sich die Autoschlüssel geschnappt hatte. Sie war dafür mit einem herzschmelzenden Lächeln und einem atemlosen Kuss belohnt worden, bevor sie das Gästehaus verlassen hatte.

Nachdem sie ihre Einkäufe bezahlt hatte, trug sie sie zum Wagen, öffnete mit dem elektronischen Türöffner die Klappe am Heck und verstaute die Tüten sicher in dem geräumigen Kofferraum des schwarzen Geländewagens. Als sich die Tür wieder schloss, musste sie grinsen, denn ihr fiel ein, dass der Cadillac Escalade, obwohl er viel teurer war als ihr eigener PKW, gewiss das billigste Fahrzeug darstellte, das Jason jemals gefahren hatte. In dieser Gegend war die Nachfrage nach teuren Sportwagen relativ gering und dieses Modell war in der kleinen Stadt wahrscheinlich das einzig verfügbare gewesen.

Jason hatte schon immer eine Vorliebe für hochleistungsfähige Fahrzeuge besessen und als Teenager hatte die Restaurierung alter klassischer Sportwagen zu seinen Hobbys gezählt. Sie fragte sich, ob er dieses Interesse immer noch verfolgte oder ob er das Hobby aufgegeben hatte, weil er es sich jetzt leisten konnte, jeden beliebigen Wagen seiner Wahl bereits vollkommen hergerichtet zu kaufen.

Hope hielt inne und blickte suchend die Straße hinauf und hinunter und grinste, als sie ein Schokoladengeschäft für Feinschmecker entdeckte. Diesen Laden würde sie zuletzt besuchen, damit die Schokolade nicht schmolz, ehe sie wieder bei Jason war.

Rocky Springs war ein entzückendes Bergstädtchen, das sie an einige andere anheimelnde, kleine Städte und Dörfer in den Bergen von Colorado erinnerte. Die Hauptstraße in der Innenstadt bot eine große Auswahl an nützlichen und ausgewählten Läden, meist kleine Geschäfte und Spezialitätenhändler.

Hope sah sich weiterhin um, konnte aber nicht finden, wonach sie suchte, denn sie blinzelte gegen die Sonne und konnte die gegenüberliegende Straßenseite nicht erkennen.

»Sie sehen ein wenig verloren aus«, ertönte plötzlich eine freundliche weibliche Stimme neben ihr.

Hope drehte den Kopf, um die Frau genauer zu betrachten, eine hübsche Brünette mit Haaren fast so schwarz wie Kohle, die ihr wie ein langer, glatter Vorhang auf Schultern und Rücken herabfielen. Die purpurroten Lippen der Frau formten ein Lächeln. Ihre Augen waren hinter einer dunklen Sonnenbrille versteckt, die mit vielen glitzernden Rheinkieselsteinen verziert war. Wer auch immer sie sein mochte, sie war von exotischer Schönheit, obwohl sie nur ein einfaches rotes Baumwollhemd und eine Jeans trug, ähnlich der Kleidung, in die Hope vor ihrem Aufbruch geschlüpft war.

Hope lächelte freundlich zurück. »Ich bin zu Besuch hier. Ich wohne im Resort und mein –«, sie zögerte einen Moment, bevor sie fortfuhr, »mein Mann hat vor, mich zum Abendessen auszuführen. Und ich habe kein passendes Kleid. Ich suche nach einem Damenbekleidungsgeschäft.«

»Sie sind bei uns zu Besuch?« Die Frau lächelte jetzt breiter. »Ich bin Chloe Colter. Ich lebe im Resort.« Sie streckte Hope ihre Hand entgegen.

Hope ergriff sie und schüttelte sie. »Hope Sinclair«, stellte sie sich automatisch vor. Während sie ihre Hand zurückzog, musterte sie die Frau fragend. »Dann müssen Sie Tates Schwester sein.« Die hinreißende, kleine Frau sah Tate Colter in keiner Weise ähnlich.

Die Frau nahm ihre Sonnenbrille ab. »Das Einzige, was wir gemeinsam haben, sind die Colter-Augen«, erwiderte Chloe kichernd und zeigte ein Paar Augen mit den gleichen langen Wimpern und von dem gleichen rauchigen Grau wie Tates. »Und Sie sind Hope Sutherland. Jetzt verstehe ich. Herzlichen Glückwunsch zu Ihrer Vermählung! Tate hat gestern kurz bei uns hereingeschaut und meiner Mutter und mir erzählt, dass Jason Sutherland geheiratet hat und sich in unserem Resort aufhält. Wir waren beide äußerst gespannt darauf, Sie kennenzulernen.«

Ich bin tatsächlich Hope Sutherland, zumindest für kurze Zeit. Es verblüffte sie, mit ihrem Ehenamen angesprochen zu werden, und es war ihr noch nicht einmal in den Sinn gekommen, sich mit Jasons Nachnamen vorzustellen.

Als sie sich von ihrer Überraschung erholt hatte, bemerkte sie, dass es so schien, als ob man in Tates Augen blickte. »Sie haben *wirklich* genau die gleichen Augen«, bestätigte Hope erstaunt.

»Wir alle fünf besitzen die gleichen Augen«, antwortete Chloe. »Tate ist eigentlich der blonde Bruder, der aus der Reihe fällt – in mehr als nur dieser Hinsicht. Meine übrigen Brüder sind alle dunkelhaarig, so wie ich. Er schlägt nach meinem Vater. Wir übrigen ähneln meiner Mutter.« Dann setzte Chloe ihre Sonnenbrille wieder auf und deutete auf die gegenüberliegende Straßenseite. »Gleich hier gegenüber gibt es einen sehr netten Laden und die Straße hinunter auf der linken Seite einen weiteren. Ich werde Sie begleiten.« Sie drehte sich um, doch plötzlich flog ihr Kopf herum. »Gütiger Himmel! Ihr Ring ist atemberaubend.«

Hope hielt ihre linke Hand in die Höhe. »Das ist er in der Tat«, gab sie zu. »Jason hat einen auserlesenen Geschmack.« Unbehaglich wand sie sich hin und her, als sie sich daran erinnerte, dass sie den Ring nicht sehr lange tragen würde, doch sie ließ zu, dass Chloe ihre Hand ergriff und sie hin und her drehte, um den Diamanten aus verschiedenen Winkeln bewundern zu können.

Chloe schnaufte. »Offensichtlich. Und außerdem verfügt er über ein unbegrenztes Vermögen. Der Ring ist überwältigend, ohne protzig zu wirken. Ich bin verlobt, daher habe ich mir viele Ringe angesehen.«

Hopes Blick suchte automatisch Chloes linke Hand. Sie trug keinen Ring. »Sie haben sich bis jetzt noch nicht entscheiden können?«

Chloe seufzte. Sie ließ Hopes Hand wieder los und bedeutete ihr mit einer Geste, mit ihr zu gehen. »James möchte mit dem Kauf noch warten.«

Hope lachte erschrocken auf. »Der Name Ihres Verlobten ist James?«

»Ja.«

»Ich hatte einst einen Verlobten, der sich James nannte.« Hope konnte nicht anders. Sie lachte noch, als die beiden Frauen die Straße überquerten. Die Coloradosonne strahlte mit all ihrer Kraft auf sie hinunter, als sie eine Verkehrslücke nutzten und auf die andere Seite eilten. Dort stellte sich Hope unter die Markise der Geschäfte in den Schatten.

»Warum lachen Sie? Sie haben sich doch offenbar von ihm getrennt«, erkundigte sich Chloe interessiert.

Hope schüttelte den Kopf. Mittlerweile liefen sie gemächlich den Bürgersteig entlang. »Das ist eine lange Geschichte«, wich sie aus, doch ihre Stimme verriet, dass sie diese ganze Affäre jetzt mit Humor betrachten konnte.

»Erzählen Sie!«, drängte Chloe sie.

Als sie die Frau neben sich ansah, wurde es Hope leicht ums Herz. Es fühlte sich gut an, die Gesellschaft einer anderen Frau zu genießen, die über ihre wahre Identität Bescheid wusste. Außer David hatte Hope *notgedrungen* niemals wirklich Freunde besessen. Es gestaltete sich nämlich als sehr schwierig, anderen Menschen nahe zu kommen, wenn man ihnen nicht wirklich über sein Leben Auskunft geben konnte. Sie hatte sich deshalb zurückgehalten und sich in Aspen mit sich selbst begnügt. Noch nicht einmal ihre Nachbarn wussten, wer sie wirklich war, und sie hatte sich sehr allein und einsam gefühlt.

Hope holte tief Luft und erzählte Chloe die Geschichte von ihrem erfundenen Verlobten, beschränkte sich jedoch auf den Teil, der sich darauf gründete, dass sie ihre Brüder davon hatte abhalten wollen, sich in ihr Leben einzumischen. Hin und wieder blieb die andere Frau stehen, um sich vor Lachen zu biegen. Andererseits zeigte sie Hope aber auch ihr Mitgefühl über die Unannehmlichkeiten, die ihr die Zugehörigkeit zu einer wohlhabenden Familie und ihre übertrieben fürsorglichen Brüder bescherten.

Als der Einkaufsbummel beendet war, schien Hope eine neue Freundin gewonnen zu haben, und das fühlte sich unglaublich gut an.

Später am Abend beobachtete Hope Jason von der Küche aus – ihn heimlich zu betrachten, war ihr schnell zur Lieblingsbeschäftigung geworden. Er saß im Wohnzimmer in einem Sessel und arbeitete konzentriert an seinem Laptop. Er schien tief in Gedanken versunken; seine Augen hatten sich beim Studium von irgendwelchen Daten zu kleinen Schlitzen verengt. Sie hatte ein Abendessen gekocht und ihn direkt nach dem Essen aus der Küche gejagt, damit er seine Arbeit abschließen konnte, worum auch immer es sich handeln mochte. Er hatte ihr erzählt, dass er sich mitten in einem Projekt befände, und sie hatte ihn daran gehindert, sie zum Einkaufen zu begleiten. Sie hatte ihn aufgefordert, stattdessen zu Hause zu bleiben und zu arbeiten. Daraufhin hatte er sie mit einem Blick angesehen, der besagen sollte, dass es ihm keineswegs zusagte, wenn sie ohne ihn das Haus verließ, doch sie hatte ihn darauf hingewiesen, dass es sich lediglich um einen Einkaufbummel handelte. Sie hatte ja nicht vorgehabt, sich in einen gefährlichen Sturm zu begeben. Jason hatte schließlich nachgegeben, doch sein Gesichtsausdruck hatte ihr verraten, dass er keineswegs glücklich darüber gewesen war. Doch als sie wieder nach Hause gekommen war, hatte er sie bereits an der Tür mit einem erleichterten Blick begrüßt und ihr einen so wilden Kuss gegeben, dass sie von Kopf bis Fuß dahingeschmolzen war, mitsamt allen Teilen ihres Körpers, die sich dazwischen befanden.

Hope musste sich auf die Lippen beißen, um nicht in lautes Lachen auszubrechen, als Daisy auf den Sessel sprang und über Jasons Laptop stolzierte, als ob Jason und der Computer ihr Eigentum wären. Ihr Herz begann zu rasen, als sie beobachtete, wie Jason die Katze behutsam neben seinen Oberschenkel setzte und ihr die Aufmerksamkeit schenkte, die das Tier offensichtlich einforderte, indem er ihm wiederholt über den Kopf und den seidigen Körper streichelte. Hope stiegen die Tränen in die Augen, als sie bemerkte, dass Jason leise auf die taube Katze einsprach, die doch kein Wort verstehen konnte und ihn auffordernd gegen den Bauch stupste, damit er mit seinen Liebkosungen fortfuhr.

Der Jason, den sie bewunderte, war wieder zum Vorschein gekommen, der fürsorgliche Junge, der zu einem beschützerischen Alpha-Mann mit einem guten Herzen herangewachsen war. Ihn zu sehen, den wahren Jason zu sehen, machte es ihr noch schwerer, ihm zu widerstehen. Von dem skrupellosen Hurensohn, der versucht hatte, sie zu erpressen, hatte sie keine Spur mehr entdecken können. Eine einsame Träne kullerte über ihre Wange, als Jason nun seinen Laptop beiseite legte und die entzückende Katze es sich auf seinem Schoß bequem machte, während er weiterhin dem Tier beruhigend zusprach und es mit beiden Händen streichelte.

Sie wischte sich die Träne von der Wange, öffnete den Kühlschrank und griff nach einem der Schokoladengebäcke, die sie als Überraschung zurückgehalten hatte.

»Ich dachte immer, die meisten Männer mögen keine Katzen«, bemerkte sie beiläufig, als sie ins Wohnzimmer schlenderte.

»Sie scheint aber *mich* zu mögen«, erwiderte Jason und fuhr fort, Daisy zu liebkosen, während er Hope beobachtete, die zu ihm hinüberkam.

Neben seinem Sessel hielt sie inne. »Mach den Mund auf! Ich habe dir etwas aus der Stadt mitgebracht.«

Argwöhnisch blickte er sie an. »Falls es sich um eine Prärie-Auster handelt, werde ich dir den Hintern versohlen«, warnte er sie mit leiser, drohender Stimme.

»Hm… nein… es ist etwas anderes. Doch beinahe wünschte ich mir jetzt, es wäre eine«, überlegte sie laut, bevor sie ihre Worte überdacht hatte. Etwas an Jasons Vorliebe, die Oberhand zu haben, empfand sie als demütigend, gleichzeitig aber auch als erregend. Ihr die Führung zu überlassen, musste ihn beinahe umgebracht haben, trotzdem hatte er dieses Opfer für sie auf sich genommen. »Aufmachen!«, kommandierte sie zuckersüß. »Bitte!«, fügte sie hinzu.

Er warf ihr einen erschrockenen, aber glühenden Blick zu, der sich auf ihre Reaktion auf die angedrohten Prügel bezog. Doch dann sperrte er gehorsam seinen Mund auf und schloss sogar seine Augen, eine Geste des Vertrauens, die Hopes Herz schneller schlagen ließ. Sie legte ihm die mit Schokolade überzogene Leckerei auf die Zunge und sah gespannt zu, wie er zu kauen begann und dann aufstöhnte, als die Schokolade auf seine Geschmacksnerven traf. »Gut?« Sie kannte die Antwort bereits. Sie hatte heute den Namen des Chocolatiers in einer Geschäftsauslage gelesen und wiedererkannt, eine kleine Firma, die in Colorado verschiedene Läden unterhielt, und das Schokoladengebäck stammte aus deren Produktion.

Jason schluckte, einen verklärten Ausdruck auf dem Gesicht. »Sag mir, dass du noch mehr davon hast!« Seine Stimme klang gleichzeitig fordernd und bittend.

»Ich habe tatsächlich noch mehr«, versicherte sie ihm bereitwillig und lächelte. »Ich kenne dich und deine Schokoladensucht.«

»Überall auf der Welt habe ich Schokolade probiert, doch diese ist unglaublich.« Behutsam setzte er Daisy auf dem Boden ab und legte auch den Laptop neben den Sessel auf den Teppich.

Hope quietschte erschrocken, als Jason ihr unvermittelt einen Arm um die Taille schlang und sie auf seinen Schoß zog. Doch schnell hatte sie sich erholt, spreizte die Beine und ließ sie an den Seiten des Sessels herunterbaumeln. »Es ist aber auch höchste Zeit, dass ich an der Reihe bin«, erklärte sie ihm mit gespielter Empörung. »Ich habe bereits begonnen, eifersüchtig auf meine eigene Katze zu sein.«

Schnell umfasste er ihre Pobacken und zog sie eng an sich. »Ich mag deine Daisy, Baby. Doch du fühlst dich viel besser an.« Und schon wanderte seine Hand unter ihr T-Shirt und strich ihr über den nackten Rücken.

Hope fing beinahe an, wie ihre Katze zu schnurren, als Jasons Berührung wie heiße Flammen auf ihr Blut übergriff. Sie schlang ihm die Arme um den Hals. »Ich kann nicht bis morgen warten, Jason. Ich brauche dich jetzt.« Sie konnte seine harte Erektion spüren, die sich gegen den Stoff seiner Jeans presste, und gierig bewegte sie ihre Hüften, um ihren erhitzten, durchnässten Unterleib näher an ihn heranzubringen.

Ich muss ihm viel näher kommen. Ich muss ihn in mir haben.

»Hope«, stieß er gequält aus. Dann legte er ihr eine Hand um den Hinterkopf und drückte ihren Mund auf seinen hinunter.

Sie reagierte sofort, drängte sich wieder mit ihren Hüften gegen ihn und spielte mit ihren Fingern in seinen zerzausten Haaren, um sie noch mehr in Unordnung zu bringen.

Hope unterwarf sich vollkommen und stöhnte verzweifelt in seinen Mund, als er ihre Pobacken fester umklammerte, um ihre Körper miteinander zu verschmelzen, damit sie die Bewegungen ihrer suchenden, gierigen Zungen nachahmen konnten. Sie sehnte sich tatsächlich danach, von Jason beherrscht zu werden, wünschte sich inständig, er möge ihr zeigen, dass er sie jenseits aller Vernunft begehrte. Ihre Angst war kein Thema mehr. Ihre Begierde hatte die Oberhand gewonnen und sie war verrückt danach, Jasons vollkommenen Kontrollverlust zu erleben, damit er ihr alles zeigte, auf das sie so lange schon verzichtet hatte. Hope fühlte sich jetzt mutig und selbstsicher und Jason hatte ihr dabei geholfen, ihre Energie zurückzugewinnen. Jetzt wünschte sie sich nichts mehr als… ihn.

Keuchend löste sie sich von ihm. »Fick mich, Jason! Ich brauche dich!«

Er stöhnte gequält und stand auf. Ihre Beine waren immer noch um seinen kräftigen Körper geschlungen und immer noch hielt er ihren Hintern umklammert. »Gott weiß, wie sehr ich mich danach sehne, Baby. Ich habe nur Angst, etwas falsch zu machen. Was ist, wenn es dir wehtut, wenn wir viel zu schnell noch einmal miteinander schlafen?«

Das Herz schmolz ihr dahin, als sie hörte, wie seine heisere Stimme, so dunkel und voll der Leidenschaft, vor Sorge vibrierte… Sorge um sie. »Es wird mir nicht wehtun«, versicherte sie ihm. Hopes Bauchgefühl sagte ihr, dass sie keine Schmerzen haben würde. Sie wusste genau, mit wem sie zusammen war und warum.

»Ich kann mich aber nicht so gut beherrschen, wie ich es eigentlich jetzt bei dir müsste«, wandte Jason ein, während er sich aber bereits mit ihr auf den Weg ins Schlafzimmer machte. »Aber ich werde dich zum Kommen bringen«, knurrte er. Sie landete mit ihren Füßen auf dem Boden, als sie angekommen waren. »Zieh dich aus!«, kommandierte er, seine Stimme heiser vor kontrollierter Begierde.

Davon wollte Hope jedoch nichts hören. Sie musste Jason unbedingt in sich haben. »Du wirst es tun!«, widersprach sie und stützte ihre Hände in die Hüften. »Als wir unseren Handel vereinbart haben, habe ich dir versprochen, alles zu tun, was du willst. Nun bring mich auch dazu!«, forderte sie ihn gnadenlos heraus, während sie beobachten konnte, wie sich seine Nasenlöcher weiteten und seine Kiefermuskeln zu zucken begannen.

»Warum?«

»Weil ich es so will«, antwortete sie in wollüstigem Tonfall und bemerkte aufgeregt, dass Jason mit sich kämpfte. Sie mussten unbedingt über seine Angst hinwegkommen, ihr wehzutun. Ihr Verlangen, ihn pur und ungezügelt zu erleben, zehrte an ihr und ihre Begierde, sich ihm zu unterwerfen, wirkte wie ein machtvolles Aphrodisiakum. »Ich weiß, mit wem ich zusammen bin. Nun tu es, Jason!«, schmeichelte sie, wobei sie geflissentlich seinen Namen benutzte.

Seine Augen flackerten wie aufglimmendes Feuer und schon wanderten seine Hände an die kleinen Knöpfe auf der Vorderseite ihres kurzärmeligen Baumwollhemdes. »Ich muss dich berühren, Hope.« Seine ungeduldigen Finger fummelten an dem obersten Knopf herum, bevor er schließlich gierig an dem Stoff beiderseits der Knopfleiste zerrte und ihr Hemd gewaltsam öffnete. Die Knöpfe sprangen in alle Richtungen. Ebenso verfuhr er mit dem Verschluss ihres BHs, dessen filigraner Stoff sofort seinem kräftigen Griff nachgab.

Hopes Muschi wurde von Hitze überflutet, als sie seine hungrigen Augen sah, mit denen er ihre bloßen Brüste verschlang. Sofort griff sie nach seinem Hemd und versuchte, es ihm auszuziehen. Er hob die Arme, damit sie es ihm leichter über den Kopf streifen konnte, und umgehend landete es auf dem Fußboden. Dann zog er ihren BH und das zerrissene Hemd an ihren Armen hinunter und auch sie endeten geräuschlos auf dem weichen Plüsch des Teppichs.

Nun auf den Knien ließ er seine Hände über ihren Oberkörper gleiten, umfasste ihre Brüste und reizte deren empfindliche Spitzen mit seinen Daumen. Sie legte ihm die Hände auf die Schultern, schloss die Augen und genoss leise wimmernd das Gefühl seiner Finger auf ihren Brustwarzen und seinen heißen Mund auf ihrem Bauch, wo er nasse Küsse hinterließ. Er sensibilisierte jeden Zentimeter ihrer Haut, den er berührte, und sie begann zu beben, gierig und hungrig. »Bitte!«, flehte sie. Jeder einzelne ihrer Nerven war mit Elektrizität aufgeladen.

Und schon wieder baute sich eine riesige Hitzewelle zwischen ihren Schenkeln auf, als er in ihre Brustwarzen kniff. Dann ließ er seine Hände an ihrem Bauch hinabgleiten und öffnete den Knopf ihrer Jeans. Der Reißverschluss wurde heruntergezogen und er packte ihre Jeans und ihr Höschen. Sein mächtiger Bizeps spannte sich an, als er beides an ihren Beinen herunterzog.

»Steig raus!«, kommandierte Jason mit rauer Stimme.

Hope stützte sich auf seine Schultern, um Halt zu finden, und stieg aus Jeans und Höschen. Dann stand sie vor ihm, komplett nackt. Körper und Geist vollkommen auf Jason konzentriert war sie sich ihrer selbst kaum bewusst. Offenbar mochte er ihre ausladenden Hüften und ihren runden Hintern.

Nun senkte er kniend seinen Po bis fast auf den Teppich und blies seinen heißen Atem auf ihre Muschi, sodass Hope vor Erwartung zu zittern begann. »Ja«, stöhnte sie. »Bitte!« Sie sehnte sich danach, dass sein hungriger Mund sie verschlang.

Nun wanderten seine Hände an der Außenseite ihrer Schenkel hinunter, glitten an dem empfindlichen Fleisch zwischen ihren Beinen wieder hoch und strichen dann über ihren Venushügel. »Du bist so wunderschön«, bemerkte er, während seine Finger mit dem gestutzten Haar auf ihrer Muschi spielten. »Dies ist genauso flammend wie dein Kopfhaar.« Seine Daumen teilten ihre Falten und glitten durch die glitschige Hitze, um ihre Klitoris zu umkreisen.

Hope keuchte. Sein heißer Atem wehte über ihren Unterleib und seine aufreizenden Finger auf ihrem pulsierenden Nervenknötchen entzündeten lodernde Flammen. »Jason«, flehte sie.

»So ist es richtig, Liebes. Sag meinen Namen! Sei dir bewusst, wer dich zum Kommen bringen wird! Bleib ganz bei mir!« Unvermittelt legte er sich eines ihrer Beine über die Schulter und umfasste ihren Hintern, um ihre Muschi gegen sein Gesicht zu pressen und dann labte er sich an ihr, als ob sein Überleben davon abhinge.

Heiliger Jesus! Hopes kurze Fingernägel gruben sich in Jasons Schultern, als dieser in ihre feuchte Hitze eintauchte und sie mit seinem Mund plünderte. Seine Zunge leckte immer und immer wieder reibend über ihr Fleisch, drang in ihren Tunnel ein und spielte mit ihrer Klitoris und brandmarkte sie so als sein Eigentum, bis Hope ein unterdrückter Schrei entfuhr; die Hitze seines Mundes überwältigte sie. »Oh Gott, Jason! Ja!«

Sie blickte an sich herab und meinte, verbrennen zu müssen, als sie seinen goldenen Kopf zwischen ihren Beinen sah, der sich in dem wollüstigen Akt verloren hatte, ihr dieses erotische Vergnügen zu bereiten. Mit einer Hand fuhr sie ihm in sein wunderschönes, zerzaustes Haar und zwang seinen Kopf fester und tiefer zwischen ihre Schenkel. Als seine Zunge sich nun ganz auf ihre Klitoris konzentrierte, zuckte jeder seiner Zungenschläge auf dem empfindlichen Knöpfchen durch ihren ganzen Körper. »Füll mich aus, Jason! Bitte!« Jetzt sehnte sie sich nach dem Akt, der sie in der Dusche in die entsetzliche Vergangenheit zurückversetzt hatte. Ohne Zweifel würde sie zum Orgasmus kommen, ihr ganzer Körper pulsierte bereits. »Jetzt!«, flehte sie verzweifelt, als sie sein Zögern spürte. »Ich brauche dich.« Sie wollte vollkommen von ihm verzehrt werden.

Er ließ zwei Finger in sie hineingleiten und drehte sie so, dass sie einen G-Punkt reizten, dessen Existenz ihr nicht einmal bekannt gewesen war, und liebkoste diesen immer und immer wieder.

Hope implodierte. Die Wände ihres Tunnels zogen sich um seine Finger herum zusammen und sie warf den Kopf in den Nacken und gab sich ganz ihrem machtvollen Orgasmus hin. Am ganzen Körper bebend rief sie seinen Namen: »Jason!«

Schnell stand er auf und fing sie auf, bevor sie fallen konnte, doch seine Finger blieben aktiv und schenkten ihr jedes bisschen Entzücken, dass er ihr noch abringen konnte. Dann fiel ihr Kopf hilflos nach vorn und landete an seiner Brust. Schwer und unregelmäßig atmend und mit galoppierendem Herzschlag klammerte sie sich an Jason.

Dieser zog nun seine Hand zwischen ihren Schenkeln hervor und schlang seinen Arm um ihre Taille, um sie zu stützen, während er ihr mit der anderen Hand beruhigend den Rücken streichelte. Als sie das Gleichgewicht verlor, nahm er sie auf den Arm und trug sie die kurze Strecke bis zum Bett, wo er sie behutsam auf die seidene Decke legte. Sie schaute ihm zu, wie er hastig aus Jeans und Slip schlüpfte und dann mit nichts als seiner goldenen Haut bekleidet atemberaubend nackt vor ihr stand.

Hope stockte der Atem, als er zu ihr ins Bett stieg und an sie herankroch. »Einmal ist nicht genug«, erklärte er ihr mit rasselnder

Stimme. »Es gibt nichts Besseres, als dich meinen Namen schreien zu hören, während ich dich zum Orgasmus bringe.«

Mein Gott, war er großartig, so urtümlich wild, wie Hope ihn sich gewünscht hatte. »Dann fick mich!«, forderte sie mit bebender Stimme. Sie brauchte alles, was Jason verkörperte, und wollte ihn genau so, wie er jetzt war.

Er kroch zwischen ihre Schenkel und legte sich so auf sie, dass sein Kopf auf einer ihrer Brüste ruhte. »Schau nach oben! Sei dir genau bewusst, mit wem du in diesem Augenblick zusammen bist, Baby!«

Hope gehorchte und wandte ihren Blick vom Scheitel seines Blondschopfes nach oben zu dem Baldachin über dem Bett. Erschrocken entdeckte sie sich selbst, bereit, sich von Jason nehmen zu lassen.

Kapitel 9

»Oh mein Gott! Was hast du gemacht?« Hope starrte verblüfft auf das erotische Bild von Jason und ihr selbst, wie sie nackt und ineinander verschlungen auf dem Bett lagen. Sie wusste, dass sich dort bis jetzt kein Spiegel befunden hatte, und dieser sah verdächtig nach dem großen Spiegel aus, der immer im Badezimmer gehangen hatte.

Er hob den Kopf und schenkte ihr ein unverschämt freches Grinsen. »Damit du niemals wieder vergisst, mit wem du zusammen bist. Es schien mir ein guter Weg, dich daran zu erinnern.«

»Ist das der Badezimmerspiegel? Wie –?« Hopes Herz begann, wild zu pochen, als sie in Jasons schelmische Miene blickte. Er hatte das für sie getan und diese Tatsache rührte sie. Alles nur, damit sie nicht in die Vergangenheit zurückversetzt und von schlechten Erinnerungen gehemmt wurde. Ihr zog sich das Herz zusammen.

»Das ist der Badezimmerspiegel. Und er ist sicher befestigt. Ich bin ein guter Handwerker«, antwortete er mit einem hintergründigen Grinsen. Dann fügte er etwas nüchterner hinzu: »Jetzt brauchst du nur noch deine Augen offen zu halten und nach oben zu sehen.«

Hope versuchte, den Kloß in ihrer Kehle herunterzuschlucken, doch sie scheiterte kläglich. Jason hatte diese Veränderung vorgenommen, während sie zum Einkaufen außer Haus gewesen war, und seine wie auch immer geartete Arbeit vernachlässigt, nur für sie. Er verfolgte das Ziel, dass sie sich immer sicher fühlte, und die Tatsache, dass er so viel Mühe auf sich genommen hatte, nur um ihr zu helfen, über ihre Ängste hinwegzukommen, überwältigte sie gefühlsmäßig. »Danke, dass du das für mich getan hast.« Eigentlich wäre es nicht mehr nötig gewesen, doch seine Sorge hatte ihn dazu getrieben. Sie fürchtete sich nicht mehr und sie wusste sicher, dass sie nicht mehr vergessen würde, wer bei ihr lag, solange es Jason war.

Seine klaren blauen Augen suchten ihre; grüne und blaue Blicke trafen aufeinander und versenkten sich für einen langen, atemberaubenden Augenblick ineinander, als ob ihnen beiden die Sprache fehlte, bis Jasons tiefe, ernste Stimme die Stille durchbrach. »Ich tue alles für dich, mein Herz. Was geschehen ist, kann ich nicht ungeschehen machen, aber so sicher wie das Amen in der Kirche werde ich versuchen, deine schlechten Erinnerungen auszulöschen und sie durch etwas Besseres zu ersetzen.«

Das ist dir bereits gelungen.

Hope wollte gern laut antworten, doch sie brachte es nur zustande, seinen Kopf auf ihre Brust zu pressen. Sie wollte sich in ihn versenken, sich von seiner Essenz einhüllen lassen, bis sie in ihm ertrinken würde.

Sie beobachtete, wie er eine Brustwarze in seinen Mund sog und sie mit seiner Zunge reizte. Ihre ohnehin schon harten Nippel versteiften sich unglaublicher Weise noch mehr und jede Berührung seines heißen Mundes strahlte bis in ihren Unterleib aus. Er wechselte zwischen ihren Brüsten, neckte erst die eine, dann die andere. Hope verkrallte die Hände in seinen Haaren. »Genug!«, rief sie atemlos und zwang ihn auf seinen Rücken, indem sie ihren Körper herumrollte. Nicht eine Sekunde länger konnte sie ihm dabei zusehen, wie er sie erregte, ohne ihn in sich zu spüren. »Gefällt es dir, uns zu beobachten?«, erkundigte sie sich sanft, während sie sich mit gespreizten Beinen auf seine Oberschenkel setzte.

»Dich zu beobachten, ist mir zur Besessenheit geworden«, brummte Jason.

Nun streckte Hope ihre Beine aus und zwang ihn, seine Schenkel zu öffnen, damit sie sich dazwischen legen konnte. »Dann lass uns sehen, ob es dir gefällt, dies zu beobachten.« Sie senkte den Kopf und hinterließ mit geöffnetem Mund nasse Küsse auf seiner Brust. Ihre Zunge schnellte über seine flachen Nippel und arbeitete sich dann zu seinem wohlgeformten Bauch hinunter, indem sie jedem einzelnen Muskel folgte.

»Fuck!«, krächzte er, als sie schließlich seinen Schwanz ergriff und ihre Finger um ihn schlang.

Hope musste lächeln, während ihre Zunge über die Spitze schnellte und die salzige Feuchtigkeit schmeckte, in die sich der samtene Kopf gehüllt hatte. Dann ließ sie ihre Zunge um den Wulst herum kreisen. Jason stöhnte unterdrückt auf. Nun kniete sie sich hin, streckte den Po in die Luft, senkte erneut den Kopf und strich mit ihrer Zunge entlang der Unterseite des Schaftes, von der Wurzel bis zur Spitze. »Wie sieht das aus?«, fragte sie, bereit, seine Männlichkeit in ihren Mund aufzunehmen. Ihn dabei zu beobachten, wie er mit ihr spielte, hatte sie als unerträglich erotisch erlebt und sie fragte sich, ob es ihm nun genauso erging. Mehr als alles andere auf der Welt wünschte sie sich, ihn in die gleiche Ekstase zu versetzen, die er ihr geschenkt hatte.

»Dich dabei zu beobachten, wie du mich leckst, kommt mir vor, als ob meine wildesten Fantasien zum Leben erweckt worden wären«, stöhnte Jason. »Du bringst mich um.«

Selbstsicher nahm sie ihn zwischen ihre Lippen, sog ihn in ihren Mund ein und nahm so viel von ihm in sich auf, wie es ihr nur möglich war.

»Gütiger Himmel! Hope!« Er vergrub seine Hände in ihren Haaren, um ihr den Kopf zu führen.

Sein Geschmack machte sie trunken, verstärkt durch das Wissen, Jason mit jeder Bewegung ihres Mundes das gleiche Vergnügen zu bereiten, wie es ihm zuvor andersherum gelungen war. Die Erkenntnis, dass sie diesen wunderschönen Mann in Flammen setzen konnte, wirkte beschwingend und machtvoll berauschend auf sie.

»Ich muss in dir sein. Jetzt«, brummte Jason, hob sie von seinem Körper und legte sie auf den Rücken. Schwer atmend, mit urtümlich wildem Gesicht und flackernden Augen presste er ihre Hände auf das Bett und umschlang ihre Finger mit seinen. »Mein. Du gehörst mir. Meine Frau.« Er drehte ihre linke Hand so, dass sie sie im Spiegel sehen konnte. »Kein Mann wird dich je wieder anrühren, ohne als Toter zu enden«, schwor er mit rauer Stimme.

Hope starrte ihn mit geweiteten Augen an, doch sie hatte keine Angst. Sie fühlte sich, als ob seine schmelzende Haut sie versengen würde. »Dann fick mich! Mach mich zu der deinen!« Gierig schlang sie ihre Beine um ihn und grub ihm ihre Fersen in den Hintern, um ihn zu drängen, sie endlich zu nehmen. »Ich brauche dich!«

»Fühlst du dich gut? Es tut mir leid. Ich habe dir gesagt, dass ich mich bei dir nicht beherrschen kann«, knurrte Jason und rollte sein Gewicht von ihr herunter.

»Wag es nicht, dich von mir zu lösen!« Schnell klammerte sich Hope mit ihren Beinen an ihm fest und hielt zusätzlich seine Finger fest, die ihre Hände gefangen hielten. »Du hast mir einen Ring an den Finger gesteckt. Jetzt musst du mich auch in Besitz nehmen! Es ist mir verdammt egal, wie lange es dauert. Lass es Wirklichkeit werden, Jason! Ich kann sehen, mit wem ich zusammen bin. Ich bin bei meinem Ehemann.« Mit flehenden Augen sah sie ihn an, denn sie wollte nicht, dass er sich wegen ihrer früheren, in diesen Augenblicken zurückkehrenden schlechten Erinnerungen gehemmt fühlte. Jasons Besitzerinstinkte waren geweckt und es schien, als ob der einzige Weg, ihn von seinen Hemmungen zu befreien, darin bestand, jene Triebe anzuheizen. »Wenn du es nicht tust, werde ich vielleicht bald einen anderen willigen Mann treffen.«

Umgehend verwandelte sich Jasons Gesichtsausdruck von Besorgnis und Leidenschaft zu beinahe purer Besessenheit. »Du. Gehörst. Mir.« Er drehte ihre linke Hand, bis er den Ring sehen konnte. »Mein. Schau nach oben!«, forderte er. Im selben Moment ließ er ihre rechte Hand los, um seinen Schwanz in die richtige Position zu bringen, und drang mit einem einzigen kräftigen Stoß in sie ein.

Hope stöhnte auf, als Jason sie ausfüllte. Die Wände ihres Tunnels weiteten sich, um ihn willkommen zu heißen. Sie blickte nach oben, nicht etwa, um sich bewusst zu machen, wer in sie eingedrungen war, sondern weil es das Erotischste war, das sie je gesehen hatte, ihn dabei zu beobachten, wie er sie in Besitz nahm. Der Diamant blinzelte ihr zu und erinnerte sie daran, dass sie für diesen Augenblick *sein* war, und sie genoss seine Besessenheit.

Ihre Nägel zerkratzten seine Hände, als sie diese fest umklammerte, während sie ihre Hüften hob, um jedem seiner dominierenden Stöße entgegenzukommen. Weich glitt sein Schwanz in ihren durchnässten Leib hinein und wieder hinaus. Fasziniert und qualvoll erregt beobachtete sie Jason und sich im Spiegel. Gefesselt sah sie, wie Jason wie ein Wahnsinniger in sie hineinstieß und sich wieder zurückzog. Sein verschwenderisch ausgestatteter Körper breitete sich begehrlich über ihrem aus und die Muskeln seines knackigen Hinterteils spannten sich mit jedem kräftigen, besitzergreifenden Stoß.

»Jason«, ächzte sie. Ihr Körper zerbrach. Umgeben von seinem wilden, hitzigen Duft verschmolzen ihre Körper in Wollust miteinander; sie würden gemeinsam zu Orgasmus kommen.

»Komm für mich!«, stöhnte er. »Komm *mit* mir!«

Er senkte den Kopf und küsste sie. Mit seinem Mund verschlang er ihren. Fordernd. Unaufhörlich. Wild.

Hopes Orgasmus traf sie hart und schnell, überschwemmte ihren Körper in pulsierenden Wellen. Jason löste seinen Mund von ihrem und warf den Kopf in den Nacken. Die Muskeln an seinem Hals traten hervor, als er ein heiseres Stöhnen ausstieß. Die unkontrollierten Kontraktionen der Muskeln ihres Tunnels molken ihn und erlösten ihn von seinem quälenden Verlangen.

»Fuck!«, stieß Jason fluchend aus, als er sich herumrollte, damit sie ihre Beine aus ihrer Umklammerung lösen und sich auf ihm ausruhen konnte. »Ich habe die Kontrolle verloren. Es tut mir leid.«

»Mir nicht«, erwiderte sie atemlos. »Ich denke, du hast mich geheilt.«

Erleichtert stieß er die Luft aus. »Du machst mich vollkommen wahnsinnig, Frau. Wenn ich mit dir zusammen bin, kann ich keinen klaren Gedanken mehr fassen. Du reagierst so verdammt gut auf mich, dass ich vollkommen den Kopf verliere.«

Hope lächelte an seine feuchte Brust gelehnt vor sich hin. »Man kann dir schlecht widerstehen«, neckte sie ihn.

»Ich bin dein einziger Mann«, stellte er eifersüchtig fest, während er ihr einen Klaps auf den Hintern gab. »Falls du noch einmal einen anderen Mann auch nur erwähnst, selbst einen eventuell zukünftigen, weise ich jede Verantwortung für meine Reaktion von mir. Ich teile nicht. Niemals.«

Hope wollte ihn schon darauf hinweisen, dass sie nur vorübergehend ein Paar waren, doch ihr Herz hinderte sie daran. Auch wenn sie nur zeitweilig seine Frau war – sie wollte in der Gegenwart leben. Und *heute* gehörte Jason Sutherland zu ihr. Über ihre Trennung konnte sie sich noch früh genug Gedanken machen. Nur für den Augenblick, nur fürs Erste, wollte sie sich in der Freude sonnen, mit Jason zusammen zu sein, dem einzigen Mann, den sie je begehrt hatte. Es tat so gut, sich begehrt zu fühlen, und zum ersten Mal in ihrem gesamten Leben als Erwachsene fühlte sie sich nicht einsam. Jason füllte all den leeren Raum in ihrem Herzen und selbst, wenn es nur eine Weile anhalten würde, fühlte sie sich prächtig. »Ich kann einfach nicht glauben, dass du den Spiegel aus dem Badezimmer gestohlen hast.« Dass Jason den riesigen Spiegel von der Wand genommen und über dem Bett befestigt hatte, nur damit sie ihre Ängste überwinden konnte, war wahrscheinlich das Süßeste und Fürsorglichste, das jemals jemand für sie getan hatte.

»Ich habe ihn nicht gestohlen. Ich werde ihn auch später wieder dort aufhängen. Ich sagte doch bereits, dass ich gut mit Werkzeug umgehen kann, und ich habe in der Vorratskammer eine komplette Werkzeugkiste entdeckt.« Seine Stimme klang träge und amüsiert.

»Restaurierst du immer noch alte Autos?« Sie wollte gern über alles Bescheid wissen, womit sich Jason in den vergangenen acht Jahren beschäftigt hatte.

»Wenn ich die Zeit erübrigen kann. In New York habe ich eine Werkstatt. Ich arbeite gerade an einem Ferrari aus den Achtzigern.«

Hope konnte die Aufregung in seiner Stimme hören und sie freute sich, dass er nicht aufgegeben hatte, woran sein Herz hing. »Also kommst du gelegentlich doch mal aus der Stadt heraus«, bemerkte sie scherzhaft. »Ist die Arbeit an den Fahrzeugen deine einzige Fluchtmöglichkeit?«

»Ich reise so oft wie möglich nach Boston, um meine Mutter zu besuchen, und ich besitze ein Boot, das dort im Hafen liegt. Ich glaube, wenn ich wirklich flüchten will, fahre ich aufs Wasser hinaus. Dort fällt es mir leicht, das Geschäft hinter mir zu lassen.«

Hope stützte ihren Kopf in beide Hände, ihre Unterarme ruhten auf Jasons kräftigem Brustkorb. »Ein Boot oder eine Jacht?« Sie bezweifelte, dass Jason ein normales Motorboot besaß.

»Ich denke, man würde sie als Jacht bezeichnen.«

»Sie? Wie hast du sie getauft?«

Jason schwieg eine Weile. »*Sutherlands Hope*.«

Für einen Augenblick verschlug es Hope die Sprache. Sie bemühte sich, die Tatsache zu verarbeiten, dass das Boot ihren Namen trug. Gewiss, der Name war zweideutig. »Hope« bedeutete gleichzeitig »Hoffnung«. Offensichtlich handelte es sich um einen Zufall, trotzdem stockte ihr der Atem und ihr Herzschlag beschleunigte sich. »Das ist ein wunderschöner Name«, erklärte sie ehrlich. »Auf was hast du gehofft, als du deiner Jacht diesen Namen gegeben hast?«

»Frieden im Geist.« Jasons Augen bannten sie mit einem durchdringenden Blick.

»Und? Hast du ihn gefunden?«

»Noch nicht. Aber wenn du mit mir auf das Boot kommst, dann vielleicht«, erwiderte er mit unbeweglicher Miene.

»Ich habe nicht viel Erfahrung mit Booten, aber es würde mir gefallen.« Zu schade, dass sie nicht lange genug zusammen sein würden, um Jason entspannt und glücklich zu sehen.

»Du brauchst keine Erfahrung. Ich habe einen Kapitän und eine Mannschaft. Du musst lediglich dafür sorgen, dass du nicht über Bord fällst«, antwortete er barsch.

»Angelst du?«

»Zum Teufel! Gewiss!«, erwiderte Jason begeistert mit einem Grinsen. »Wozu sollte ich ein so großes Boot besitzen, wenn ich nicht fischen würde?«

Hope lächelte zurück, bezaubert von dem Gedanken, dass Jason sich tatsächlich für etwas anderes als sein Geschäft begeistern konnte. »Wie viele Frauen hast du schon mit auf die Jacht genommen?« Na gut… ihr grünäugiges Monster hatte sie zum Reden gebracht, bevor sie sich eines Besseren besinnen konnte.

»Keine. Nicht einmal.« Jason rollte sie auf den Rücken, legte sich auf sie, hielt ihre Hände über ihrem Kopf zusammen und sah fragend auf sie hinunter. »Bist du etwa eifersüchtig?«

Sie wandte die Augen ab. »Das wäre töricht, nicht wahr? Wir sind Freunde. Du versuchst, mir zu helfen. Wir werden nur kurze Zeit zusammen sein.«

»Du hast meine Frage nicht beantwortet, Frau.« Er drehte ihr wieder den Kopf in seine Richtung. »Sag es mir!«, forderte er.

Ihre Blicke trafen sich: Grün traf auf Blau. Und Hope verlor sich in den wilden Tiefen seiner Augen. »Also gut. Ja. Ein bisschen. Vielleicht teile ich auch nicht gern.«

Seine Miene veränderte sich. Das Glimmen in seinen Augen verwandelte sich in Besitzgier. Unvermittelt senkte er den Kopf, um sie zu küssen. Hungrig. Begierig. Köstlich.

Dann löste er seinen Mund von ihrem und überlud ihr Gesicht, ihre Wangen und ihren Hals mit überschwänglichen Küssen. »Du wirst niemals teilen müssen, mein Herz«, beruhigte er sie gegen ihren Hals murmelnd.

Hope seufzte über seine süßen Worte, die sie für immer in ihrem Herzen bewahren wollte. Doch sie wusste es besser. Ihre gemeinsame Zeit war begrenzt, jeder Moment war gestohlen.

»Ich werde dich mit auf mein Boot nehmen und dann können wir die beiden Kabinen einweihen. Ich hatte noch nie Sex dort. Sie ist wahrhaftig eine Jungfrau.« Besitzergreifend knabberte er an ihrem Ohr.

Hope wimmerte vor Sehnsucht, ihre Gefühle waren überreizt. Es tat so gut, Jason von einer Zukunft sprechen zu hören, aber es schmerzte zu wissen, dass diese nie Wirklichkeit werden würde.

Doch im Augenblick darf ich glücklich sein.

Hope schob ihre deprimierenden Gedanken beiseite, schlang ihre Beine um Jason und überließ sich vollkommen seinen Verführungskünsten.

Kapitel 10

Zwei Tage später schielte Jason missmutig zu dem T-Shirt hinüber, das auf dem Bett lag, eines, das Hope ihm während ihres Einkaufsbummels gekauft hatte. Die Wanderschuhe hingegen, die sie ihm außerdem mitgebracht hatte, gefielen ihm äußerst gut und seine Frau hatte sie sogar aufmerksamer Weise mit einem wasserabweisenden Spray behandelt. Aber ein verdammtes Hemd mit einem Aufdruck der Broncos würde er nicht tragen! Mit den Fingerspitzen nahm er das orange-blaue, baumwollene Kleidungsstück vom Bett auf, gerade so, als ob es sich um eine giftige Schlange handeln würde. »Dieses T-Shirt werde ich auf keinen Fall anziehen.« Hope hielt sich währenddessen in der Küche auf, um ihnen vor ihrem Wanderausflug ein Frühstück zuzubereiten, und er hatte so laut gebrüllt, dass sie ihn hören musste.

Tatsächlich stand sie ein paar Sekunden später in der Schlafzimmertür. Jason wurde sofort hart wie ein Stein, als sie ihn von oben bis unten musterte. Ihr Blick verweilte auf seinem nackten Oberkörper. »Hm… zu schade. Ich persönlich finde nichts heißer als einen Mann in einem Bronco-Shirt. Du wirst sexy darin aussehen. Ich weiß nicht, ob ich meine Finger von dir lassen könnte.« Sie seufzte, schien beleidigt zu sein und verschwand wieder in der Küche.

Mist! Nach dieser Bemerkung musste er das Hemd einfach tragen.

Widerwillig zog er es sich über den Kopf. Der Saum reichte bis über den Taillenbund seiner Jeans. Um Hope zu gefallen, würde er wahrscheinlich fast alles machen. Ja, er war sich bewusst, dass sie ihn manipulierte, doch das war ihm egal. Hope glücklich zu machen und ihr Verlangen nach ihm zu erhalten, war ihm zur wichtigsten Lebensaufgabe geworden.

In den vergangenen paar Tagen waren sie kaum aus dem Bett herausgekommen und hatten das Haus nur einmal verlassen, nämlich als er sie zum Abendessen im Resort eingeladen hatte. Das Essen war köstlich gewesen, doch Jason hatte nur an das knappe Mieder ihres sexy roten Kleides und ihre entblößte Haut denken können, die er mit Mund und Händen erkunden wollte. Er hatte sogar auf das Schokoladendessert verzichtet, als Hope jede Nachspeise abgelehnt hatte, so sehr drängte ihn seine Begierde, sie nach Hause und ins Bett zu bringen.

Finster blickte er auf die Kreditkarte, die Hope auf der Frisierkommode im Schlafzimmer hatte liegenlassen. Sie hatte all ihre Einkäufe selbst bezahlt, eine Tatsache, die ihn rührte, gleichzeitig aber auch ärgerte. Er wollte sich gern um sie kümmern, ihr alles geben, was sie sich wünschte. Die meisten Frauen hätten die Karte dankbar angenommen und sie bis an die Grenze ausgeschöpft, was gewiss einige Zeit gedauert hätte, da er über einen nicht gerade durchschnittlichen Kreditrahmen verfügte. Aber nicht so Hope. Zur Hölle, nein! Sie hatte die Karte nicht einmal benutzt, sondern sie stattdessen in aller Stille auf die Kommode gelegt. Gewiss, sie war reich, doch er besaß eine Menge mehr Geld und außerdem unternahm sie nichts, um das Einkommen aus ihrem Erbe zu vermehren. Er zog seine Brieftasche aus der Hosentasche und stopfte die Karte ein bisschen zu heftig zurück. Kassenbons und Visitenkarten flatterten auf den Teppich. Er sammelte sie ein, steckte sie in seinen Geldbeutel zurück und machte sich auf den Weg in die Küche. Sein Magen begann, hungrig zu knurren, als er den Duft von gebackenem Schinken wahrnahm.

Mein Gott! Hope konnte wahrlich gut kochen.

Diese Fähigkeit musste sie sich angeeignet haben, nachdem sie ihr Elternhaus verlassen hatte. Sicher hatte sie das Kochen nicht von ihrer nutzlosen Mutter gelernt. Jason zog es das Herz zusammen, wenn er nur daran dachte, dass Hope ihre Kindheit mit einer Mutter verbracht hatte, die sie nicht gewollt hatte. Die meiste Zeit ihres Lebens musste sich Hope sehr einsam gefühlt haben, obwohl sie mit Brüdern gesegnet war.

Genau wie ich, immer einsam.

Was war er doch für ein dummer Kerl, dass er so lange gezögert hatte, die einzige Frau in seinem Leben zu erobern, die er wirklich begehrte. Und nun, da sie bei ihm war, befürchtete Jason, sie wieder zu verlieren. Das durfte nicht geschehen und das würde nicht geschehen. Er musste ihr seine Lügengeschichte über die Hochzeit beichten und mit ihr und sich ins Reine kommen.

Sie wird mich hassen.

Nachdem sie ihm so offen alles über ihre Vergangenheit erzählt hatte, nagten Schuldgefühle an ihm, dass er ihr seinerseits noch nicht die ganze Wahrheit mitgeteilt hatte. Das Einzige, das ihn davon abhielt, war die Angst, ein wirkungsvoller Stopper. Wenn Hope seinen Betrug erfahren würde, befürchtete er, sie nicht für immer behalten zu können, aber genau das hatte er im Sinn. Die Geschichte mit den *zwei Wochen* war vollkommener Blödsinn, das wusste er. Es schien ihm, als ob er bereits eine Ewigkeit auf Hope gewartet hätte. Er tat sein Bestes, um sie süchtig auf ihn und ihr Zusammensein zu machen. Gott allein wusste, dass er ein totaler Hope-Junkie geworden war. Er konnte sie nicht sehr lange aus den Augen lassen, ohne unter einem ernsthaften Entzug zu leiden.

Wie soll ich mit ihrem Beruf zurechtkommen?

Wenn er von ihr verlangte, ihn aufzugeben, würde sie unglücklich sein, falls sie ihm nachgab. Andererseits konnte er unmöglich zulassen, dass sie sich in Gefahr begab. Vielleicht konnten sie einen Kompromiss eingehen. Er würde sie begleiten, wo immer sie auch hinreisen musste, um sicherzustellen, dass ihr nichts passierte.

Falls sie mir vergibt. Falls sie tatsächlich bei mir bleibt.

Bei Gott, sie musste bei ihm bleiben, selbst wenn er ihren süßen Hintern noch einmal entführen musste. Er würde nicht mehr ohne sie leben. Ihre Weigerung, mit ihm verheiratet zu bleiben, war *vollkommen* unakzeptabel.

Mein. Sie ist jetzt Hope Sutherland und sie gehört zu mir.

Als er die Küche betrat, sah er sie emsig in der Nähe des Herds hin- und hereilen. Und wie immer konnte er es kaum fassen, dass sie sich wirklich mit ihm zusammen im selben Haus aufhielt. Ihr loderndes Haar war in einem Pferdeschwanz zusammengebunden, der lustig hin und her schwang, während sie sich anmutig und effizient durch den Raum bewegte.

Ihr Anblick fesselte Jason, fasziniert beobachtete er jede ihrer Bewegungen. Seine Augen klebten quasi an ihrem runden Hinterteil, als sie sich bückte, um etwas vom Boden aufzuheben.

Oh, verflucht! Nein. Sie wird nie wieder irgendwohin gehen. Nicht ohne mich.

Sein Herz hämmerte gegen seine Brust und er bekam feuchte Handflächen, allein bei dem Gedanken, sie könnte ihn verlassen.

Das wird nicht geschehen.

»Guten Morgen«, begrüßte Hope ihn heiter, als sie sich herumdrehte und ihn bemerkte. »Du trägst das T-Shirt. Du siehst wirklich wie der heißeste Mann auf Erden darin aus«, säuselte sie und schlängelte sich an ihn heran, um ihn zärtlich auf die Lippen zu küssen.

Jason grinste. Es gab kein Entkommen für ihn. Hope hatte ihn in der Hand und er ging mit Haut und Haar auf ihre Spielchen ein. Sie war so verflucht bezaubernd, dass er sich nicht dagegen zur Wehr setzen wollte. Nein. Wie gern hörte er sie sagen, er sei sexy, und dafür würde er alles tun. Ja… *so* jämmerlich war er ihr verfallen.

Er hätte sie jetzt auf den Arm genommen, wenn sie nicht einen Pfannkuchenwender in der Hand gehalten hätte. Daher begnügte er sich mit dem, was er bekommen konnte. »Was gibt es zum Frühstück?« Sie verwöhnte ihn und wahrscheinlich hatte er eine sehr ausgedehnte Wanderung nötig, um sich abzukühlen.

»Schinken, Eier und doppelte Schokoladenpfannkuchen mit Reeses Schokoladensirup.« Sie wedelte mit dem Pfannenwender und bedeutete ihm, sich zu setzen. Dann füllte sie einen Teller für ihn.

Jason lief das Wasser im Mund zusammen. »Es gibt doppelte Schokoladenpfannkuchen?« Hoffentlich machte sie keine Scherze!

»Das Rezept habe ich aus dem Internet. Sicher ist es dekadent, doch da ich dich und deine Vorliebe für Schokolade kenne, glaube ich, dass es dir schmecken wird«, neckte sie ihn, während sie den Teller mit Schinken und Eiern vor ihn stellte. »Iss zuerst dies hier, während ich die Pfannkuchen fertig backe.«

»Du wirst mich noch ruinieren«, bemerkte er ehrlich, als er sich hungrig über sein Frühstück hermachte.

Er wusste, sie hatte sich bezüglich der Schokoladenpfannkuchen keinen Scherz mit ihm erlaubt. Er konnte die Schokolade jetzt riechen.

»Das gefällt mir«, rief sie vom Herd herüber, an dem sie mit ihm zugewandtem Rücken beschäftigt war. »Ich koche gern, aber es macht doch mehr Spaß, wenn ich die Mahlzeit mit jemandem teilen kann.«

Ihre Bemerkung traf ihn wie ein Schlag in die Magengrube. Obwohl er nur ihren Rücken sah, konnte er doch die Verwundbarkeit aus ihrer Stimme heraushören. Keinesfalls konnte sie sich so sehr nach ihm sehnen, wie er andersherum sie begehrte, doch es wurde ihm leicht ums Herz, als er erkannte, dass sie mit ihm zusammen sein wollte und dass sie seine Gesellschaft auch außerhalb des Schlafzimmers genoss. Gern würde er alle Lebensbereiche mit ihr teilen. »Baby, hab so viel Spaß, wie du willst! Ich werde hier sein«, antwortete er mit rauer Stimme, als er sich bewusst wurde, wie sehr er sich danach verzehrte, ihr am wichtigsten zu sein. Sein Leben war genauso einsam verlaufen wie ihres, vielleicht noch einsamer, und Hope allein hatte seine Ruhelosigkeit vertrieben und die Leere, die ihn manchmal zu verschlingen schien. Er brauchte sie mehr als seinen nächsten Atemzug und das war ihm vollkommen bewusst.

Jetzt nahm sie seinen leeren Teller und ersetzte ihn durch einen anderen. Sein Magen knurrte, als er mit dem Stapel Pfannkuchen liebäugelte, von dem der Schokoladensirup heruntertropfte und der mit kleinen Schokoladenstückchen garniert war. Nachdem sie zwei Becher Kaffee auf den Tisch gestellt hatte, setzte sie sich ihm mit einem weitaus weniger beladenen Teller gegenüber.

»Gütiger Himmel! Träume ich?« Jason stieg der aufreizende Duft von Schokolade und Erdnussbutter in die Nase und beinahe tropfte ihm der Speichel aus dem Mund.

»Mal sehen, ob sie dir schmecken«, sagte sie mit einem wissenden Lächeln. »Es ist das erste Mal, dass ich dieses Rezept ausprobiert habe.«

Jason zögerte keinen Augenblick, nahm die Gabel zur Hand und grub sie in den Traum aus Schokolade. Genussvoll stöhnte er auf, als er den ersten Bissen im Mund zergehen ließ. »Unglaublich«, stieß er kauend aus, während er den Stapel Pfannkuchen beinahe in sich aufsog.

Hope aß langsamer und schien jeden einzelnen Bissen zu genießen. »Mm… fast besser als Sex«, schnurrte sie, als sie ihre Gabel ableckte.

Jason beäugte sie misstrauisch. »Mein Herz, die Pfannkuchen sind unglaublich gut, aber nichts ist besser als Sex mit dir.« Na gut… sie hatte »*fast*« gesagt, doch das genügte ihm nicht. Er hielt inne, die Gabel auf halbem Weg zum Mund, um ihre rosa Zunge zu beobachten, die die Schokolade von dem Besteck leckte.

Mein Gott! Seit wann ist es mir zu einem erotischen Erlebnis geworden, ihr dabei zuzusehen, wie sie Schokolade leckt?

Noch ein letztes Mal leckte sie mit ihrer Zunge über die Gabel, dann schloss sie mit einem seligen Ausdruck auf dem Gesicht die Augen. »Ich bin fertig«, erklärte sie und legte die Gabel auf ihren leeren Teller. »Der Sirup schmeckt mir besonders gut.«

Jason schob den letzten Bissen Pfannkuchen in den Mund, während er sie beobachtete. Verdammt! Jetzt wischte sie mit ihrem Zeigefinger über den Teller und saugte dann gierig an ihrer mit Schokolade überzogenen Fingerspitze.

Sein Schwanz pulsierte und presste sich gegen den Stoff, der ihn gefangen hielt. »Liebes, wenn du das noch ein einziges Mal wiederholst, gebe ich dir etwas anderes, das du in deinen Mund stecken kannst, etwas, das auch mit Schokolade überzogen werden kann, jedoch weitaus größer als dein Finger ist«, knurrte er. Seine Fantasie ging mit ihm durch.

Sie riss die Augen auf und warf ihm einen unschuldigen Blick zu. »Ein mit Schokolade übergossener Jason?« In ihren Augen glomm es wollüstig auf. Sie blickte ihm keck in die Augen. »Lecker.«

Sie hatte ihn absichtlich heiß und gierig gemacht und Jason liebte das. Die Tatsache, dass sie sich zu einer Verführerin entwickelt hatte, die so offen mit ihm über Sexualität sprach, brachte ihn um den Verstand. Sie vertraute ihm.

Jasons Herz begann, heftig zu pochen, als sie sich von ihrem Stuhl erhob und mit schwingenden Hüften zur Arbeitsplatte tänzelte, wo sie eine Schüssel ergriff, die sie vor ihm auf den Tisch stellte. »Überbleibsel«, erklärte sie mit leiser, *mal-sehen-ob-du-es-wagst* Stimme, die Jason in weniger als einer Sekunde auf die Füße brachte.

Ungeduldig zerrte er an ihrem T-Shirt und zog es ihr über den Kopf. Kaum war das Kleidungsstück auf dem Boden gelandet, als er sie auch schon von ihren restlichen Kleidern befreit hatte, so gierig war er darauf, sie nackt zu sehen.

»Jason, ich denke nicht –«

»Nicht denken!«, forderte er, während er sie musterte, wie sie so vollkommen nackt vor ihm stand. »Und spiel nicht mit dem Feuer, wenn du nicht vorhast, die Flammen zu löschen, Frau!«

»Gut. Zieh dich nackt aus!« Sie verschränkte die Arme vor der Brust. »Ich hatte tatsächlich geplant, diesen Schokoladensirup an dir auszuprobieren.«

Das ließ er sich nicht zweimal sagen. Hastig entkleidete er sich, während sie dastand und ihn beobachtete. Es schien beinahe so, als ob es sie faszinieren würde, dass er tatsächlich einen Strip hinlegte. Als er vollkommen entblößt war und sein Schwanz um Aufmerksamkeit und Erlösung bettelte, grinste er sie an.

Hope hatte vielleicht jetzt keine Angst mehr, trotzdem erschien sie ihm dank ihrer Unerfahrenheit doch etwas unsicher. Das heizte ihn nur noch stärker an. Sie konnte ihn jederzeit so sehr erregen, wie sie wollte, er würde ihr gern zeigen, wie sie sich gegenseitig befriedigen konnten. Also tauchte er seine Hand in die Schüssel und träufelte die warme, flüssige Schokolade auf ihre Schultern. Dann verteilte er etwas davon auf ihrem Hals, bevor er eine großzügig bemessene Menge über jede ihrer hart gewordenen Brustwarzen schmierte.

Er ließ sie auf ihren Bauch tropfen und rieb ihre Innenschenkel und ihre gesamte Muschi damit ein. »Schokoladenüberzogene Hope. Meine Hoffnung.« Er stieß einen brüllenden, widerhallenden Laut aus, als er ihre Lippen mit seinen schokoladedurchtränkten Fingern bedeckte. »Ich denke, das wird meine Lieblings-*Fick*-Fantasie werden.«

Sie sah zu ihm auf, während er langsam die Süßigkeit auf ihren Lippen verteilte. Ihre Blicke versenkten sich ineinander, als sie ihren Mund öffnete und an einem seiner Finger zu saugen begann, ihre Augen dunkel vor Verlangen.

Jason ächzte, als ihre Zunge über all seine Finger wirbelte und gleichzeitig die Schokolade von einem leckte. Dann tauchte sie selbst eine Hand in die Schüssel und ahmte ihn nach: schmierte Schokolade auf seine Lippen und seinen Oberkörper hinunter, um schließlich mit ihren schokoladetriefenden Fingern seinen Schwanz zu umschließen.

In dem Moment, als sie ihre warmen Finger um ihn schlang, wäre er beinahe gekommen. Zwischen ihrem gierigen Saugen an seinem Finger und ihrer warmen Berührung an seinem Schwanz wusste er, er war dem Orgasmus nahe. »Hope«, warnte er sie. Er zog seine Finger aus dem warmen Hafen ihres Mundes zurück und senkte den Kopf, um ihr die Schokolade von dem köstlichen Fleisch ihres Halses zu lecken. Jason knabberte und saugte fester, als sie aufstöhnte und ihren Kopf zur Seite neigte, damit er es leichter hatte. Er war dabei, die Kontrolle über sich zu verlieren, und war sich sicher, dass er seine Spur auf ihr hinterlassen hatte, doch ihr verzücktes Keuchen beflügelte ihn. Er arbeitete sich an ihrem Körper hinunter, leckte die Schokolade von jedem Zentimeter ihrer Haut und biss zärtlich in jede ihrer Brustwarzen, während er ihre Brüste mit seiner Zunge sauberleckte. Die Kombination von Schokolade und Hope brachte ihn zum Wahnsinn.

Hope legte ihm ihre Hände auf die Schultern, als er in die Knie ging und seine Zunge über ihren Bauch schnellte. Noch bevor er ihren Bauch vollkommen gesäubert hatte, sank sie mit einem unterdrückten Stöhnen ebenfalls auf ihre Knie nieder. Dann drückte sie ihn zu Boden und legte sich mit gespreizten Beinen auf ihn. Ihr gefräßiger Mund suchte sich leckend über seinen Brustkorb den Weg nach unten.

Jason genoss das Gefühl ihrer Lippen überall auf seinem Körper, schloss die Augen und erschauerte, als ihre Zunge über seinen Unterleib glitt. Wenn sie seinen Schwanz berühren würde, wäre es um ihn geschehen. Er setzte sich aufrecht hin und zog sie mit sich, drückte sie an sich, presste seinen Mund auf ihren und verschlang sie. Mit klebrigen Fingern löste er ihren Pferdeschwanz und umklammerte ganze Haarstränge, als er sie als ihm gehörig brandmarkte. Vollkommen außer Kontrolle hielt er ihren Kopf fest und drang mit seiner Zunge in ihren Mund ein. Er stöhnte auf, als sie ihm mit den Händen durch seine Haare fuhr, sich fest an ihn schmiegte und sich vollkommen seiner brutalen Inbesitznahme unterwarf.

Aus diesem Kuss tauchten beide wildäugig und mit purer Begierde wieder auf. Erotisches Verlangen vibrierte fast greifbar in der Luft. Wieder ging er in die Knie, drehte ihren Körper an seinem herum und ließ sich rückwärts auf den gefliesten Boden fallen. An den Hüften brachte er sie in die richtige Lage, bis ihre gespreizten Beine über seinem Kopf positioniert waren. Sie stützte sich mit den Handflächen neben seinen Hüften auf dem Boden ab und ihr Mund schwebte über seinem Schwanz. Jason konnte sie wimmern hören, als er ihr grob die Schokolade von den Innenseiten ihrer Schenkel saugte.

»Oh Gott! Jason!«, quiekte sie. Ihr Atem wehte schwer und heiß über seinen Schwanz hinweg.

Er wurde vollkommen verrückt, als sie mit ihrer Zunge seine Spitze umkreiste und sich schnell einer Position anpasste, die sie nie zuvor ausprobiert hatte.

Fuck!

Da ihm bewusst war, dass er heftig und schnell kommen würde, tauchte er zwischen ihre Schenkel und stöhnte auf, als ihre flüssige Hitze ihn verschlang. Mit einem festen Griff an ihren Hüften zog er sie auf sich hinab und vergrub sein Gesicht in ihrer Muschi, um sich an einer Mischung von dem Konfekt und ihrer Erregung zu laben. Sie war glitschig, heiß und so verdammt köstlich, dass er nicht gerade sanft vorging. Zwar bissen seine Zähne relativ vorsichtig in ihre Klitoris, doch mit seiner Zunge bearbeitete er das kleine Nervenknötchen wie ein Verrückter.

Er spürte, wie ihr warmer Mund sanft an seinen Hoden saugte, doch dann grub sie überraschenderweise ihre Zähne in seinen Oberschenkel, fest genug, um einen Abdruck zu hinterlassen.

Mein Gott! Sie markiert mich genau so, wie ich es an ihrem Hals getan habe.

Der Akt war so wollüstig und besitzergreifend, dass Jason in ihr heißes Fleisch stöhnte. Die Vibration entriss Hope ein langes Ächzen, dann nahm sie seinen Schwanz vollständig in ihren Mund und nahm ihn in Besitz, während sie sich an dem Schaft hinauf und hinab bewegte. Mit einer glitschigen Hand umschlang sie ihn an der Wurzel, da sie nicht in der Lage war, seine Länge vollkommen in sich aufzunehmen.

Jason spürte, wie Hopes Körper erbebte und wie sich ihre Hüften bewegten. Er hob die Hand und gab ihr einen Klaps auf den Po, um ihr Einhalt zu gebieten. Er brauchte ihre Muschi in seinem Gesicht. Er musste ihren Orgasmus spüren. Jetzt. Wieder bewegte sie sich und wieder gab er ihr einen Schlag auf den Hintern, während er die Vibrationen ihres erregten Stöhnens um seinen Schwanz herum fühlte. Sie wusste genau, was er wollte – nämlich, dass sie stillhielt – und sie forderte ihn heraus, sie zu dominieren, jedes Mal, wenn sie sich bewegte. Jason gab ihr genau das, was sie brauchte, und als er sie ein letztes Mal auf die Pobacken klapste, spürte er ihren Körper erschaudern. Seine Zunge bohrte sich in ihre Muschi und er konnte spüren, wie sich deren Muskeln zusammenzogen. Verzweifelt stöhnte sie um seinen Schwanz herum, als sie sich dem Höhepunkt näherte, und wie wahnsinnig traktierte sie mit der Zunge seinen Schwanz.

Jason ergriff ihre Hüften und rieb sein Gesicht in ihre zitternden Falten, als er seine eigene lange, heftige Erlösung fand, und ergoss sich in Hopes Kehle.

So lagen die beiden ineinander verschlungenen auf dem Boden, in ihrem Orgasmus zuckend, und beide konnten nicht aufhören, einander sanft zu reizen, bis sie sich vollkommen verausgabt hatten.

Schließlich herrschte Stille in der Küche. Nur das Geräusch ihres schweren Atems war noch zu hören. Hope rollte sich von Jasons Körper, damit er leichter atmen konnte, und er half ihr mit einem Arm dabei, sich herumzudrehen und sich neben ihn zu legen, bevor sie auf ihrem Bauch zusammenbrach.

»Sehr. Gutes. Frühstück«, bemerkte Jason mit rauer Stimme. Immer noch senkte und hob sich sein Brustkorb in schnellem Rhythmus.

Hope stieß mühsam ein Kichern aus und begann, heftiger zu lachen, als sie zu Atem kam.

Ihre Fröhlichkeit wirkte ansteckend und Jason stimmte vor Vergnügen brüllend in ihr Gelächter ein.

»Wir sind doch wirklich Schweine«, schnaubte sie amüsiert.

Der Küchenfußboden war über und über mit Schokolade beschmiert und Hopes Gesicht und Haare wiesen noch Reste der klebrigen Süßigkeit auf. Ihre cremefarbene Haut war gesprenkelt mit Schokoladenflecken. Sie gluckste immer noch vor Vergnügen, als sich ihre Blicke trafen, und in ihren Augen stand die reine Freude.

Für Jason hatte sie niemals schöner ausgesehen. Er stand auf und zog sie ebenfalls vom Boden hoch. Dann schlang er ihr die Arme um die Taille und beugte sich zu ihr hinunter, um seine Nase liebevoll an ihrer zu reiben. Zärtlich küsste er sie und genoss das Gefühl, sie in seinen Armen zu halten.

Als sie den Kopf in den Nacken legte, entdeckte er einen kleinen roten Fleck auf ihrem Hals. »Habe ich dir wehgetan?«, fragte er reumütig und fuhr mit dem Finger vorsichtig über das Mal.

»Nein«, antwortete sie und seufzte befriedigt. »Ich liebe es, wenn du die Beherrschung verlierst.« Sie schlang ihm die Arme um den

Hals. »Dieser Morgen war so…« Sie unterbrach sich und schien nach dem richtigen Wort zu suchen.

»Irre«, half ihr Jason mit einem frechen Grinsen.

Sie nickte und lächelte ihn an.

»Liebes, du hast etwas wirklich Irres noch nicht erlebt«, bemerkte er heiser.

Ihre Augen leuchteten auf. »Es gibt noch mehr?«

Jason lachte. Ihre begeisterte Miene erheiterte ihn. »Viel mehr.«

»Bringst du mir alles bei, bevor du gehst?«, erkundigte sie sich neugierig.

»Darauf kannst du dich verlassen«, gelobte er mit Nachdruck. Er würde nirgendwohin gehen und sie auch nicht. Sie saß hier mit ihm fest, ob er nun ein Arschloch war oder nicht, und er hasste es, wenn sie eine Trennung auch nur erwähnte. Falls er sich durchsetzen würde, wovon er fest überzeugt war, würden sie für immer beieinander bleiben. »Und ich werde nirgendwohin gehen!« Krampfhaft verstärkte er seine Umarmung.

Glücklich, Hope endlich in seinen Armen zu halten, war Jason voll der Reue und der Gewissensbisse. Wie dumm er gewesen war, seine wahren Gefühle für Hope nicht schon vor Jahren erkannt zu haben. Vielleicht hätte er sie vor diesem entsetzlichen Trauma bewahren können, das sie erlitten hatte, wenn er sich selbst und ihr gegenüber ehrlich gewesen wäre. Lediglich Sex mit Hope zu haben, befreite ihn weder von seiner Ruhelosigkeit noch von seiner Einsamkeit. Er brauchte sie und sie musste für immer in seinem Leben bleiben. Er hätte sie niemals anlügen und betrügen sollen, nur aus seinen eigenen selbstsüchtigen Motiven heraus. Nun konnte er nur noch hoffen, dass sie ihm verzieh. Doch ebenso gut bestand die Möglichkeit, dass sie ihm das Herz aus der Brust riss und es in Grund und Boden stampfte.

In Wahrheit hatte Hope ihn schon längst um den kleinen Finger gewickelt und Jason setzte sich noch nicht einmal dagegen zur Wehr. Wenn er nicht ein solches Arschloch gewesen wäre, hätte er bemerkt, dass er vollkommen und unwiderruflich in Hope verliebt war, und das wahrscheinlich bereits seit dem Tag, an dem sie im Alter von achtzehn Jahren die High School abgeschlossen hatte.

In der jetzigen Situation brachte ihn seine Erkenntnis vollkommen – aber hoffentlich nicht *unwiderruflich* – um den Verstand.

Erzähl ihr die verdammte Wahrheit!

Jason schwor, dass er das tun würde. Sehr bald.

Kapitel 11

Jason und Hope kamen nicht dazu, ihre Wanderung zu unternehmen, bis sie sich endlich drei Tage später früh genug voneinander losreißen konnten, um in den Sonnenaufgang hinauszuwandern.

Tief atmete Hope die klare Bergluft ein. Ihr Herz hüpfte vor Freude, als Jason im Zentrum ihrer Kameralinse auftauchte und sie sein Bild vor dem Hintergrund eines Wasserfalls einfing. Während der letzten Tage hatte sie begonnen, ihn ständig zu fotografieren, da sie sichergehen wollte, genügend Erinnerungen an diese unwirkliche Periode ihres Lebens mitzunehmen, in der sie sich begehrt, gebraucht und von Jason umsorgt fühlte. Ihre Kamera hatte eine Vorliebe für ihn und jedes einzelne Foto, das sie von ihm gemacht hatte, raubte ihr den Atem. »Danke«, sagte sie und senkte den Apparat. Während ihrer langen Wanderung zu dem Platz, den Tate ihnen empfohlen hatte, hatte sie bereits die Wasserfälle aufgenommen, außerdem einige wilde Tiere und fantastische Landschaften. Tate hatte Jason eine Wanderkarte zukommen lassen und ihm den Tipp gegeben, der Wasserfall wäre äußerst sehenswert, was sich bestätigt hatte. Es war ein spektakulärer Anblick. Das Wasser fiel in mehreren Kaskaden über die felsigen Klippen hinab. »Du bist unglaublich fotogen«, bemerkte sie neckend, nachdem sie zu ihm auf die Spitze des Felsens geklettert war.

Er schloss sie in seine Arme und presste seine Stirn gegen ihre. »Du willst doch nur Beweisfotos von mir in diesem Bronco-T-Shirt haben«, bezichtigte er sie scherzend und leise grollend.

Hopes Herz schmolz dahin, wie immer, wenn Jason auf diese spielerische Art seine Zärtlichkeit zeigte, was er während der letzten paar Tage des Öfteren getan hatte. Ständig musste er an ihre Seele rühren, und nicht nur sexuell. »Vielleicht werde ich dich damit erpressen«, antwortete sie spitzbübisch. Den wahren Grund wollte sie Jason nicht nennen, warum sie solchen Wert auf Fotos von ihm legte: Dass sie sie würde betrachten können, wenn er nicht mehr Teil ihres Lebens sein würde.

Jason nahm sie bei der Hand und verschränkte ihre Finger ineinander. »Fertig?«

Sie nickte. Sie hatten einen langen Rückweg vor sich und sie hatte alle Fotos geschossen, die sie brauchte. »Ja.«

Er behielt ihre Hand in der seinen und ging vor ihr den steilen Abstieg hinunter. Mit sicheren Schritten fand er seinen Weg über den steinigen Boden.

»Du wirkst nicht wie ein Anfänger«, äußerte Hope ihre Vermutung.

»Das bin ich auch nicht«, erwiderte Jason. »Ich habe bereits während meiner Collegezeit mit dem Klettern angefangen. Ich übe mich immer noch mit einigen meiner damaligen Kameraden auf verschiedenen Kletterrouten.«

»Du gehst zum Klettern?« Hope achtete vorsichtig auf ihre Schritte, während sie ihm langsam folgte. »Welche Klettergebiete hast du schon aufgesucht?«

Jason ratterte eine ganze Liste verschiedene Orte herunter, bei denen es sich teilweise um Routen für Fortgeschrittene handelte.

»Und du bezeichnest mich als verrückt, weil ich Stürmen hinterherjage?«, schalt sie ihn. Die Vorstellung, wie Jason an einer Klippe hing, verursachte ihr Herzklopfen.

Schließlich hatten sie den steilen, steinigen Abstieg hinter sich und Jason streckte die Arme aus, fasste sie um die Taille und zog sie mit sich ins Gras hinunter. »Es ist ziemlich sicher«, wandte er ein. »Ich treffe Vorsichtsmaßnahmen.«

Hope stemmte eine Hand auf ihre Hüfte. »Das Gleiche habe ich dir in Bezug auf meine Arbeit erklärt.«

»Das ist etwas anderes«, antwortete er gereizt.

»Warum?«

»Weil du es bist, die diese Risiken auf sich nimmt. Es könnte dir alles Mögliche zustoßen.«

»Aber für dich ist es in Ordnung, einem gefährlichen Hobby nachzugehen? Aufnahmen von extremem Wetter zu machen, ist immerhin mein Beruf.«

»Du hast aber die Wahl«, erwiderte Jason grimmig. »Es ist ja nicht so, als ob du das Geld bräuchtest.«

»Vielleicht nicht. Aber mein Reichtum hält sich mittlerweile in Grenzen. Ich habe das meiste meines Geldes weggegeben«, schoss sie zurück. Vielleicht würde er sich über sie ärgern, doch in diesem Augenblick war es ihr egal, was er dachte.

Die Überraschung spiegelte sich in seinen Augen, die sich jetzt verengten, als er sie ungläubig anstarrte. »Warum? Du hast mir erzählt, du hättest es auf dem Finanzmarkt angelegt.«

Sie hatte keineswegs vorgehabt, mit ihm über ihre Finanzen zu reden. Ihre Entscheidung war persönlicher Art gewesen und ging ihn wirklich nichts an. Doch seit sie sich im Resort aufhielten, waren sie sich sehr nahe gekommen, und jetzt war sie ihm auch schon nicht mehr böse. Tatsächlich wusste sie längst, dass sie ihn liebte, und das erweckte in ihr den Wunsch, alles mit ihm zu teilen.

Ich liebe ihn. Ich liebe ihn so sehr, dass es wehtut.

»Was ich gesagt habe, entspricht der Wahrheit. Ich besitze noch genügend Geld, um den Rest meines Lebens sorgenfrei verbringen zu können, selbst, wenn ich nicht arbeiten könnte. Doch den größten Teil meines Erbes habe ich den Opfern der Naturkatastrophen gegeben, deren Zeuge ich geworden bin. Es hat den armen Menschen weit mehr geholfen als mir, da ich doch nur auf meinem Geld sitzen würde.« Da sie wusste, wie brillant Jason in finanziellen Angelegenheiten war, rechnete sie damit, dass er über ihre mangelnden Bemühungen, ihren Reichtum zu vermehren, schwer enttäuscht sein würde. Um seine Reaktion nicht sehen zu müssen, wandte sie ihren Blick von seinem Gesicht ab und konzentrierte sich auf den Weg unter ihren Füßen.

»Hope!« Jason holte sie ein, ergriff ihre Oberarme und drehte sie zu sich herum. »Du bist die unglaublichste, süßeste, großzügigste Frau, die ich kenne«, bekannte er mit heiserer Stimme im Überschwang seiner Gefühle.

Verwundert sah sie ihn an. Sie musste zu ihm hinaufschielen, denn sie hatte die Sonne im Gesicht. »Ich habe andere Ambitionen als du. Geld kümmert mich wenig. Ich bin aber auch nicht dumm, daher habe ich genügend Geld zurückgehalten, um mich abzusichern. Aber Geld macht mich nicht glücklich.«

»Dann verschenke alles! Es spielt keine Rolle. Ich werde dich immer absichern«, antwortete er drängend. »Ich verfüge über mehr finanzielle Ressourcen als wir beide zusammen jemals ausgeben könnten. Verdammt! Wir könnten nicht einmal ein Loch in unser finanzielles Sicherheitsnetz reißen, selbst wenn wir es versuchten.«

Sie blickte ihn ernsthaft und aufrichtig an. »Wir bleiben nicht verheiratet, Jason«, erinnerte sie ihn. Doch ihr Herz hämmerte so stark, dass sie es in ihren Ohren donnern hörte.

»Ich will es aber. Ich will, dass wir für immer verheiratet bleiben, Hope! Ich will, dass du mich stets begleitest, wo auch immer ich hingehe, und ich meinerseits will immer bei dir sein, auf all deinen Reisen. Ich will mich nicht von dir trennen – nicht in einer Woche, nicht in diesem Leben.« Er sah sie nachdenklich und sehnsüchtig an.

»Kannst du nicht ernst sein?« Sie wollte Jason mehr als alles andere auf der Welt, doch er konnte unmöglich wirklich für immer mit ihr zusammenbleiben wollen.

»Ich habe es nie ernster gemeint. Ich will niemand anderen, Pfirsichköpfchen. Nur dich allein. Irgendwie werde ich schon mit deinem Job zurechtkommen. Ich werde dich begleiten, sodass ich für deine Sicherheit sorgen kann. Und außerdem kannst du mein

Geld auch verschenken, falls deines sich erschöpfen sollte, wenn es dich glücklich macht.« Seine leise Stimme vibrierte vor Intensität.

Er meint es ernst. Er will mich wirklich, sonst würde er mir nicht erlauben, sein Geld zu spenden.

Wenn es um Geld ging, gestattete sich Jason keine Scherze. Investitionen und Finanzen waren sein Leben. »Wirklich?«, fragte sie mit bebender Stimme. Ihr traten die Tränen in die Augen. »Du willst verheiratet bleiben?«

Oh Gott, bitte lass ihn nicht seinen Spaß mit mir treiben!

Sie wusste, ihr Herz würde in tausend kleine Stücke zerspringen, falls er sie nur zum Besten hielt.

Er zog sie in die Arme, sodass sie in seinem Schutz geborgen war. »Ich brauche dich, Hope. Bitte bleib bei mir! Ich brauche deine Lieblichkeit, um das Arschloch in mir auszugleichen. Ich brauche dein gutes, großzügiges Herz, um mich daran zu erinnern, dass Geld nicht für jeden das Wichtigste ist. Ich sehne mich danach, nicht nur wegen meines Bankkontos geliebt zu werden. Ich brauche dich, damit du mir widersprichst, wenn ich dich zu sehr unter Druck setze. Und ich werde mich nicht über deinen Beruf beklagen.« Er zögerte einen Moment, bevor er hinzufügte: »Also gut… ich werde versuchen, meine Klagen in Grenzen zu halten.«

Hope wurde es mit jedem seiner Worte leichter ums Herz. Stürmisch warf sie ihm die Arme um den Hals und presste ihr Gesicht an seine Schulter. Mittlerweile waren ihre Tränen zu einem Sturzbach angeschwollen. »Ich werde nichts von deinem Geld spenden. Ich verspreche es.« Sie schluchzte auf. Ihr bebender Körper wurde von Erleichterung ergriffen. »Ich finde, du verschenkst bereits genügend.«

»Was ist denn los mit dir, Baby?« Verwirrt und besorgt streichelte er über ihre Haare.

Sie bog den Kopf in den Nacken, sah ihm in die prächtigen, blauen Augen und erblickte… ihn. Jason hatte sich ihr vollkommen geöffnet und sie bemerkte seine Verwundbarkeit, denn er machte keinen Versuch, seine Angst zu verstecken. So sehr begehrte er sie. »Ich hatte solche Angst. Ich wusste nicht, wie ich es überleben sollte, mich von dir zu verabschieden«, erzählte sie ihm offenherzig.

»Also wirst du bei mir bleiben?«, erkundigte er sich vorsichtig.

»Ja, du verrückter, wunderschöner Mann. Ich will dich mehr als alles andere oder irgendjemand anderen«, antwortete Hope atemlos. »Ich bin süchtig nach dir.«

Jason grinste. »Es hat funktioniert. Mit Sex habe ich dich an den Haken bekommen.«

»Ich bin nicht süchtig nach Sex«, protestierte sie. »Ich bin süchtig nach dir.«

Während er einen seiner Arme weiter um ihre Taille geschlungen hielt, ergriff er ihre linke Hand und führte sie an seine Lippen, um den Ring an ihrem Finger zu küssen. »Dann heirate mich, Hope! Dieses Mal echt!«

Sie brach in ein überraschtes Lachen aus. »Sag mir, falls ich im Unrecht bin, aber ich denke, wir sind bereits verheiratet.«

»Aber du hattest keine Wahl. Wähle mich!«, forderte er sie barsch auf und seine blauen Augen schmolzen vor lauter Gefühl.

»Ich würde niemals jemand anderen wählen«, versicherte sie ihm glücklich und hob eine Hand, um ihm über sein stoppliges Kinn zu streichen.

»Dem Himmel sei Dank!« Überglücklich griff er sie um die Taille und schwenkte sie übermütig durch die Luft. »Kein Gerede mehr, dass du mich verlassen wirst! Niemals wieder!«, befahl er herrisch.

»Niemals wieder«, wiederholte sie mit einem glücklichen Lachen, als ihre Füße wieder festen Boden unter sich fanden. Sie war froh, dass Jason seinen Dominanztrieb wiedergefunden hatte. Sie hatte es gehasst, Jason verwundbar zu sehen. Wenn sie die Wahl hätte, würde sie sich von Jason bis an ihr Lebensende herumkommandieren lassen. Nicht, dass sie das tatsächlich zulassen würde, natürlich nicht. Doch sie zog Jasons Unverschämtheit der nackten Angst vor, die sie noch vor ein paar Augenblicken in seinen Augen gesehen hatte. Mein Gott! Wie diese Offenheit sie in der Seele berührt hatte! War doch Jason Sutherland keinesfalls der Typ Mann, der irgendjemanden seine Schwächen sehen ließ. Trotzdem liebte er sie genug, um sie ihr zu zeigen.

»Komm mit mir!« Er griff nach ihrer Hand und zog sie hinter sich her. Sie brachen durch die Kiefern, bis er schließlich anhielt und sich zu ihr herumdrehte. »Ich muss in dir sein, Hope!«

Sie spürte das gleiche Verlangen und sie verstand seine Gefühle. Ihr Unterleib zog sich vor Begierde zusammen, ihn in sich zu haben und die Bestätigung zu erhalten, dass sie sich nicht trennen würden. Das Bedürfnis ging tiefer als körperliches Verlangen, es entsprang der Sehnsucht, ihre Vereinbarung, zusammenzubleiben, zu besiegeln. »Ja.« Ihr Körper gierte danach, sich mit seinem zu vereinigen.

»Du gehörst jetzt mir!«, stellte Jason begehrlich fest und drückte sie mit dem Rücken gegen den Stamm einer großen Kiefer. Er ergriff ihre beiden Hände mit seinen, verschlang ihre Finger miteinander und presste sie über ihrem Kopf an den Baumstamm. Dann nahm er ihren Mund mit atemberaubender Schnelligkeit in Besitz.

Hope hieß ihn sofort willkommen, öffnete ihm ihren Mund und stöhnte unter seinem Kuss auf. Ihr Körper entflammte in glühender Hitze, als sie sich an seinen harten, wohlgeformten Körper schmiegte, genauso begierig wie er, ihre Vereinigung zu spüren. Sie traf auf seine Zunge, spielte mit ihr und ließ zu, dass er sie genauso selbstsicher in Besitz nahm, wie sie es ihrerseits auch tat.

Keuchend löste sie sich aus dem Kuss. »Jetzt, Jason. Dieses Mal kann ich nicht warten.« Er musste ihren Körper nicht erst erregen. Ihr Unterleib war bereits in Nässe getaucht und hungrig und bedürftig, gefüllt zu werden. »Bitte!«

Jason machte kurzen Prozess mit ihrer Jeans und zog sie ihr auf die Knie hinunter, während er gleichzeitig seine eigene öffnete. »Wir haben hier keinen Spiegel, Hope. Ich –«

»Oh, Jason!« Ihr Herz zog sich zusammen, als sie den zögernden Ausdruck auf seinem Gesicht sah. »Ich habe diesen Spiegel von Anfang an nicht gebraucht, obwohl er ziemlich heiß war. Ich kenne deinen Geruch, deine Berührungen und weiß, wie du dich anfühlst. Ich werde niemals wieder ausflippen, wenn wir zusammen sind.«

Plötzlich wirbelte sie herum und stützte sich mit den Händen am Baumstamm ab. »Fick mich, Jason! Nimm mich, bevor ich vor Frustration sterbe!«, bettelte sie. Die Stellung war vollkommen neu für sie, doch sie sehnte sich so verzweifelt danach, von ihm genommen zu werden, dass es ihr egal war, wie er es tat, solange er es tat.

Seine Hände umfassten ihre Pobacken und streichelten sie dann ehrfürchtig. »Mein Gott, Hope! Du bist so verdammt schön.« Nun ließ er eine Hand zwischen ihre Schenkel wandern und stieß ein leises Zischen aus, als er von flüssiger Hitze begrüßt wurde. »Du bist so heiß, Liebes. Ich kann auch nicht mehr warten.«

Hope fiel vor Erleichterung der Kopf auf die Brust, als Jason sie aufspießte und so tief in ihren Tunnel eindrang, dass sie seinen Namen schrie: »Jason!«

»Ich bin es, Liebes. Und es wird immer nur mich geben«, versicherte er ihr besitzergreifend.

Nun zog er sich beinahe vollständig aus ihr zurück, nur um dann wieder in sie hineinzustoßen. Um sie im Gleichgewicht zu halten, hielt er ihre Hüften fest. Hope wand sich unter seinem Griff und presste sich fester an ihn; sie brauchte mehr! »Bitte, Jason! Lass mich nicht warten!«

Ihr flehentlicher Tonfall entflammte ihn. Er begann, sich zu bewegen; machtvoll und fast gewaltsam stieß sein Schwanz in sie hinein und zog sich wieder zurück. Hope presste sich jedem seiner Stöße entgegen, die so heftig waren, dass jedes Mal hörbar ihre Haut aufeinander klatschte. »Ja. Härter!«, bettelte sie. Jason sollte ihr alles geben, was er hatte.

Er nahm eine Hand von ihrer Hüfte, ließ sie an ihrem Bauch hinabgleiten und durch ihre Falten hindurch, bis er ihre Klitoris fand. »Komm für mich, Baby! Bei mir wird es nicht mehr lange dauern«, grunzte er, während seine Finger wunderbar fest über ihre pulsierende Knospe rieben.

Hope bebte, das Gefühl, wie er sie immer und immer wieder ausfüllte und gleichzeitig ihre Klitoris stimulierte, überwältigte sie. Sie zerbrach und ihre Welt geriet aus den Fugen, als ihr mächtiger

Orgasmus die Kontrolle über ihren Körper übernahm, in Wellen über sie hereinbrach und immer noch andauerte, als Jason wieder in sie hineinstieß und mit einem würgenden Stöhnen ebenfalls Erlösung fand. »Hope.« Ihr Name brach zwischen seinen Lippen hervor und noch einmal drang er in sie ein, so tief wie möglich, als ob er sich in ihren Leib versenken wollte. Er verharrte in ihr und ihre Körper erschauderten im gleichen Rhythmus. Er schlang die Arme um sie und vergrub sein Gesicht in ihrem Nacken. »Meine süße Hope«, sagte er laut, um seine Inbesitznahme zu bestätigen.

Hope wusste nicht, wie lange sie so dort miteinander vereint stehenblieben und sich in der Wonne sonnten, die sie gerade geteilt hatten, und der Intimität der Stellung. Schließlich bewegte sich Jason, drehte sie zu sich herum und zog ihr die Jeans hoch, die er fürsorglich schloss, bevor er das Gleiche mit seiner tat. Dann zog er sie an sich und vergrub sein Gesicht in ihren Haaren. Er hielt sie so fest, dass Hope kaum Luft holen konnte, doch sie beschwerte sich nicht. Er fühlte sich zu gut an. Sie schlang ihm die Arme fest um den Hals und streichelte seinen Nacken mit sanften Bewegungen. Beide hatten sich vollkommen ineinander verloren.

Kapitel 12

Jason war spät dran.

Sein Körper war so angespannt, dass er das Lenkrad des Geländewagens fester umklammerte. Nachdem sie am gestrigen Tag beschlossen hatten zusammenzubleiben, quälten ihn Magenschmerzen vor Reue und seine Schuldgefühle verzehrten ihn beinahe bei lebendigem Leib.

Ich muss es ihr sagen.

Niemals hatte er daran gedacht, sich vor einer Beichte zu drücken und ihr zu verschweigen, dass er diese Ehe regelrecht inszeniert hatte. Er hatte die Angelegenheit schlecht begonnen und nun wollte er die Situation bereinigen. Sein Problem bestand darin, dass er keine Ahnung hatte, wie er das bewerkstelligen sollte, und der Gedanke ihn quälte, Hope könnte ihn verlassen.

Sie verdient es, die Wahrheit zu erfahren.

Hope hatte gelogen, doch hatte sie dadurch in keiner Weise persönlich in sein Leben eingegriffen – zumindest hatte *sie* das geglaubt. Außerdem hatte sie bereits ihr Gewissen erleichtert. Sein Geheimnis jedoch betraf sie direkt und es konnte sehr gut möglich sein, dass sie ihn am Ende für sein Verhalten hasste. Verdammt! *Er* hasste sich doch selbst dafür.

Sie bleibt bei mir. Ich habe genau das bekommen, was ich haben wollte.

Doch wenn er ehrlich mit sich war, musste er einräumen, dass es eigentlich nicht so war. *Mist!* Die meiste Zeit seines Lebens hatte er nicht den Hauch von Unsicherheit verspürt. Selbst, als er die Firma seines Vaters übernommen und entdeckt hatte, dass diese beinahe pleite war, hatte er daran geglaubt, das Problem lösen zu können. Und nun konnte er keine zwei Sekunden verbringen, ohne an Hope zu denken: Wie sie reagieren würde, wenn sie erfuhr, dass er ihre Hochzeit inszeniert hatte. Würde sie glücklich, verletzt oder traurig sein?

Die Liebe ist wie die Hölle.

Jason war sich seiner Liebe zu Hope bewusst. Hatte er sich doch ebenso verrückt angestellt wie Grady. Und bei Gott, sein Freund hatte wegen Emily, seiner jetzigen Frau, fast den Verstand verloren.

Erzähl es ihr jetzt; erzähl es ihr später. Mit beiden Möglichkeiten fühlte er sich beschissen. Aber er musste es ihr beichten, sonst würden sie nicht glücklich werden.

Egoistischer Hurensohn.

Er wollte ihr nicht wehtun, nicht nach allem, was sie durchgemacht hatte. Sie war so weit gekommen in dem Versuch, ihm zu vertrauen. Wie dem auch sei, zum Teil entsprang sein Zögern seinem Eigennutz, seinem eigenen Wunsch, nicht ihren verletzten Gesichtsausdruck sehen zu müssen, wenn sie erfuhr, was er getan hatte. Sein eigenes Herz würde brechen, weil er sie verletzte – schon wieder.

»Ich werde sie niemals wieder anlügen«, murmelte er ärgerlich, als er in die private Einfahrt des Gästehauses einbog.

Er war in die Stadt gefahren, um einige Einkäufe für ihr Abendessen zu besorgen, und hatte Hope zu Hause zurückgelassen, da sie die Bilder sichten und ordnen wollte, die sie am gestrigen Tag fotografiert hatte. Doch dann hatte es länger gedauert als vorgesehen: Er hatte nämlich am Blumengeschäft angehalten, um Hope ein paar Blumen zu kaufen, und außerdem in dem Juwelierladen vorbeigeschaut, in dem er ihre Eheringe erstanden hatte, bevor er nach Vegas geflogen war. Am Schluss hatte er ihr eine Halskette gekauft. Umgeben von Diamanten saß in der Mitte ein smaragdgrünes Herz, das perfekt zu ihrer Augenfarbe passte. Er fand, es war der beste Weg, ihr seine überschwängliche Liebe mitzuteilen, und sie konnte es jeden Tag tragen. Immer noch nicht zufrieden fuhr er danach noch schnell zu einem Spezialgeschäft, um ihr eine wasserdichte Kamera zu kaufen, und hoffte inständig, sie würde auf seinem Boot zum Einsatz kommen.

Jason stieg aus der Wagen, nahm seine Einkäufe und machte sich auf den kurzen Weg zum Haus. Sein Herz hämmerte wie wild und seine Nerven lagen bloß. Jetzt würde er es ihr beichten, noch bevor eine Minute vergangen war. Es entsprach nicht seiner Natur, etwas Unangenehmes vor sich herzuschieben, etwas, das erledigt werden musste. Deshalb nagte auch die Reue an seinen Eingeweiden. Um ihrer beider willen musste er dieser Pflicht nachkommen und auf Hopes großzügiges Herz und ihre Fähigkeit zur Vergebung hoffen.

Vielleicht, wenn sie versteht, dass ich sie liebe, dass ich vorrübergehend unzurechnungsfähig war…

Jason steckte seinen Schlüssel in die Tür, da er sie verschlossen hatte, bevor er losgefahren war. Überraschenderweise war die Tür jetzt jedoch unverschlossen.

Ich weiß, dass ich abgeschlossen habe.

Das war ihm äußerst wichtig gewesen und er erinnerte sich gut daran, denn er hatte Hope nicht angreifbar zurücklassen wollen, auch wenn sie sich nur in einem kleinen Städtchen befanden.

»Hope!«, brüllte er, als er ins Haus ging. Im Wohnzimmer, wo sie sich bei seinem Weggang aufgehalten hatte, war keine Spur von ihr zu entdecken.

Jason stellte seine Einkäufe auf der Arbeitsfläche in der Küche ab und suchte hastig das ganze Haus nach ihr ab. Schließlich kam er in die Küche zurück. Das Haus war leer.

Wo zum Teufel ist sie hingegangen?

Als er sich in der Hoffnung auf einen Zettel mit einer Nachricht in der Küche umschaute, fiel sein Blick auf etwas anderes, das ihm das Blut in den Adern gefrieren ließ. Es handelte sich um die Quittung ihrer Eheringe, ähnlich dem Stückchen Papier, das er heute erhalten hatte, als er die Halskette in demselben Geschäft gekauft hatte. Wie konnte sie hierhergelangt sein?

Als er gegangen war, hatte sie noch nicht hier gelegen. Jason sank das Herz in die Hose. Die Quittung war mit einem Datum versehen – der Beweis, dass er die Ringe bereits gekauft hatte, bevor er nach Las Vegas geflogen war. Sie musste ihm aus der Brieftasche gefallen sein, wahrscheinlich als er seine Kreditkarte zurückgesteckte hatte.

Und Hope hatte sie offenbar gefunden.

Mist!

Er lief aus dem Haus und suchte die Umgebung ab. Mittlerweile hatte ihn die pure Angst erfasst. »Hope!«, brüllte er. Vergeblich. Keine Spur von ihr.

Sie ist gegangen. Sie ist weg. Ich bin ein verfluchter Hurensohn! Ich hätte es ihr längst sagen müssen.

Seine Gedanken rasten. Hastig zerrte er sein Handy aus der Tasche und tippte Gradys Telefonnummer ein.

»Hast du etwas von Hope gehört?«, fiel er gleich mit der Tür ins Haus, nachdem Grady sich gemeldet hatte.

»Nein. Schon seit einer Weile nicht. Warum?«, erkundigte sich Grady vorsichtig.

»Wir waren zusammen und nun ist sie verschwunden. Ich hatte gehofft, sie hätte dich angerufen«, gab Jason zu. Sein Verstand arbeitete auf Hochtouren, um herauszufinden, wohin sie gegangen sein könnte.

»Ihr ward zusammen? Warum?«

Jason holte tief Luft und erklärte schnell, was er getan hatte und was geschehen war. Er ließ auch keine seiner nicht gerade rühmlichen Taten aus. Doch Hopes Geheimnisse verriet er nicht. Es war allein ihre Sache, ob sie sie weiter verschweigen wollte… oder nicht.

»Du Hurensohn!«, keuchte Grady. »Du hast meine Schwester betrunken gemacht, in einer fremden Stadt, und sie dann gezwungen, dich zu heiraten?«

Jason kam es nicht einmal in den Sinn, richtig zu stellen, dass er Hope nicht zu der Ehe gezwungen hatte, denn sie war unzurechnungsfähig gewesen und er war ein Arschloch. »Ich liebe sie, Grady. Ich wollte verhindern, dass sie einen anderen Mann heiratet. Hope ist mein ganzes Leben, meine Frau. Ich muss sie finden. Später kannst du mich umbringen, doch hilf mir jetzt! Bitte!«

»Wenn du sie nicht betrogen hättest, wäre sie jetzt nicht verschwunden«, knurrte Grady zornig. Einen Augenblick herrschte Stille. Dann sagte er: »Ich werde mit meinen Brüdern reden, doch auch sie werden dich kastrieren wollen.«

»Gut.« Jason kümmerte sich nicht darum, was ihm angetan wurde, solange er Hope finden konnte. »Ich werde die Wanderwege nach ihr absuchen. Sie hat kein Fahrzeug. Sie kann nicht weit gekommen sein.«

Jasons Hoffnung sank, als er ihre Kamera neben einem Sessel liegen sah. Sie muss wirklich sehr wütend gewesen sein. Normalerweise verließ Hope nie das Haus ohne ihre Kamera.

»Du tätest gut daran, sie zu finden, und du solltest dich darauf vorbereiten, auf die Knie zu fallen.«

Jason war noch niemals zuvor zu Kreuze gekrochen, doch jetzt war er sogar dazu bereit. »Ich bin bereit. Ruf mich zurück und lass mich wissen, was du von deinen Brüdern in Erfahrung bringen konntest.« Er beendete das Gespräch und stopfte das Mobiltelefon in die Tasche seiner Jeans zurück.

Plötzlich ertönte der traurige Schrei eines Tieres aus Richtung Tür. Und als Jason zu Boden blickte, sah er Daisy, die um seine Knöchel strich. Er nahm sie auf den Arm, doch die Katze hörte nicht auf, jämmerlich zu mauzen.

»Du machst dir auch Sorgen, nicht wahr?«, fragte er Daisy und versuchte, das Tier durch Streicheln seines Kopfes zu beruhigen, doch vergeblich. »Ich weiß genau, wie du dich fühlst, Mädchen, und ich werde sie finden.«

Jason setzte Daisy wieder auf den Boden und marschierte entschlossen durch die Tür, ohne sich darum zu kümmern, sie hinter sich zu verschließen.

»Wusstest du davon?«, fragte Hope Tate wütend. Sie hatte im siebten Himmel geschwebt, als sie sich entschieden hatten zusammenzubleiben, doch es hatte auch genau so viele Momente gegeben, in denen sie Zweifel gehegt hatte. Nachdem sie die Quittung auf dem Schlafzimmerboden gefunden hatte, war sie zu der Überzeugung gelangt, dass Jason mit der Absicht nach Vegas gekommen war, sie aufzuspüren und anschließend zu heiraten. Aufgebracht war sie direkt zu Tates sogenannter »Hütte« gelaufen, um ihn zur Rede zu stellen. Er hatte erwähnt, dass er sie und Jason nach Hause zurückgeflogen hatte. Damals hatte sie sich nichts dabei gedacht, weil es vollkommen logisch klang, dass Tate dort ebenfalls Geschäfte zu erledigen gehabt hatte. Nun bezweifelte sie, dass Tate sich nur deshalb dort aufgehalten hatte, weil er Jason geschäftlich hatte unterstützen wollen.

Tate runzelte die Stirn. »Er hat es dir also nicht erzählt. Ich dachte, er hätte alles ins Reine gebracht.«

»Warum erzählst du es mir nicht? Jason tut es ja offensichtlich nicht«, gab sie beleidigt zurück und setzte sich auf einen der Stühle an Tates Küchentisch.

Wie üblich drehte Tate seinen Stuhl herum und ließ sich ihr gegenüber nieder. »Was weißt du bis jetzt?« Er wirkte nervös, doch schien er sich mit seiner Rolle abgefunden zu haben.

»Ich habe geglaubt, er wäre betrunken gewesen, als wir geheiratet haben. Ich dachte, er hätte sich geschäftlich in Vegas aufgehalten und wir hätten uns vollkommen zufällig getroffen. Doch gerade habe ich die Quittung über die Eheringe gefunden. Sie ist auf den Tag datiert, bevor er nach Vegas geflogen ist, und stammt aus einem Juweliergeschäft hier in Rocky Springs. Warum?« Sie kreuzte die Arme vor der Brust und sah ihn durchdringend an.

»Wir haben alles hier geplant«, gab Tate zu. »Jason hat sich wegen des Wohltätigkeitsballes hier aufgehalten und herausgefunden, dass du heiraten wolltest. Er suchte verzweifelt nach einer Möglichkeit, dich von deinem Zukünftigen fernzuhalten. Also heckten wir einen Plan aus und führten ihn am nächsten Tag durch.«

Hope bleckte die Zähne. Sie hasste die kalte Art, mit der Tate ihre Untat beichtete. »Also hast du uns nicht einfach nur zurückgeflogen? Du hast an der Hochzeit teilgenommen, oder nicht?« Sie war sich dessen sicher.

»Ich war einer der Trauzeugen«, antwortete Tate knapp. »Mit der Zeit hättest du es selbst herausgefunden, weil ich das Dokument unterschrieben habe, das im Gericht hinterlegt wurde.«

Hopes Augen füllten sich mit Tränen, als sie den Mann auf der anderen Seite des Tisches betrachtete, der immer ein Held für sie gewesen war. Nicht nur Jason hatte sie betrogen, sondern auch Tate. »Demnach lautete sein Plan, mich zu heiraten, meine Verlobung aufzulösen und mich dann aus seinen Gedanken zu ficken.« Unwirsch wischte sie sich eine Träne von der Wange. »Warum Tate? Warum hast du das getan, wenn du gewusst hast, dass er mich später fallenlassen würde.«

»Erstens wusste ich nicht, dass es um dich ging, bevor wir uns zur Eheschließung getroffen haben. Zweitens, Sutherland hatte niemals vor, dich fallenzulassen. Der Junge war krankhaft verrückt nach dir, immer schon. Und du warst doch genauso verrückt nach ihm. Vielleicht warst du betrunken, aber keinesfalls unwillig. Du hast… glücklich ausgesehen. Zu der Zeit hatte ich noch nicht herausgefunden, dass dein Verlobter nur vorgetäuscht war, und ich wollte verhindern, dass du jemanden heiratest, bei dem du dich hinterher elend gefühlt hättest. Du verdienst es, glücklich zu sein.«

»Du hast wirklich geglaubt, eine auf einen Irrtum gegründete Heirat mit einem Mann, der mich nicht liebt, könnte mich glücklich machen?«, fragte sie ihn unter Tränen.

»Oh, er liebt dich. Und du liebst ihn auch. Denk nach, Hope! Vielleicht hat er Angst, dir alles zu erzählen, aber war alles, was zwischen euch geschehen ist, vorgetäuscht? Ich kenne Sutherland nicht so gut, doch ich weiß, dass er unglaublich viel Zeit dafür opfert, das Vermögen eines sehr großen Vereins zu verwalten, der missbrauchte Frauen unterstützt. Er ist extra für den Wohltätigkeitsball hierhergekommen, bereit, sich selbst zum Narren zu machen, indem er versteigert wurde und sich den ganzen Abend mit einer Frau abgeben musste, die tief in ihre Tasche gegriffen hatte, um die Verabredung mit ihm zu ergattern. Vielleicht hat er alles vermasselt, doch ich bin mir ziemlich sicher, dass er dir alles erzählt hätte. Ich denke, er hatte Angst, dich zu verlieren.«

»Er hat nie zu mir gesagt, dass er mich liebt«, wandte Hope enttäuscht ein. »Er hat lediglich gesagt, er wolle mit mir zusammenbleiben und die Ehe zur Wirklichkeit werden lassen.«

»Hast du ihm denn deine Liebe eingestanden?«, gab Tate zurück. »Alles, was der arme Kerl getan hat, geschah nur aus purer Verzweiflung. Denkst du wirklich, er hätte noch einen anderen Grund gehabt? Es ist doch nicht so, als ob er eine Frau erst betrunken machen müsste, um sie zu bekommen. Er wollte nur dich und er wollte dich zur Frau.«

Für einen kurzen Augenblick schöpfte Hope Hoffnung und fragte sich, ob Tate mit seiner Argumentation Recht hatte. Doch es fiel ihr schwer zu akzeptieren, dass Jason sie angelogen hatte. Kaltblütig hatte er sie gezwungen zu tun, was er wollte. »Ich will nach Hause.« Sie war immer noch böse auf Tate, doch hauptsächlich brauchte sie Zeit, um über die Geschehnisse nachzudenken.

»Warum? Damit du weiterhin davonlaufen kannst?«, erkundigte sich Tate wütend.

»Ich laufe nicht davon –«

»Schwachsinn«, unterbrach Tate sie heftig. »Ich verstehe, dass du nach Freiheit und vielleicht einem Adrenalinrausch gesucht hast, als du mit dem Fotografieren begonnen hast, und dass du dir einen Namen machen wolltest, indem du Stürme dokumentiertest. Ich verstehe auch, dass du deine Tätigkeit wieder aufnehmen wolltest, um den Hurensohn nicht gewinnen zu lassen, der dich entführt und misshandelt hat. Aber ich glaube nicht, dass du auf Dauer mit dieser Arbeit glücklich sein wirst. Es ist lediglich deine Art abzuschalten. Ich habe gesehen, wie du diese wilden Tiere fotografiert hast, Hope. Du warst vollkommen in deinem Element. Es fällt mir schwer zu glauben, dass es sich nicht mittlerweile etwas abgegriffen hat, Stürmen hinterherzujagen. Ich denke, du weißt einfach nur nicht, was du sonst tun könntest, um dich zu betäuben, anstatt um die Welt zu reisen. Zu deinen Brüdern bist du auf Abstand gegangen, indem du sie belogen hast, also kannst du mit ihnen nicht reden. Und jetzt willst du vor einem Mann davonlaufen, der dich über alles liebt, selbst wenn auch er nicht vollkommen perfekt ist.«

»Was macht dich zu einem Beziehungsexperten?«, fragte Hope angriffslustig. Doch im Geheimen ließ sie bereits die Tage mit Jason Revue passieren. *Nicht alles* war eine Lüge gewesen: die Freundlichkeit, die er an den Tag gelegt hatte, seine Bereitwilligkeit, ihr bei der Überwindung ihrer Ängste zu helfen, seine Fürsorglichkeit, wenn sie ihn brauchte, selbst die Art, wie er mit ihrer behinderten Katze umging. Er hatte zwar gelogen, doch das hatte sie auch getan.

»Ich bin Experte, weil ich nur ein Beobachter bin. Ich sehe genau, was hier läuft. Ich mag vielleicht niemals diese Art von Gefühl für eine Frau entwickelt haben, trotzdem kann ich klar erkennen, was ihr beide empfindet. Hasse mich, wenn du willst, Hope, aber ich habe geglaubt, dir zu helfen. Ich versuche auch jetzt noch zu helfen, verdammt!«, erklärte er aufgebracht und fuhr sich mit einer Hand frustriert durch die Haare.

»Ich hasse dich nicht«, flüsterte Hope mit rauer Stimme. »Ich kann mich über dich ärgern und dir böse sein, aber hassen könnte ich dich niemals. Du hast mir das Leben gerettet.«

»Das war mein Job. Diese Angelegenheit ist etwas Persönliches«, stellte Tate missmutig fest.

Hope wusste, dass es so nicht gewesen war. Er hatte seinen Job sehr persönlich genommen. Sie waren sich sehr nahe gekommen. »Ich hasse dich nicht«, wiederholte sie.

»Das ist gut, weil ich dich immer irgendwie gemocht habe«, erklärte Tate grinsend. »Du hast Eier in der Hose. Nun benutze sie auch und rede mit Jason!« Er zögerte einen Moment, dann fügte er heimtückisch hinzu: »Aber lass ihn erst ein bisschen zu Kreuze kriechen, bevor du ihm verzeihst! Er hätte dir schon längst die Wahrheit beichten müssen. Schließlich bist du mit ihm verheiratet.«

»Tate?«

»Ja?«

»Manchmal bist du wirklich ein Arschloch«, klagte sie ihn mit unbeweglicher Miene an.

»Bedeutet das, dass du mir nicht verziehen hast?« Er blitzte sie mit seinen überzeugenden, grauen Augen an und auf seiner Wange erschien das liebenswerte Grübchen.

»Ich werde darüber nachdenken.« Nun erhob sie sich und machte sich auf den Weg zur Tür. Sie wusste, sie hatte ihm bereits vergeben. Ohne Zweifel war er ein wahrhaftiger Besserwisser und bildete sich ein, die Antworten auf all ihre Probleme zu kennen. Doch vielleicht lag er richtig. Aber das würde sie ihm bestimmt nicht sagen. Er trug die Nase bereits viel zu hoch.

Tate folgte ihr und bemerkte arrogant: »Keine Frau kann mir lange böse sein, nicht einmal meine Mutter oder meine Schwester Chloe. In einem Moment ist sie wütend auf mich und im nächsten Augenblick fällt sie mir um den Hals und drückt mich so fest, dass ich kaum atmen kann.«

Das konnte sich Hope lebhaft vorstellen. Tate Colter konnte ein wahrer Charmeur sein, wenn er wollte. Als sie die Haustür geöffnet hatte, drehte sie sich noch einmal zu ihm herum. »Ich werde dich jetzt nicht umarmen!«

»Aber später wirst du das gewiss tun«, erwiderte er achselzuckend. »Ich werde dich begleiten.«

»Nein. Ich fühle mich gut.« Hope brauchte wirklich ein bisschen Zeit für sich allein, um ihre Gedanken zu ordnen. Wenn sie Jason zur Rede stellen wollte, musste sie zuvor darüber nachdenken.

»Bist du dir sicher?«, fragte Tate zweifelnd.

»Ich kenne den Rückweg und fühle mich nicht gerade fremd in der Wildnis von Colorado.« Sie verdrehte die Augen.

»Du willst mich doch umarmen«, erklärte Tate spitzbübisch.

Sie verengte die Augen und widersprach: »Nein, dazu habe ich wirklich keine Lust.« Dann schloss sie ihm mit einem kleinen Lächeln die Tür vor der Nase.

Tate Colter konnte sich bei jeder Frau einschmeicheln und ihr an die Wäsche gehen – bei jeder Frau, nur nicht bei ihr. Sie war wirklich sauer auf ihn. Doch jede andere Frau, die nicht gerade in einen anderen Mann verliebt war, würde ihm nicht widerstehen können.

Mühelos fand Hope den Pfad, der zum Gästehaus zurückführte, und folgte ihm. Ihre Gedanken schweiften zu Jason: Ein weiterer Mann, den man unmöglich ignorieren konnte.

Ein Mann, den ich nicht ignorieren will.

Sie war verletzt, doch vielleicht hatte Tate in einigen Punkten Recht. Sie hatte *wirklich* keine Lust mehr, dauernd den Stürmen hinterherzujagen. Sie ging darin auf, Tiere in freier Wildbahn zu fotografieren, und war zu einer neuen Herausforderung bereit. Die Jahre, in denen sie zugeschaut hatte, wie die Naturgewalten das Leben so vieler Menschen zerstörten, hatten ihren Tribut von ihr gefordert. Nachdem sie ihre Arbeit damals nach der Entführung wieder aufgenommen hatte, war sie einem Burnout erlegen und hätte das zum Anlass nehmen können, ihre Beschäftigung aufzugeben. Hatte sie doch bereits den Beweis erbracht, dass sie weiterhin in der Lage war, ihrer Tätigkeit nachgehen zu können. Doch es hatte in der Tat nichts anderes und niemand anderes in ihrem Leben gegeben, also tat sie weiterhin das, mit dem sie vertraut war. Vielleicht war sie wirklich davongelaufen und hatte sich selbst betäubt.

Als sie ungefähr die halbe Strecke nach Hause zurückgelegt hatte, bog sie plötzlich in einen anderen Pfad ein, den sie noch nicht kannte.

Ich bin noch nicht dazu bereit, Jason gegenüberzutreten.

Dieser Weg stellte eine größere Herausforderung dar. Der steile, felsige Abstieg zwang sie dazu, sich ihren Weg abwärts sorgfältig zu suchen.

Tief in Gedanken verloren ging sie einfach immer weiter, bis der Pfad sie zwischen einigen Felsformationen hindurchführte und sie schließlich in eine Schlucht gelangte, aus der auf der anderen Seite kein Weg wieder hinausführte.

Sie ging noch ein Stück entlang der zu beiden Seiten senkrecht aufragenden Felswände und suchte diese mit den Augen nach einem anderen Ausgang ab, doch sie konnte keinen entdecken. Sie war gezwungen, denselben Weg zurückzugehen.

»Verdammt!«, flüsterte sie und ärgerte sich über sich selbst, dass sie sich von ihren launischen Gedanken hatte ablenken lassen und scheinbar von dem ausgetretenen Pfad abgekommen war.

Gerade wollte sie umkehren und sich wieder der anderen Seite der Schlucht zuwenden, als sie auf einem schräg abfallenden Felsen ausrutschte. Mit einem Schmerzensschrei fiel sie zu Boden.

Vorsichtig setzte sie sich auf und streckte das Bein aus, dessen Knöchel verrenkt war. Der Schmerz war beinahe unerträglich. Sie versuchte, sich aufzurichten, brach jedoch sofort wieder zusammen, unfähig, das verletzte Bein zu belasten.

Sie hatte das Haus ohne ihr Mobiltelefon verlassen – doch hier auf dem Boden der Schlucht hätte sie ohnehin keinen Empfang gehabt. Mühsam kroch sie zu einer Stelle mit weniger steinigem Untergrund. Dabei biss sie sich auf die Lippe, um nicht vor Schmerz aufzuschreien. Keuchend setzte sie sich auf den Grasflecken und fragte sich, was zum Teufel sie nun tun sollte. Eigentlich war sie nicht sehr weit vom Gästehaus entfernt. Obwohl sie so in Gedanken versunken gewesen war, hatte sie doch auf die ungefähre Richtung geachtet, in die sie gewandert war.

»Mein Problem besteht darin, dorthin zu kommen«, murmelte sie vor sich hin.

Noch einmal versuchte sie, aufzustehen und einen Fuß vor den anderen zu setzen, doch sie scheiterte kläglich. Das verletzte Fußgelenk begann bereits zu schwellen und sie befreite es aus dem Wanderstiefel.

Als sie die Größe der Schwellung sah, wusste sie, dass sie so bald nicht wieder in der Lage sein würde zu laufen. Angesichts ihrer eingeschränkten Möglichkeiten beschloss Hope, sich ein paar Minuten auszuruhen und dann zu versuchen, so nahe wie möglich an den Hauptweg heranzukriechen. Auf diese Art würde sie ihre Chance vergrößern, gefunden zu werden.

Bitte, Jason, liebe mich genug, um mich zu suchen!

Es könnte viel Zeit vergehen, bis Tate bemerkte, dass sie vermisst wurde – möglicherweise Tage oder sogar eine Woche – und dann könnte es bereits zu spät sein.

Entschlossen verscheuchte Hope ihre Angst. Sie bereitete sich darauf vor, den sehr langwierigen, sehr schmerzvollen Versuch zu unternehmen, sich selbst zu retten.

Kapitel 13

Bald schon ging die Sonne unter und Jason war in Panik. Also gut… vielleicht war er über das Stadium der Panik hinaus und bereits vollkommen verzweifelt.

Er war zu Tates Haus gewandert, wo er erfahren hatte, dass Hope dort gewesen und wieder gegangen war.

Hope weiß nun über die ganze Geschichte Bescheid.

Colter hatte ihn davon in Kenntnis gesetzt, dass er Hope die Wahrheit gesagt hatte, da sie bereits die Quittung für die Ringe gefunden und sich ohnehin den Großteil der Geschehnisse hatte zusammenreimen können. Tate hatte Jason sogar Vorwürfe gemacht, dass er nicht früher mit der Wahrheit herausgerückt war, was er gewiss verdient hatte, doch nicht von Colters Seite. Hope würde ihn mit Sicherheit ordentlich herunterputzen, doch er musste sie unbedingt *sehen,* auch wenn sie ihn zum Teufel jagen würde.

Grady hatte angerufen und ihn wissen lassen, dass keiner seiner Brüder etwas von Hope gehört hatte.

Eilig hatte er Colter wieder verlassen und war zum Gästehaus zurückgesprintet, nur, um es immer noch verlassen vorzufinden. Erregt hatte er Tate angerufen und gemeinsam hatten sie eine Suchaktion gestartet. Es gab wirklich keine andere Möglichkeit mehr, dass Hope sich woanders aufhielt als hier draußen in der Wildnis. Eigentlich gab es keine andere direkte Route zwischen Colters Haus und dem Gästehaus, also musste sie vom Hauptweg abgekommen sein.

Mittlerweile lief die Suchaktion schon seit mehreren Stunden und niemand hatte eine Spur von ihr entdeckt. Tate war mit seinem Helikopter aufgestiegen, um aus der Luft nach ihr zu suchen, doch es gab Gebiete, die von oben nicht einsehbar waren, dicht bewaldete Regionen, die zu Fuß abgesucht werden mussten. Alle Brüder von Tate und seine Schwester Chloe beteiligten sich an der Suche. Jason orientierte sich an der Karte, die er von Tate erhalten hatte, und erkannte, dass er sich der Grenze des ihm zugewiesenen Gebietes näherte, an dem sich eine Schlucht befand. Wenn er an den Rand dieser Schlucht gelangte, wollte er zu dem einzigen Zugang hinabsteigen, bevor er umkehrte.

Er brüllte Hopes Namen, während er ungeduldig die Zweige beiseite schob, und wartete mit klopfendem Herzen auf eine Antwort. Doch alles, was er hörte, war… undurchdringliche Stille.

Colter hatte geschworen, dass Hope in guter Verfassung gewesen zu sein schien, als sie sein Haus verlassen und ihm erklärt hatte, allein zurückgehen zu wollen, um nachzudenken. Jason hoffte, dass sie nicht darüber grübelte, wie sie ihrer Ehe entkommen konnte.

Es tut mir leid, Baby. So leid. Antworte mir!

Seine Gefühle wechselten von Furcht über Reue zu Verärgerung darüber, dass sie den Hauptpfad verlassen und sich in Gefahr gebracht hatte. Irgendetwas stimmte nicht; er konnte es spüren. Es schien fast so, als ob seine Emotionen mit Hopes verbunden wären, und sein Bauchgefühl sagte ihm, dass sie nicht einfach irgendwo herumsaß und sich Gedanken über ihre Beziehung machte. Sie verfügte über genügend Erfahrung, um zu wissen, dass sie nach Einbruch der Nacht den ausgetretenen Pfad nicht verlassen sollte. Außerdem hatte sie keinerlei Ausrüstung mitgenommen: keine Taschenlampe und noch nicht einmal ihr Mobiltelefon. Er hatte es auf dem Küchenregal gefunden, wo sie es zum Aufladen mit der Steckdose verbunden hatte.

Verdammt!

Laut Tates Auskunft hatte sie noch nicht einmal Wasser mitgenommen und der Nachmittag war für Colorado ungewöhnlich heiß gewesen. Mit seinem bereits schmuddeligen T-Shirt wischte er sich den Schweiß aus dem Gesicht. Falls sie verletzt war oder irgendwo festsaß, konnte sie noch nicht einmal zu einer Quelle gelangen.

Mit bereits heiserer Stimme rief er nach ihr, immer und immer wieder, während er ängstlich beobachtete, wie die Sonne hinter den Bergen unterging. Er kämpfte sich weiter durch das dichte Laubwerk und erreichte schließlich eine Lichtung, von wo er die gegenüberliegende Wand der Schlucht sehen konnte. Hastig lief er an die Abbruchkante und studierte den fast senkrechten Abfall zum Boden. Die Schlucht war breit und lang und Hope hatte bestimmt nicht weiter kommen können als bis zu diesem Punkt. Es gab nur einen einzigen Zugang und Tate hatte ihm geraten, am besten den langen Abstieg den Hang hinunter zu nehmen, den Eingang zu suchen und zurückzukommen. Die weitere Umgebung hatte sie wahrscheinlich gemieden, da es sich um raues Gelände handelte.

»Hope!«, brüllte er stürmisch. Seine eigene Stimme wurde von der gegenüberliegenden Felswand als Echo zurückgeworfen, da sie dort höher war als auf seiner Seite.

»Hier«, ertönte plötzlich eine schwache Antwort vom Boden der Schlucht. Er erstarrte. Wild hämmerte sein Herz in der Brust, als er Hope in der Mitte der Schlucht entdeckte, ausgestreckt auf dem Rücken liegend.

»Fuck!« Hastig zerrte er sein Handy aus der Tasche und rief Tate an, um ihn wissen zu lassen, dass er Hope in der Schlucht gefunden hatte, offenbar verletzt, doch dass er sich nicht sicher war, wie schwer die Verletzung war.

War sie gestürzt? Der Gedanke entsetzte Jason, doch er versuchte, sich zu beruhigen. Der Fall von einem Felsvorsprung hätte sie getötet. Da der Grund der Schlucht zum größten Teil aus Steinen bestand, hätte sie einen Sturz nicht überlebt.

»Hope! Halte durch! Ich komme runter!«

»Es geht mir gut!«, antwortete sie mit schwacher Stimme. »Es ist nur mein Bein.«

»Nur mein Bein«, wiederholte er verärgert. Hope könnte wahrscheinlich verbluten, ohne es zuzugeben.

Der Gedanke daran, dass sie verletzt war, trieb ihn an. Ohne zu zögern setzte er sich auf den Klippenrand, schwang sich herum und begann, die steile Wand der Schlucht hinabzuklettern. Der Fels besaß Spalten, die das Hinaufklettern erleichtert hätten, doch der Abstieg gestaltete sich als Herausforderung, da er den Halt für seine Hände und Füße nur schwer erkennen konnte. Wie auch immer, *jetzt* würde er gleich bei Hope sein. Auf keinen Fall würde er den großen Umweg um die Schlucht herum machen, um den Hang hinabzugehen, der zum Zugang führte.

Er hörte, wie sie vor Entsetzen seinen Namen schrie, als er so schnell wie möglich die steile Wand hinunterkletterte.

Hope schrie Jasons Namen, um ihn davon abzuhalten, die Felswand hinabzuklettern. Sie war zu hoch, zu gefährlich und er benutzte kein Sicherungsseil. Es war purer Wahnsinn, ungesichert an dieser Wand hinunterzuklettern. Doch Jason wagte es und bewältigte die schwere Aufgabe in unglaublicher Geschwindigkeit.

Sie traute sich schon längst nicht mehr, auch nur einen Laut von sich zu geben, und beobachtete entsetzt, wie er beständig seinen Weg nach unten suchte. Eine einzige Ablenkung könnte ihn umbringen.

Oh Gott! Bitte lass ihn sicher nach unten gelangen! Dann kann ich ihn immer noch umbringen.

Hope sah atemlos, dass Jason bereits die halbe Strecke überwunden hatte und zügig abwärts kletterte. Sein kräftiger Körper bewältigte den Fels mit Entschlossenheit und Stärke.

Er macht das mir zuliebe und riskiert sein Leben für mich. Unnötigerweise. Er hätte um die Schlucht herumwandern können. Ich hätte warten können.

Während sie sich im Stillen verfluchte, dass sie in die Schlucht zurückgekrochen war, ließ sie Jason nicht aus den Augen. Sie hatte es am Nachmittag tatsächlich geschafft, aus der Schlucht heraus und in den Wald zu gelangen. Dann hatte sie plötzlich einen Helikopter gehört und war sich ziemlich sicher gewesen, dass die Suche nach ihr begonnen hatte. Unglücklicherweise hatte sie sich auf Händen und Knien nur langsam fortbewegen können und der Hubschrauber war bereits außer Sicht gewesen, bis sie eine Stelle hatte erreichen können, die nicht von Bäumen verdeckt worden war. Leider trug sie zu allem Übel auch noch ein grünes T-Shirt, das ihr nicht gerade half, von jemandem gesehen zu werden, der aus der Luft nach ihr suchte. Anstatt also zu versuchen, ihren Weg fortzusetzen, zog sie es vor, alle ihr verbleibende Energie zu nutzen, um in die Schlucht zurück zu kriechen, wo sie sich genau in deren Mitte legte, um darauf zu warten, dass der Helikopter sie ein zweites Mal überfliegen würde. Sie war jetzt gut sichtbar; bei der nächsten Runde des Hubschraubers würde sie gerettet werden. Es war heiß gewesen und sie hatte unter unerträglichem Durst gelitten, doch sie hatte ihre einzige Chance ergreifen müssen. Sie hatte die Kraft nicht aufbringen können, zurück auf den Hauptweg zu gelangen. Nachdem sie gewusst hatte, dass aus der Luft nach ihr gesucht wurde, war die Rückkehr in die Schlucht die einzig logische Schlussfolgerung gewesen.

Hope stockte der Atem, als Jason plötzlich mit einem Fuß den Halt verlor. Doch schnell hatte er sich wieder gefangen und machte sich zügig an die verbleibende Strecke des steilen Abstiegs. Endlich trafen seine Stiefel auf festen Grund am Boden der Schlucht und Hope stieß erleichtert den Atem aus. Immer noch keuchte und zitterte sie unter der furchtbaren Anspannung, ihm dabei zuzusehen, wie er nur einen falschen Tritt vom Tod entfernt war.

Ungeduldig sprintete er zu ihr hinüber und fiel an ihrer Seite auf die Knie. »Was ist passiert? Wo hast du dich verletzt? Mein Gott! Sag mir, dass es dir wirklich gut geht!«, polterte er unbeherrscht und mit stürmisch bewegtem Gesichtsausdruck.

War denn alles, was zwischen euch beiden geschehen ist, nur eine Täuschung?

Tates Worte verfolgten sie. Dass Jason sein Leben für sie riskierte, war gewiss nicht vorgetäuscht. Seine Miene spiegelte qualvolle Sorge wider – auch das war keine Lüge. Er war zu Tode erschrocken und hatte ihr Wohlergehen über seines gestellt. »Ich habe mir lediglich den Knöchel verletzt. Ich kann nicht laufen.« Sie knuffte ihn gegen seine Schulter. »Verdammt! Tu mir so etwas nicht noch einmal an! Du hast mir mindestens zwanzig Jahre meines Lebens geraubt. Du hättest dich umbringen können.«

»Ich werde stets den schnellsten Weg zu dir wählen.« Behutsam hob er ihr Bein auf seinen Schoß, nachdem er sich achtlos in Schmutz und Gras niedergelassen hatte. »Fuck! Das Gelenk ist zu der Größe einer Melone angeschwollen. Wie zum Teufel hast du das geschafft?«

Hope biss sich auf die Lippe, als er vorsichtig ihren Fuß streckte. »Ich habe nicht darauf geachtet, wo ich hintrete, und bin umgeknickt.«

»Kannst du den Fuß allein bewegen?«, erkundigte er sich kritisch.

»Kaum. Ich kann ihn nicht belasten.« Sie krümmte die Zehen und schnappte vor Schmerz nach Luft, als sie mühsam das Fußgelenk im Kreis bewegte.

»Stopp! Das muss geröntgt werden. Tate ist unterwegs zu uns.« Er warf ihr einen erleichterten, aber gleichzeitig besorgten Blick zu. Dann wischte er ihr die schweißnassen Haare aus dem Gesicht. »Ich hätte Wasser mitnehmen sollen, aber ich wollte mich so frei und schnell wie möglich fortbewegen.«

»Ich werde es überleben.« Hope betrachtete sein bewegtes Mienenspiel. Sie konnte warten, bis Tate eintraf. »Bitte riskiere niemals wieder auf eine solche Art dein Leben! Versprich es mir!«, bettelte sie mit bebender Stimme.

»Das kann ich dir nicht versprechen, mein Herz. Ich nehme meine Versprechen überaus ernst und ich würde es immer und immer wieder tun, wenn ich zu dir gelangen müsste«, antwortete er heiser.

»Du bist wahnsinnig«, erklärte sie, amüsiert von seiner Sturheit. Die Tränen flossen ihr die Wangen hinunter, als sie Jason Sutherland musterte, der so schmutzig aussah, wie sie ihn noch nie erlebt hatte. Er wirkte wie durch den Dreck gezogen und anschließend über Stunden der brennenden Sonne ausgesetzt.

»Du selbst hast mich in den Wahnsinn getrieben«, antwortete er mit rauer Stimme. »Normalerweise bin ich vollkommen geistesklar«, fügte er sanft hinzu.

Hope hörte das Geräusch eines sich nähernden Hubschraubers und schweigend beobachteten beide, wie er nicht weit von ihnen entfernt professionell landete.

Dann nahm Jason sie auf den Arm und lief auf den Helikopter zu. Er wartete, bis die Rotoren aufhörten, sich zu drehen, und der Pilot ihnen bedeutete, durch die Tür hinter seinem Sitz einzusteigen. Er hob sie auf den Sitz und hievte sich dann selbst hoch. Nachdem er die Tür hinter sich verschlossen hatte, nahm er sie schnell auf seinen Schoß. »Flieg los! Sie muss ins Krankenhaus. Sie hat sich den Knöchel verletzt und er könnte gebrochen sein. Er ist bereits böse angeschwollen.«

Der Pilot nahm seine Kopfhörer ab, drehte sich zu ihnen herum und reichte Jason eine Flasche Wasser. »Ihr seht so aus, als könntet ihr das gebrauchen.«

Wie erwartet handelte es sich bei dem Piloten um Tate. Unverschämt grinste er Hope an. »Und schon wieder habe ich dich gerettet, H.L. Sinclair. Wirst du mich nun umarmen?« Er startete den Helikopter.

Hope schenkte ihm ein schwaches Lächeln. »Vielleicht beim nächsten Mal«, antwortete sie frech.

»Nur über meine Leiche«, schaltete sich Jason gereizt ein.

»Das lässt sich arrangieren«, gab Tate dreist lächelnd zurück.

»Zum Krankenhaus, Colter! Los geht's!«, knurrte Jason. Er reichte zuerst Hope das Wasser und half ihr, die Flasche anzuheben. Als sie ihren Durst gestillt hatte, stürzte Jason gierig seinen Anteil hinunter, bevor er die Flasche auf den Sitz neben sich legte.

»Es geht ja schon los. Meiiiin Gott! Mission erfüllt, Sutherland. Entspann dich!«, erwiderte Tate ruhig, drehte sich nach vorn und setzte sich wieder die Kopfhörer auf.

Tate brachte den Vogel in Bewegung und stieg so schnell auf, dass Hope sich fühlte, als ob sie ihren Magen auf dem Grund der Schlucht zurückgelassen hätte.

»Fuck! Er fliegt wie ein geölter Blitz«, beschwerte sich Jason laut.

»Du hast es so gewollt.« Hope lehnte ihren Kopf an seine Schulter, sodass sich ihr Mund neben seinem Ohr befand. So konnte er sie trotz des Lärms des Helikopters verstehen. »Ich bin schon einmal mit ihm geflogen.«

Hope konnte sich noch gut an den grauenhaften Flug erinnern, mit dem Tate sie in Sicherheit gebracht hatte, nachdem er und seine Truppe sie gerettet hatten. Tate machte nichts langsam. Er arbeitete peinlich genau, schnell und wahrscheinlich tödlich. Bei Letzterem hatte sie ihn noch nicht erlebt, doch sie hegte keine Zweifel, dass er unter seinem arroganten Lächeln und seinem scherzhaften Benehmen die Fähigkeit zum präzisen Töten verbarg.

»Während deiner Rettung damals?«, erkundigte sich Jason barsch und mit angespanntem Körper.

»Ja. Er scheint alles, was er unternimmt, bis an die Grenze auszureizen. Auf diese Art ist er geflogen, als er bei der Spezialeinheit war. Er ist gut.«

»Er ist ein Arschloch… manchmal«, widersprach Jason scharf.

»Er hat mir das Leben gerettet. Ich glaube, er hat schon vielen Menschen das Leben gerettet. Allein deshalb gebe ich ihm die Erlaubnis, so arrogant zu sein, wie er will«, erwiderte Hope schlicht.

»Was war das für ein Spielchen, dass du ihn umarmen solltest?«, erkundigte sich Jason misstrauisch und erregt.

Hope zuckte mit den Schultern. »Ich habe ihn in den Arm genommen, weil ich so glücklich war, ihn wiederzusehen, und weil ich ihm so dankbar bin. Er ist davon überzeugt, unwiderstehlich zu wirken.« Sie musste zugeben, Tate war atemberaubend hinreißend, und das kleine Grübchen auf seiner Wange war faszinierend und verlockend. Verständlicherweise stellte er mit der Aura von Gefahr und Geheimnis, die sich außerdem zu seiner Persönlichkeit gesellte, eine fürchterliche Versuchung für die meisten Frauen dar. Doch Hope gehörte nicht zu dieser Gruppe und die einzige Körperchemie, die sie verspürte, war die zu dem Mann, der sie liebevoll und beschützend in seinen Armen barg – der Mann, der buchstäblich von einem Berg hinabgestiegen war, um ihr zu helfen.

Jason.

»Du umarmst außer mir keine Männer mehr!«, forderte Jason eifersüchtig.

Hope verbarg ihr Lächeln an seiner Schulter. »Ich habe aber Brüder.«

»Gut. Die sind eine Ausnahme.«

»Er hat uns aufgelesen und nun fliegt er uns mit Lichtgeschwindigkeit ins Krankenhaus«, bemerkte Hope neckend. »Vielleicht kann ich ihm später ein kleines Küsschen auf die Wange geben?« Sie reizte den schlafenden Tiger und sie wusste es, doch sie konnte nicht anders. Je besitzergreifender Jason wurde, desto sicherer fühlte sie sich selbst. In diesem Augenblick brauchte sie diese Bestätigung. Sie litt unter der Hitze und den Schmerzen. Und das Necken lenkte ihre Gedanken von ihrem körperlichen Unbehagen ab.

»Du willst ihn küssen?« Jason klang entsetzt und verärgert.

»Bitte! Nur, um ihm zu danken«, stachelte sie ihn weiter auf.

»Nein. In Zukunft will ich deine Lippen oder deinen Körper nicht mehr in Colters Nähe sehen«, verbot er ihr zornig und schlang seine Arme eifersüchtig fest um ihre Taille. »Wenn er deinen berauschenden Geruch einatmet, wird er versuchen, dich mir zu entführen.«

Geschmeichelt grinste sie an seiner Schulter, da er so von ihrer unwiderstehlichen Wirkung auf Männer überzeugt war. »Im Moment stinke ich allerdings fürchterlich.«

»Trotzdem wirst du ihn nicht küssen«, bestand er unerbittlich auf seinem Verbot.

»Wir werden sehen«, antwortete sie ausweichend. Im selben Moment machte sich der Hubschrauber an den Abstieg zur Landung.

Er knurrte böse. »Im Moment sorge ich mich nur um dich, alles Übrige ist mir egal. Es sieht so aus, als ob wir am Krankenhaus angekommen wären. Hast du noch Schmerzen?«

Sie nickte zögernd. Ihr Knöchel pochte qualvoll, doch sie wollte Jason nicht wissen lassen, wie groß ihre Schmerzen waren. »Es wird schon alles wieder gut werden.«

»Es tut mir so leid, Hope. Du wirst niemals ermessen können, wie sehr«, beteuerte er mit rauer Stimme, die Reue und Bedauern erkennen ließ.

Sie öffnete gerade den Mund, um zu antworten, denn sie wollte versuchen, seine Selbstbezichtigungen abzuschwächen, als unvermittelt die Tür aufflog. Hilfsbereite Hände halfen ihr auf eine Krankentrage, die man zum Helikopterlandeplatz gebracht hatte.

Sobald sie sich niedergelegt hatte, schoben mehrere Körper die Trage zum Eingang der Ambulanz. Ein älterer Mann schoss wie ein Schnellfeuergewehr eine Liste von Fragen auf sie ab und zwang sie, ihre Aufmerksamkeit von Jason abzuziehen.

Beinahe sofort wurde Hope zum Röntgen geschickt und Jason war gezwungen, mit einem unzufriedenen, besorgten Gesichtsausdruck auf sie zu warten.

Als sie Hope von ihm fortschoben, lächelte sie ihn an, um ihm zu verstehen zu geben, dass es ihr gutgehen würde. *Vielleicht* würde sie ihn doch noch zu Kreuze kriechen lassen, obwohl sie nun keinerlei Zweifel mehr hegte, dass Jason Sutherland sie liebte. Sein nervenaufreibender Abstieg die nackte Felswand hinab war ein mehr als eindeutiger Beweis seiner Liebe. Und sie hatte alles vor ihrem geistigen Auge Revue passieren lassen, was sich zwischen ihnen beiden abgespielt hatte, seitdem sie in Rocky Springs angekommen waren. Ja, er hatte unrecht gehandelt. Ja, zeitweise hatte er sich wie ein Arschloch verhalten. Doch stets war seine Sorge um sie im Spiel gewesen und seine Zärtlichkeit rührte ihr Herz.

Sie musste stundenlang in der Ambulanz bleiben, doch als sie aus der Röntgenabteilung zurückgekehrt war, hatte Jason auf sie gewartet, und nun wich er ihr nicht mehr von der Seite.

Kapitel 14

Am nächsten Tag riefen Hopes Brüder sie einer nach dem anderen an und jeder von ihnen war äußerst wütend auf Jason. Als sich Grady als letzter bei ihr meldete, hatte sie mittlerweile genug davon, sich anzuhören, wie alle Jason verurteilten.

Sie lag mit hochgelegtem Fuß in ihrem Bett im Gästehaus. Der Knöchel war zwar nicht gebrochen, jedoch schlimm verstaucht. Die Schwellung hatte sich durch das Kühlen mit Eis und die Einnahme von Entzündungshemmern bereits verringert und das Gelenk schmerzte lediglich, wenn sie es wagte, den rechten Fuß zu belasten. Schon bald würde sie wieder aufstehen und herumlaufen können. Sie musste dem Knöchel nur ein bisschen Zeit zum Heilen geben.

Jason bediente sie von vorn bis hinten, war ständig um sie herum und holte ihr alles, was sie sich wünschte oder brauchte. Nun stand er am Fußende und runzelte die Stirn, während sie mit Grady telefonierte.

»Ich schwöre, ich werde ihm seine Eier bis in die Kehle hinauf treten, wenn ich ihn sehe. Emily ist gerade beim Packen. Wir machen uns auf den Weg zu euch«, erklärte Grady grimmig.

Hope seufzte. Sie hatte bereits jedem einzelnen ihrer Brüder versichert, dass Jason sich sehr gut um sie kümmerte, es ihr an nichts fehlte und dass sie schon bald wieder genesen und auf den Beinen sein würde.

Grady zeigte sich als der Dickköpfigste von allen, wahrscheinlich, weil er von allen Jason am nächsten stand und sich betrogen fühlte. »Du wirst seine Eier nicht anrühren!«, sagte Hope bestimmt, aber ruhig zu Grady. »Ich mag sie genau dort, wo sie sind.«

»Er hat dich belogen«, widersprach Grady fuchsteufelswild. »Er hat dich manipuliert.«

»Ich habe ihn auch angelogen, Grady.« Sie suchte Jasons Blick, während sie sich, mit dem Rücken gegen das Kopfende gelehnt, ihr Handy ans Ohr hielt. Bis jetzt hatte sich noch keine Möglichkeit ergeben, in Ruhe über alles zu reden, da Jason vollauf damit beschäftigt gewesen war, sie zu umsorgen. »Ich bin nicht gerade glücklich darüber, wie sich die ganze Sache abgespielt hat.« Jasons Gesicht zeigte jetzt einen Ausdruck von Reue. »Aber das Problem ist... ich liebe ihn. Ich liebe ihn so sehr, dass ich mir wünsche, diese Ehe möge bis in alle Ewigkeit währen, egal, auf welche Art sie zustande gekommen ist.«

Jason trug den Kopf sofort ein bisschen höher und seine Augen musterten ihr Gesicht.

»Ja, er hat mir auch gesagt, dass er dich liebt. Doch die Art, wie er es angestellt hat, dich dazu zu bewegen, ihn zu heiraten, gefällt mir nicht«, knurrte Grady durch die Leitung.

»Das hat er gesagt?« Hopes Herz pochte wie vom Donner gerührt, als sie Jason ansah, der mit dem Kopf nickte und mit leuchtenden Augen intensiv ihren Blick erwiderte.

»Ja, das hat er gesagt«, bestätigte Grady. »Ich mache mir Sorgen, Hope. Ich will doch nur, dass du glücklich bist.«

»Ich bin glücklich.« Eine Träne kullerte ihre Wange hinunter. All ihre Brüder hatten ihre Besorgnis ausgedrückt und bei allen kam es von Herzen. Sie war vielleicht bis jetzt nicht in der Lage gewesen, ihnen nahezukommen, doch das wollte sie jetzt ändern. »Ich liebe dich, Grady. Es macht mich so froh, dass du Emily hast. Ich werde mit Jason genauso glücklich sein, wie du es jetzt mit Em bist«, versuchte sie, ihn zu beruhigen.

»Du bist meine kleine Schwester. Natürlich mache ich mir Sorgen um dich«, gab Grady zur Antwort. Seine Stimme klang blechern und von Gefühlen überwältigt. »Und ich liebe dich auch, Hope. Ich möchte nicht, dass du mit dem falschen Mann verheiratet bist.«

»Das bin ich nicht. Ich habe den perfekten Mann für mich gefunden. Ich weiß, dass du böse auf Jason bist, aber du kennst ihn doch. Du weißt doch, was er für ein Mensch ist. Nur, um zu mir zu gelangen, hat er sein Leben riskiert und ist eine Felswand hinabgeklettert, die kein professioneller Kletterer ohne Sicherheitsausrüstung hinabsteigen sollte. Und ich hatte mir lediglich den Fuß verstaucht. Glaubst du wirklich, er würde mich absichtlich verletzen? Ich ziehe es vor zu glauben, dass er nur deshalb gelogen hat, weil er vor Verlangen so neben sich gestanden hat, dass er alles getan hätte, um mich zu bekommen«, neckte sie ihren Bruder.

Wieder nickte Jason, diesmal äußerst nachdrücklich, und blickte ihr eindringlich in die Augen.

»Bitte! Ich möchte nichts über das Sexleben von einem meiner besten Freunde und meiner kleinen Schwester hören, obwohl ich genau nachempfinden kann, wie er sich gefühlt haben muss«, erklärte Grady hastig. »Sag mir nur noch einmal, ob es dir gut geht! Ehrlich!«

»Es geht mir mehr als gut«, erwiderte sie sanft. »Ich liebe Jason.«

Jason starrte sie an, als ob es ihn einschüchterte, die Worte ein zweites Mal von ihr zu hören.

»Sag ihm, er kann sich glücklich schätzen, wenn wir ihm nicht alle in den Hintern treten«, grollte Grady.

»Ich würde es nicht zulassen, dass ihr Hand an ihn legt. Ich liebe sein schönes Gesicht und seine heiße Rückseite genau so, wie sie jetzt sind – ich bin dir sehr dankbar«, schoss sie zurück.

»Erspare mir bitte die Einzelheiten!«, bat Grady.

Hope musste lachen, ein heiteres Glucksen, weil es ihren Bruder so peinlich berührte, sich Andeutungen über ihr Liebesleben anzuhören. »Grüß Emily von mir!«, bat sie.

»Das kann ich gewiss tun«, antwortete ihr Bruder. »Ruf mich morgen an! Ich möchte dich jeden Tag kurz sprechen oder ich werde zu dir kommen, um mich zu vergewissern, dass es dir gutgeht.«

»Ich werde dich anrufen.« Nachdem sie sich voneinander verabschiedet hatten, beendete Hope das Telefongespräch.

Jason bewegte sich langsam auf sie zu, nahm ihr das Handy aus der Hand und sank neben dem Bett auf die Knie. »Meinst du das wirklich ernst?«, fragte er zögernd mit verletzlich klingender Stimme.

»Ja.« Sie blickte ihm direkt in die Augen. Nun flossen ihr die Tränen in Strömen die Wangen hinunter. »Und du?«

»Ich liebe dich mehr als jeden anderen oder alles andere auf dieser Welt, Hope.« Er ergriff ihre Hand und verschränkte ihrer beider Finger ineinander. »Wenn es mir möglich wäre, würde ich umgehend rückgängig machen, auf welche Art unsere Ehe zustande gekommen ist. Aber ich kann keine Reue darüber empfinden, dass ich mit dir verheiratet bin. Ich will es zu sehr. Ich liebe dich zu sehr.« Von Gefühlen überwältigt brach seine Stimme. Fest drückte er ihre Hand. »Kannst du mir verzeihen?«

Sie erinnerte sich daran, dass sie ihn erst ein bisschen hatte hinhalten wollen, daher fragte sie ausweichend: »Wie sehr wünschst du dir denn, dass ich dir vergebe?« Eigentlich hatte sie ihm bereits in dem Moment verziehen, als er sein Leben für sie riskiert hatte, vielleicht auch schon vorher, doch sie war noch nicht bereit, ihn das so schnell wissen zu lassen.

»Ich wünsche es mir so sehr, dass ich den Rest meines Lebens damit verbringen werde, es wiedergutzumachen. Du wirst in meinem Leben immer den vordersten Platz einnehmen, mein Herz. Und ich werde dich niemals wieder belügen.«

»Warum hast du es überhaupt getan?«

Jason verzog das Gesicht. »Aus genau dem Grund, den du bereits vermutet und den du Jason genannt hast. Ich hatte deinetwegen vollkommen den Verstand verloren und als ich gehört habe, du hättest Heiratspläne, konnte ich dich unmöglich einen anderen Mann heiraten lassen.«

»Hättest du es mir jemals erzählt?«, erkundigte sie sich gespannt. Sie wollte nicht einmal in Erwägung ziehen, dass er geplant haben könnte, ihr niemals die Wahrheit zu sagen.

»Ja. Ich hätte mit dieser Lüge weder mit mir noch mit dir leben können. Ich hatte vor, dir alles zu erzählen, sobald ich aus der Stadt zurück gewesen wäre. Daher die Blumen.« Er deutete mit dem Kopf in Richtung der Frisierkommode, auf der das große Bouquet jetzt seinen Platz gefunden hatte, damit Hope sich daran erfreuen konnte. »Und ein paar andere Dinge, die ich erstanden habe.«

»Du wolltest also versuchen, mich zu bestechen?« Ihre Lippen verzogen sich, da sie sich bemühte, ein Lachen zu unterdrücken. Jason sah so hilflos aus, dass sie nicht den Eindruck erwecken wollte, ihn auszulachen.

»Nein. Ich wollte dir einfach nur eine Freude machen«, erklärte er ernst.

Hope wischte sich die Tränen ab. Ehrlich, Jasons Traurigkeit konnte sie nicht lange mit ansehen. »Die Blumen sind wunderschön. Ich danke dir.«

Jason schaute sie voller Hoffnung an. »Ich habe noch ein paar andere Kleinigkeiten für dich.« Schnell stand er auf, eilte in den Nebenraum und tauchte mit einer großen Tüte wieder auf. Zuerst zog er eine kleine Schachtel hervor. »Ich hoffe, es gefällt dir.«

Neugierig nahm Hope die Schatulle entgegen. Sie stammte aus demselben Geschäft, in dem Jason ihre Ringe gekauft hatte. Als sie den Deckel aufschnappen ließ, starrte sie überwältigt auf die in roten Samt gebettete Halskette. Sie war keineswegs protzig, aber dennoch hinreißend, und das entzückende Herz symbolisierte seine Liebe. »Sie ist überwältigend schön«, erklärte sie atemlos. Ganz bewusst schien er ihr nicht das größte oder aufsehenerregendste Schmuckstück gekauft zu haben, obwohl sie sich vorstellen konnte, dass es trotzdem sehr teuer gewesen sein musste. Jason hatte ihr symbolisch sein Herz geschenkt und es war wunderschön.

Er half ihr, die Kette anzulegen, und brachte ihr einen Spiegel, sodass sie sehen konnten, wie sie an ihrem Hals wirkte. »Ich wollte etwas, das du jeden Tag tragen kannst. Nun ist mein Herz immer bei dir. Der Smaragd erinnert mich an deine Augen. Später werde ich dir etwas Größeres schenken«, erklärte er zögernd.

»Wag es ja nicht!« Schnell ergriff sie seine Hand. »Ich liebe sie. Ich werde sie niemals ablegen. Ich will nichts anderes.«

»Wir werden sehen«, antwortete Jason schelmisch auf die gleiche unverbindliche Art wie sie zuvor. Dann reichte er ihr die Tüte. »Ich hoffe, du wirst damit etwas anfangen können.«

Hope warf einen Blick in die Tasche und schnappte nach Luft, als sie sein Geschenk herauszog. Es war eine hochmoderne Markenkamera, die man unter Wasser benutzen konnte. »Die ist fantastisch, aber ich fotografiere doch gar nicht unter Wasser.«

»Ich hoffe aber, dass du eines Tages die Gelegenheit dazu bekommen wirst – zumindest von meinem Boot aus. Ich denke, dir wird es gefallen zu schnorcheln. Mit deinem Auge für Farben wirst du dich dafür begeistern, auf den Bahamas Unterwasseraufnahmen zu machen.«

Hope lächelte und verschränkte die Arme vor der Brust. »Du nennst es immer dein *Boot*. Wie groß ist denn nun eigentlich, dein kleines *Boot*?«

»Ganz so klein ist es nicht. Es ist ungefähr zwölf Meter lang und besitzt unglaublich komfortable Kabinen«, räumte Jason schüchtern ein. »Aber es ist auch nicht riesig.«

Hope brach in ein erschrockenes Lachen aus. »Es ist riesig.«

»Ich habe es nach dir benannt«, gestand Jason ein. »Es war kein Zufall. Und ich konnte doch nicht einfach irgendein altes Boot kaufen, wenn ich ihm deinen Namen geben wollte.«

Jason würde sich niemals irgendein altes Boot zulegen. Schließlich verfügte er über Milliarden und liebte exklusive Dinge. Die Tatsache, dass er sein »Boot« nicht als Jacht betrachtete, amüsierte sie, und sie war gerührt und überrascht, dass er sie nach ihr *Sutherlands Hope* genannt hatte. »Sie trägt wirklich meinen Namen?«, vergewisserte sie sich. »Warum?«

Jason ging auf die andere Seite des Bettes hinüber, setzte sich vorsichtig neben sie auf die Bettkante und zog behutsam seine Beine nach, um ihr verletztes Bein nicht zu berühren. Dann schlang er einen Arm um ihre Schultern, lehnte sich gegen das Kopfende und zog ihren Kopf an seine Schulter. »Ich glaube, ich liebe dich bereits, seitdem du achtzehn Jahre alt warst«, begann er nachdenklich und strich ihr mit einer Hand zärtlich über die Haare. Seitdem bin ich scharf auf dich. Es war jedes Mal sehr schwer für mich, wenn ich dich nach deinem High School-Abschluss gesehen habe, und ich denke, während der Feiertage habe ich mich dann nicht mehr zurückhalten können. Endlich hattest du einmal keinen Partner, endlich warst du einmal frei; das hat mich ermutigt. Obwohl du Gradys Schwester bist, konnte ich nicht mehr leugnen, wie sehr ich mich von dir angezogen fühlte. Ich war am Boden zerstört, als ich nach unserer gemeinsamen Nacht wach wurde und du bereits gegangen warst. Ich war vollkommen außer mir, als ich gehört habe, dass du tatsächlich den Freund heiraten wolltest, von dem du dich vor Monaten getrennt hattest.«

Jason seufzte tief. »Was du Grady gegenüber geäußert hast, ist zutreffend. Ich wollte dich so verzweifelt, dass ich nicht gewillt war, dich einen anderen Mann heiraten zu lassen.« Sein Körper spannte sich an. »Die Konsequenzen habe ich nicht bedacht, Hope. Ich wurde vollkommen von dem Gedanken beherrscht, dass dich jemand anderes berührte und in den Armen hielt, was mir gehörte. Als Tate dann diesen verrückten Plan entwickelte, habe ich bereitwillig zugestimmt. Ich war zu allem bereit, selbst dazu, deinen Zorn auf mich zu ziehen. Außerdem befürchtete ich, dass du dich mit dem Versager unglücklich machen würdest. Doch die meisten meiner Beweggründe entsprangen meinem schieren Egoismus. Ich wollte dich für mich selbst.«

Hope war überwältigt. Niemals hatte sie bemerkt, dass Jason über all die Jahre genauso empfunden hatte wie sie. »Erinnerst du dich an die Hochzeit?«

»Natürlich. Ich habe die Ringe gekauft. Ich habe dich vorsätzlich betrunken gemacht, damit ich dich heiraten konnte. Ich werde dich nicht mehr belügen«, erklärte er aufgewühlt. »Ich habe mir eingeredet, ich würde dich gehen lassen, sobald wir genug voneinander hätten, doch das wäre natürlich niemals passiert. Es hat nur eine Weile gedauert, bis ich mir das eingestanden habe. Ich war einfach böse auf dich, dass du jemand anderen heiraten wolltest, nach dem, was in der Silvesternacht zwischen uns geschehen war.«

»Aber ich hatte ihn doch erfunden.«

»Das wusste ich aber nicht«, gab er zurück.

»Wie war unsere Hochzeit?«

»Für mich war es der glücklichste Tag meines Lebens, nach all den qualvollen Jahren. Purer Eigennutz… aber so war es. Ein Friedensrichter hat unsere Ehe geschlossen. Die Zeremonie hat nicht lange gedauert. Tate war mein Trauzeuge und ich hatte eine junge Frau gebeten, für dich als Zeugin aufzutreten. Es tut mir leid. Das entspricht nicht der Hochzeit, die du verdienst, und wir können noch einmal heiraten – dieses Mal auf die richtige Art und Weise.« Jason rieb ihr tröstend den Rücken und die Schultern.

»Ich finde, die eigentliche Eheschließung ist nicht so wichtig. Es ist die Ehe, die du nach der Hochzeit führst, die eine Rolle spielt«, erklärte sie nachdenklich. Ehrlich, es war ihr egal, wie sie geheiratet hatten, solange ihre Ehe offiziell anerkannt war. Sie gehörte zu Jason und es kam allein darauf an, wie sie von jetzt an weitermachen würden. »Tatsächlich habe ich seit meiner Abschlussfeier damals für dich das Gleiche empfunden wie du für mich. Deshalb war ich auch noch Jungfrau, als ich entführt wurde. Niemand konnte dir das Wasser reichen.«

»Ich hätte dir schon vor langer Zeit meine Gefühle gestehen sollen und wie sehr ich dich begehrte«, krächzte Jason, angewidert von sich selbst.

»Die Vergangenheit können wir nicht mehr ändern, Jason. Können wir nicht einfach endlich unser gemeinsames Leben beginnen?« Jetzt, da sie endlich zusammen waren, wollte Hope nicht mehr an die Vergangenheit denken. Sie konnten nichts mehr an den Geschehnissen ändern, nicht zurückgehen und alles wieder ungeschehen machen. Stattdessen konnten sie aber in Zukunft das denkbar glücklichste Leben miteinander führen. »Ich liebe dich.« Sie seufzte glücklich. »Und ich habe immer auf dich gewartet.«

»Ich habe auch auf dich gewartet, Pfirsichköpfchen.« Schnell drückte er ihr einen zärtlichen Kuss auf die Stirn. »Es tut mir so leid, dass ich dich belogen habe. Wirst du Gnade walten lassen?«

»Ich glaube, mir bleibt keine andere Wahl.« Sie bemühte sich, ihrer Stimme einen beleidigten Klang zu verleihen. »Ich liebe dich nun einmal. Und du hast mich verdorben. Ich bin abhängig von dir.«

»Liebes, du hast mich bereits in der Hand, seitdem du achtzehn Jahre alt geworden bist. Ich liebe dich. Bitte verzeih mir!«, bat er eindringlich. »Es würde mich umbringen, falls du dich weigern solltest.«

»Also gut«, willigte sie verträumt ein. Einem reuigen Jason konnte man nicht widerstehen und er war lange genug vor ihr auf den Knien gekrochen. Hope wollte ihn jetzt einfach nur lieben und von ihm geliebt werden. »Ich bin so leicht zu haben.«

»Du bist alles andere als leicht zu haben. Es hat mich Jahre gekostet, dich zu erobern«, erwiderte Jason. »Und jetzt werde ich mich täglich wegen deines Berufes zu Tode ängstigen. Ich muss gestehen, ich hege eine Hassliebe für deine Furchtlosigkeit.«

»Ich bin keineswegs furchtlos«, flüsterte sie heiser. »Und ich werde keinen Stürmen mehr nachjagen.« Diese Entscheidung hatte sie gefällt, nachdem sie mit Tate gesprochen hatte. »Als ich damit begonnen habe, war ich begeistert. Ich mochte den Adrenalinrausch. Außerdem wollte ich mir einen Namen machen. Nachdem ich… entführt worden war, musste ich weitermachen, um mir selbst etwas zu beweisen. Du hattest Recht mit deiner Feststellung, dass ich einem toten Mann nichts mehr beweisen muss. Ich glaube eigentlich nicht, dass es mir während der letzten paar Jahre noch darum ging, meine Ängste zu bewältigen. Das hatte ich bereits geschafft. Ich denke, ich war isoliert und einsam und wusste nichts anderes mit mir anzufangen. Meine Lügen hatten mich meinen Brüdern entfremdet und zu allen anderen habe ich Distanz gehalten, weil ich es so gewohnt war. Ich will so nicht mehr leben«, schloss sie atemlos.

»Dem Himmel sei Dank!«, brach es aus Jason heraus. »Ich möchte nicht, dass du etwas aufgibst, das du liebst, doch wenn du diese Tätigkeit fallen lassen willst, werde ich verdammt begeistert sein.«

Hope lachte. »Dann sei begeistert! Denn ich würde mich gern mit der Unterwasserfotografie beschäftigen und ich liebe es, Landschaften und Tiere in freier Wildbahn aufzunehmen. Stürme gefallen mir zwar immer noch, doch ich denke, ich bin ihnen aus den falschen Gründen nachgejagt. Ich fühlte mich einsam und wusste nicht, was ich sonst hätte tun können.«

»Das ist jetzt vorbei, mein Herz. Nun hast du mich und du kannst dich auch deinen Brüdern wieder annähern, jetzt, da du nichts mehr zu verbergen hast.«

»Das würde ich gern«, antwortete sie glücklich. »Meinst du, ich sollte ihnen alles erzählen?«

»Das ist allein deine Entscheidung, Baby. Ich stehe hinter dir, egal, wie du dich verhalten willst. Aber ich glaube nicht, dass du es ihnen zuliebe tun solltest, sondern nur, falls es für *dich* gut ist.«

»Vielleicht werde ich ihnen eines Tages die Wahrheit beichten. Doch im Moment möchte ich nur noch mein Glück mit meinem Ehemann genießen und erleben, wie es sich anfühlt, nicht mehr einsam zu sein.«

Jason spielte mit einer ihrer Locken. »Das möchte ich auch. Ich war so lange ruhelos und launisch, weil ich dich so vermisst habe.«

»Und hast deine Zeit damit ausgefüllt, dich für Wohltätigkeitsorganisationen zu engagieren?«, fragte sie neugierig.

»In der Tat, ja. Ich habe natürlich auch meine eigene Arbeit zu erledigen, aber ich habe mehr Befriedigung darin gefunden, die Organisation für missbrauchte Frauen aufzubauen, als in allem anderen, was ich jemals unternommen habe.« Er zögerte einen Augenblick. »Tate muss es dir erzählt haben.«

»Ja, das hat er. Ich finde, du bist ein erstaunlicher Mann, Jason Sutherland. Darf ich etwas spenden? Ich habe jetzt einen sehr wohlhabenden Ehemann, also brauche ich mich um Geld nicht mehr zu sorgen«, stichelte sie gnadenlos.

»Behalte dein Geld!«, wies er sie an. »Ich habe bereits eine genügend große Summe für uns beide gestiftet. Investiere es sicher und hebe es für unsere Kinder auf!«

Hopes Herz machte einen Sprung. »Werden wir Kinder haben?«

»Ich hoffe doch, gewiss«, erwiderte Jason begeistert. »Ein kleines Mädchen, das ihrer Mutter ähnelt, würde mir gefallen.«

Hope stand beinahe das Herz still. »Ich habe nie damit gerechnet, dass ich einmal Kinder haben würde, doch eines Tages hätte ich sehr gern ein Baby.« Schon immer hatte sie Kinder gemocht, doch sie hatte sich nicht vorstellen können, mit einem Mann so intim zu werden. »Kannst du mir einen guten Anlageberater empfehlen, der mir hilft, mein Geld für meine Kinder zu vermehren?«

»Ich kenne den Besten«, erwiderte er arrogant.

Hope lachte fröhlich auf und strich ihm zärtlich über seine stopplige Wange. »Davon bin ich überzeugt«, flüsterte sie und lehnte sich zu ihm hinüber, um ihn liebevoll auf die Lippen zu küssen. Ihr schwoll das Herz, als er ihren Kuss so einfühlsam erwiderte, dass sie sich gewollt… und sehr geliebt fühlte. »Hat er auch ein Boot, sodass ich Unterwasseraufnahmen machen kann? Vielleicht ist er dann mein Traummann«, neckte sie ihn, während sie ihre Lippen von seinen löste, sie jedoch nur in wenigen Zentimetern Entfernung von seinem Mund hielt.

»Baby, ich weiß zwar nicht, ob du von mir geträumt hast, doch ich wurde von mehr feuchten Träumen über dich heimgesucht, als du zählen kannst. *Ich* bin dein Mann und das werde ich immer bleiben«, versicherte er ihr ein wenig herrisch.

Hope konnte seinen warmen Atem liebkosend auf ihren Lippen spüren und verharrte einen Augenblick, um die warme Intimität seiner Besitzgier auszukosten. »Ich denke, du hast Recht. Du bist perfekt.« Lächelnd überbrückte sie die kurze Distanz zwischen ihren Lippen und schenkte ihm einen Kuss, der keinen Zweifel ließ, wem ihr Herz gehörte und wie sehr sie ihn liebte.

Als Jason seine Zunge zärtlich um ihre schlang, entwich ihm ein ersticktes Stöhnen – ein triumphierendes, leidenschaftliches Geräusch, das aus der Kehle eines Mannes kam, der gerade alles bekommen hatte, was er sich ersehnt hatte… und so viel mehr.

Kapitel 15

Eine Woche später humpelte Hope voller Neugier ins Schlafzimmer des Gästehauses, um zu sehen, woher all der Lärm kam, den sie vom Wohnzimmer aus gehört hatte. Sie hatte an ihrem Computer ihre Fotos bearbeitet, doch das unablässige Hämmern aus dem Schlafzimmer hatte ihr Interesse geweckt.

Ihrem Knöchel ging es schon viel besser, trotzdem verbrachte Jason den Großteil seiner Zeit damit, sie herumzutragen. Wenn das so weiterging, würde er sie bis zu ihrem Lebensende verhätscheln. Sie genoss es zwar, ständig umsorgt zu werden, doch sie sehnte sich nach ihm und hätte am liebsten jedes Mal, wenn sie ihn ansah, ihr Höschen ausgezogen. Leider ließ er jedoch darüber nicht mit sich diskutieren, da er fürchtete, ihren Knöchel zu verletzen, falls er sich zu etwas anderem hinreißen ließ, als sie lediglich zärtlich zu küssen. Und er trug sie auf seinen Armen, als wäre sie so zerbrechlich wie Glas.

Mein Gott, wie sie ihn liebte! Jason umsorgte sie von vorn bis hinten, doch sie wollte ihn berühren und von ihm gefickt werden, oder sie würde vor Frustration sterben.

Morgen wollten sie nach New York aufbrechen, denn Jason musste sich dort um seine Geschäfte kümmern. Er hatte befürchtet, sie könnte sich in der Stadt unglücklich fühlen, doch sie hatte ihm versichert, glücklich und zufrieden zu sein, solange sie zusammen wären. Er hatte seinen Job dort zu erledigen, hatte dort Verantwortung, und sie fühlte sich vollkommen eins damit, eine Weile in seinem Penthouse zu leben. Er hatte sich dazu entschlossen, nur einen Teil des Jahres dort zu verbringen, was ihr gelegen kam. Immerhin blieb ihnen noch Hopes Eigentumswohnung in Aspen, wohin sie sich flüchten konnten, und ihr entzückendes Haus in Amesport. Es war seine Idee gewesen, sich nur gelegentlich in New York aufzuhalten, für den Fall, dass er dort geschäftlich tätig werden musste, und ihr Hauptdomizil in Amesport aufzuschlagen.

Hope war von dem Plan entzückt und begeisterte sich an der Vorstellung, dass sie nun wieder nahe bei Grady leben würde. Außerdem mochte sie Emily wirklich sehr und sie war sich sicher, dass sie über Grady und Emily in Amesport schon bald neue Freunde finden würde. Liebend gern wollte sie die meiste Zeit des Jahres dort verbringen, nachdem Jason einige Sachen in New York zusammengepackt haben würde. Sie hatte das Gefühl, dass auch Jason gern in der Nähe von seiner Mutter und Grady leben wollte.

Jetzt berührten ihre Füße den weichen Teppich des Schlafzimmers und sie spähte gespannt ins Badezimmer. Jason stand vor dem Badezimmerspiegel.

Er hatte ihn wieder an der Wand angebracht.

»Beseitigung der schmutzigen Beweise?«, erkundigte sie sich heiter.

»Warum sitzt du nicht mehr auf deinem Stuhl?« Er drehte sich herum und warf ihr einen vorwurfsvollen Blick zu.

»Weil ich gelegentlich auch mal laufen muss und es außerdem nicht mehr wehtut, wenn ich das Gelenk belaste.« Sie begutachtete den Spiegel und ging dann zum Bett hinüber, um den Baldachin zu inspizieren. »Es sieht gut aus. Ich würde nichts Außergewöhnliches bemerken.« Sie kicherte.

»Ich habe dir doch gesagt, ich bin gut im Umgang mit Werkzeug.« Er stellte sich hinter sie und schloss sie in seine Arme.

Schnell drehte sie sich herum und schlang ihm die Arme um den Hals. »Du bist ein Mann mit vielen Talenten. Du bist auch in vielen anderen Sachen gut.« *Du bist besonders gut darin, mich zum Orgasmus zu bringen. Bitte tu es!*

Nun verlor Hope die Geduld und ergriff die Initiative. Ungeduldig öffnete sie die Knöpfe seines Hemdes.

»Hope, es ist noch zu früh.« Er stöhnte und nahm ihre unruhigen Hände in seine. »Ich will dir nicht wehtun.«

»Ich habe bereits Schmerzen.« Sie führte eine seiner Hände zwischen ihre Schenkel. »Es tut weh und nur du kannst etwas dagegen unternehmen. Fick mich, Jason! Ich kann nicht mehr länger warten.«

»Fuck!«, grollte er. »Mir fällt es doch auch schwer, Hope.«

Sie langte nach unten und liebkoste seine Erektion, die den Stoff seiner Jeans ausbeulte. »Das sehe ich«, murmelte sie verführerisch. »Dem kann ich abhelfen.« Sie entzog ihm ihre andere Hand und knöpfte sein Hemd vollkommen auf. »Bitte! Es geht mir gut. Ich brauche dich.«

Jason fuhr ihr mit den Händen durchs Haar. »Ich will dich nicht ficken, auch wenn ich es mag, wenn du so schmutzige Wörter benutzt. Ich möchte dich lieben, Baby.«

»Das möchte ich auch«, stimmte sie zu. Da sein Hemd nun offen stand, drückte sie ihm nasse Küsse auf die nackte Brust. »Ich möchte dich berühren.«

Jason zog sich jetzt das Hemd an den Armen hinunter und stöhnte. »Dann berühr mich! Lass mich aber wissen, wenn ich dir wehtue!«

Ihr Unterleib wurde von einer Hitzewelle überschwemmt, als sie mit den Handflächen über seinen muskulösen Brustkorb streichelte, weiter über seinen kräftigen Bizeps und den Rücken hinab. Er fühlte sich wie die leibhaftige heiße, harte Sünde an und sie bebte bereits vor Verlangen, ihn in sich zu haben.

Ihre Hände bewegten sich nun zu der Verschlussleiste seiner Jeans und nestelten an den Knöpfen herum, bis sie alle geöffnet waren. Jason zog sich die Hose selbst aus und mit ihr zugleich seine Boxershorts. Dann ergriff er den Saum ihres sommerlichen T-Shirts.

Sie kam ihm hilfreich entgegen und streckte willig ihre Arme in die Höhe, bereit, ihn nackt Haut an Haut zu spüren. »Es kommt mir so vor, als ob es eine Ewigkeit her wäre«, bemerkte sie traurig.

»Ich weiß«, antwortete er mit rauer Stimme. »Und es ist erst eine einzige Woche vergangen.«

Hope öffnete hastig das Taillenband ihrer Shorts, streifte sie sich zusammen mit ihrem Höschen an den Beinen hinunter und ließ sich von Jason beides vorsichtig über ihre Füße ziehen.

Behutsam legte Jason sie auf das Bett. »Ich habe den Spiegel abgenommen«, erinnerte er sie, während er sich zwischen ihre gespreizten Beine legte.

Sie schlang ihm ihre Arme um den Hals. »Ich brauche ihn nicht. Das weißt du doch. Liebe mich, wie es dir gefällt, Jason! Ich muss dich in mir spüren.«

Sie schauderte vor Erleichterung, als er sich auf sie hinabsenkte und ihrer beider nackter Haut sich endlich miteinander verband. Ihre Brustwarzen waren bereits hart und seine Brust rieb sich an den empfindlichen Spitzen.

Hope seufzte glücklich auf, denn Jason zu spüren und zu riechen, heizte ihr Verlangen noch mehr an. Während sie ihm mit den Händen durch seine Haare fuhr, keuchte sie: »Ich liebe dich.«

Jason klammerte sich mit seinen Händen in ihre Haare und fuhr mit seinem Mund über jeden Zentimeter ihrer köstlichen Haut am Hals, ließ begierig seine Zunge hervorschnellen und kostete von ihrem Fleisch. »Ich liebe dich«, antwortete er mit erstickter Stimme an ihrer Kehle.

Er nahm sich Zeit und ließ seine Lippen über ihre Schultern und zu ihren Brüsten wandern. Dann nahm er eine ihrer harten Brustwarzen zwischen seine Lippen und huldigte ihr mit seinem Mund, bevor er die gleiche Aufmerksamkeit auch der anderen schenkte. Hope wimmerte, während sie seinen Kopf gegen ihre Brüste presste, denn sie brauchte mehr, sie brauchte ihn.

»Jason! Bitte!« Hope war nicht mehr lange in der Lage, seine aufreizenden Liebkosungen zu ertragen.

Vorsichtig bewegte er seinen Körper wieder in Richtung ihres Kopfes und ließ seinen stürmischen, begehrlichen Blick über ihr Gesicht gleiten, bevor er seinen Mund auf ihren hinabsenkte.

Hope strich mit den Fingern über seinen Nacken und den Rücken hinunter, während sie seinen Kuss mit der gleichen drängenden Begierde erwiderte. Ihre Zungen umschlangen einander und schweißten sie zusammen. Sie stöhnte vor Entzücken, in dieser intimen Haltung mit ihm vereint zu sein. Sie legte ihm die Beine um die Hüften und wölbte sich ihm entgegen, begierig darauf, mit ihm zu verschmelzen.

Er löste sich schwer atmend von ihrem Mund und sagte beschwichtigend: »Langsam, Baby!« Dann führte er ihre Hände über ihrem Kopf zusammen und hielt sie dort fest. Mit Besitzerstolz blickte er sie an, in seinen blauen Augen tobten Stürme. »Mein. Du gehörst zu mir.« Obwohl sein Tonfall verlangend klang, konnte sie gleichzeitig auch Ehrfurcht und Ungläubigkeit heraushören.

»Für immer«, flüsterte sie und spürte sein Verlangen ebenso wie ihr eigenes. »Liebe mich, Jason!« Sie liebte sein herrisches Verhalten im Schlafzimmer; es peitschte ihre Begierde in ungeahnte Höhen und heizte ihren Körper so sehr an, bis sie meinte, in Flammen aufzugehen.

Nun hielt er ihre Handgelenke nur noch mit einer Hand fest und wanderte mit der anderen nach unten zwischen ihre Körper, bis seine Finger den Weg durch ihre durchnässten, brennend heißen Falten fanden. Als er ihre Klitoris fühlte, keuchte er: »Du reagierst so sehr auf mich, du bist so feucht für mich.«

»Nur für dich«, bestätigte sie und wollte ihn nur noch in sich haben.

»Ich liebe die Art, wie dein Körper mir antwortet«, flüsterte er heiser an ihrer Schläfe und sein warmer Atem wehte aufreizend über ihr Ohr.

Hope schrie laut auf, als er begann, ihre Klitoris zu reizen. Zuerst kreiste sein Daumen um das pulsierende Nervenknötchen, dann fuhr er darüber, doch mit nicht annähernd genügend Druck. Er ließ ihre Handgelenke los, um ihre Pobacken zu umfassen.

Und sie grub ihre Fingernägel in seinen Rücken und stieß ihm ihre Fersen in den Hintern, um ihn anzutreiben.

»Markiere mich als dein Eigentum«, brummte er. »Mein Gott, wie ich das liebe! Nimm mich in Besitz, Hope! Ich war schon immer dein.«

Seine Worte setzten sie in Brand und sie schrie laut seinen Namen, als er kraftvoll in sie hineinstieß und sich bis zu der Wurzel seiner Männlichkeit in ihr vergrub. »Ja!«, rief sie aus und schlug ihm ihre Fingernägel in den Rücken. »Oh, Jason! Du fühlst dich so gut an.«

»Und du fühlst dich unglaublich an, Liebes«, stöhnte er. Sein Schwanz drang mit einem kräftigen Stoß in sie ein und zog sich dann wieder zurück. Inzwischen hielt er ihre Pobacken mit beiden Händen, um sie in der ihm entgegenkommenden Position zu halten. Er presste sie nach oben, um sie ganz ausfüllen zu können und ihre Haut traf mit einem lauten Klatschen aufeinander.

Hope stöhnte und berührte jeden Zentimeter von Jasons Haut, den ihre Finger erreichen konnten, bewegte sich über seinen Rücken und zu seinem knackigen Hinterteil hinunter, ergriff es und drängte ihn, sie härter und schneller zu nehmen.

Jason veränderte jetzt seine Position und glitt in ihren Tunnel hinein und hinaus, wobei er ihre Klitoris stimulierte.

»Ja, bitte!«, bettelte sie. Ihr Körper erbebte, als plötzlich glühende Hitze in ihren Bauch und von dort in ihren Unterleib schoss.

»Ich liebe dich, Baby. Komm für mich!«, verlangte er. Seine Stöße drangen jetzt noch tiefer in sie ein. Er beugte sich hinunter und fing ihren Mund mit seinem ein. Gierig bohrte sich seine Zunge zwischen ihren Lippen hindurch und imitierte die harten schnellen Stöße seines Schwanzes.

Ich liebe dich. Ich liebe dich. Ich liebe dich.

Die Worte gingen ihr pausenlos durch den Kopf, als ihr Körper in tausend Stücke zerbarst. Sie klammerte sich an Jason, als sie die Kontrolle verlor und sich ihr Unterleib um ihn herum zusammenzog. Sie ächzte in seinen Mund und hörte sein Stöhnen als Antwort.

So ritt sie auf den Wellen ihres Orgasmus, während ihr Mund mit Jasons verschmolzen war. Jason stieß noch einmal in sie hinein und fand Erlösung, als sie um ihn herum pulsierte.

Jason löste seinen Mund von ihrem und ließ seinen Körper auf ihr zur Ruhe kommen, als ob er sie nicht voneinander trennen wollte. Hope konnte spüren, wie sein Herz gegen ihre Brüste hämmerte. So lagen beide eine Weile benommen und gesättigt da, während sie versuchten, zu Atem zu kommen.

»Mist! Ich bin viel zu schwer für dich«, bemerkte Jason ärgerlich. Er rollte sich von ihr hinunter und zog sie behutsam auf sich. »Geht es deinem Knöchel gut?«

Hope konnte ihr Fußgelenk noch nicht einmal spüren. Ihr Körper war so befriedigt und ihr Geist so friedvoll, dass sie niemals einen kleinen Schmerz in ihrem Bein wahrgenommen hätte. »Es geht ihm gut.« Sie keuchte und fuhr ihm mit der Handfläche über die rauen Stoppeln auf seiner Wange.

Sie fühlte sich überwältigt von ihren Gefühlen. Tränen rannen ihr über das Gesicht, als sie hervorstieß: »Ich liebe dich so sehr.«

»Liebes, stimmt etwas nicht?« Jason war auf der Stelle ernüchtert. Er nahm ihr Gesicht in seine beiden Hände und blickte sie fragend an.

»Ich bin glücklich«, schluchzte sie. »Ich bin so verdammt glücklich. Ich habe niemals gewusst, dass es so sein kann.« Vor Jasons hatte sie Sex immer als einen gewaltsamen Akt betrachtet. »Du bist erstaunlich.«

Behutsam wischte er ihr die Tränen vom Gesicht und bettete dann seinen Kopf auf ihre Brust. »Es sollte eigentlich immer so sein wie gerade eben. Ich hasse, was dir widerfahren ist, Hope«, erklärte er mit rauer, schmerzerfüllter Stimme.

Sie hob den Kopf und sah ihn zärtlich an. »Tu das nicht! Denk nicht an die Vergangenheit. Denk daran, wie glücklich wir jetzt sind. Ich bin froh, dass ich damals überlebt habe, sonst hätte ich das hier nie erlebt. Ich hätte dich niemals mein Eigen genannt.«

»Ich wünschte, wir wären damals schon zusammen gewesen, dann hättest du das nicht durchmachen müssen«, antwortete er in rasselndem, gefühlsgeladenem Tonfall.

Hope wusste, es würde eine Weile dauern, bis dieser Vorfall Jason nicht mehr jeden Tag verfolgen würde, doch sie hoffte, dass er mit der Zeit immer weniger daran denken würde. »Das gehört jetzt zur Vergangenheit. Dank dir bin ich jetzt eine andere Frau als noch vor ein paar Wochen.«

»Du warst immer dieselbe Frau, Hope. Und du hast schon immer zu mir gehört.« Seine Arme schlossen sich fester um sie und sie spürte, wie sein großer Körper erbebte.

Letzten Endes glaubte Hope fest daran, dass Jason über ihr schlimmes Erlebnis hinwegkommen würde. Mit jedem Tag, der verging, wurde es etwas besser und ihre eigene Erinnerung an diese schlechte Erfahrung wurde bereits fast vollkommen ersetzt durch Erinnerungen an Jason. In Zukunft wollte sie ihn jeden Tag darauf hinweisen, wie glücklich er sie machte und wie sehr sie ihn liebte, und diese entsetzliche Erfahrung würde aus seinem Gedächtnis verbannt werden. Es musste so kommen. Niemandem konnte so viel Freude widerfahren, ohne dass mit der Zeit schlechte Erinnerungen überdeckt wurden.

»Du hast Recht. Ich habe immer schon zu dir gehört.« Ihr Herz quoll vor Liebe beinahe über und sie strich ihm mit dem Handrücken über die Wange, bevor sie ihre Finger in seinen dichten, wunderschönen *fick-mich* Haaren vergrub.

Ihr Herz hatte wirklich schon immer Jason gehört, solange sie sich erinnern konnte, erst als ihr jungenhafter Held und später als Mann. Sie hatte niemals besonders an Schicksal oder Vorherbestimmung geglaubt, doch jetzt erschien es ihr so, als ob es ihr bestimmt gewesen wäre, mit Jason zusammen zu sein, schon als sie noch ein Kind gewesen war. Sie hatte nur erst erwachsen werden müssen.

»Ich bin froh, dass ich jetzt erwachsen bin«, überlegte sie laut und seufzte glücklich.

»Gott sei Dank«, kam das Echo von Jason. »Ich war es langsam leid, auf dich zu warten.«

»Du hättest doch eine andere Frau heiraten können«, neckte sie ihn.

»Es gibt keine andere Frau für mich«, knurrte er prompt und begann, zärtlich mit ihren Haaren zu spielen.

Lange bewegten sie sich nicht. Sie lagen einfach da und genossen die Freude, zusammen zu sein und in eine gemeinsame Zukunft zu blicken. Leise flüsterten sie sich ihre Liebe zu und heilten alte Wunden, die sie voneinander ferngehalten hatten.

Als sie schließlich am nächsten Tag Rocky Springs verließen, *küsste* Hope Tate tatsächlich auf die Wange und dankte ihm für alles, was er für sie getan hatte. Er mochte vielleicht gelegentlich allzu sehr von sich eingenommen und arrogant sein, doch der Mann besaß unter seinem Alpha-Äußeren ein wahrhaft goldenes Herz.

»Ich hoffe, dass Tate eines Tages eine gute Frau finden wird«, sagte Hope wehmütig zu Jason, als sie sich auf den Weg zu Jasons Privatpflugzeug machten, um nach New York zu fliegen.

»Oh, das wünsche ich mir auch. Und ich hoffe, dass sie ihn durch die Hölle schickt, bevor sie ihn von seinem Elend erlöst. Arroganter Hurensohn!«, knurrte er.

Hope lächelte vor sich hin, während sie Hand in Hand mit Jason an dessen Seite ging. »Das ist aber schrecklich, so etwas zu sagen.« Spielerisch knuffte sie ihn in seinen kräftigen Bizeps. Sie wusste, dass Jason Tate eigentlich mochte, ihn wahrscheinlich sogar respektierte, trotzdem war er alles andere als glücklich gewesen, als sie den blonden, gutaussehenden Mann zum Abschied umarmt und auf die Wange geküsst hatte.

»Das ist keineswegs schrecklich. Ich warte geradezu darauf, dass das passiert«, erwiderte Jason unschuldig und warf ihr einen aalglatten Blick zu.

»Du wartest darauf, ihn zu quälen«, warf sie ihm vor.

Hope musste wieder lächeln, als Jason böse auflachte. Sie konnte nicht anders. Da sie mit vier Brüdern aufgewachsen war, die einander unablässig geärgert hatten, wusste sie aus Erfahrung, dass Männer sich trotz dieses Verhaltens mochten und sich umeinander kümmerten. Außerdem war Jason weit davon entfernt, kaltherzig zu sein. Tate war zwar vielleicht in Jasons Augen eine Nervensäge, doch er mochte ihn.

»Vielleicht ein kleines bisschen«, gab Jason zu, während er ihr die Stufen zum Flugzeug hinaufhalf. »Es war alles in Ordnung, bis du ihn geküsst hast«, warf er ihr vor.

Hope lächelte ihn lediglich verführerisch an. »Er hat nur einen freundschaftlichen Kuss auf die Wange bekommen. Du bekommst doch viel, viel mehr von mir.«

»Zeig es mir!«, erwiderte Jason heiser, als er ihr ins Flugzeug folgte.

»Darauf kannst du wetten«, gab sie in dem *fick-mich* Tonfall zurück, von dem sie wusste, dass Jason ihm nicht widerstehen konnte.

»Bald«, brummte er.

Hope lachte nur und nahm sich vor, ihm eine ganze Menge zu zeigen, sobald die Maschine abgehoben hatte und sie sich auf dem Weg nach New York befanden. Es wurde ein Flug, der sich als sehr… vergnüglich herausstellte.

Epilog

Zwei Wochen später

Jason beobachtete Hope, die im Bug der Jacht saß. Ja, er bezeichnete jetzt *Sutherlands Hope* als eine Jacht. Seine Frau verdiente nichts Geringeres. Sie sah so wunderschön und glücklich aus, dass ihm die Luft wegblieb. Er bezweifelte, ob er sie jemals würde betrachten können, ohne das Gleiche zu empfinden. Sie war sein ganzes Leben, ein Leben, das ihn so glücklich hatte werden lassen, dass es fast erschreckend war.

Aufgeregt und begeistert war sie an Bord gegangen, hatte sich aber auch etwas davor gefürchtet, auf das Meer hinauszufahren. Wenn er sie aber jetzt betrachtete, konnte er annehmen, dass sie genauso süchtig nach dem Meer werden würde wie er selbst. Sie war bereits vollkommen davon in Anspruch genommen, beinahe alles, was sie sah, auf Film zu bannen.

Sie trug ihr Haar offen und die Brise wehte es ihr wild ums Gesicht und verlieh ihr ein ungezähmtes, verteufelt sexy Aussehen.

»Macht es dir Spaß?« Er nahm neben ihr Platz.

»Das ist unglaublich. Danke, dass du mich mit hinausgenommen hast«, antwortete sie begeistert.

Als ob ihm eine Wahl geblieben wäre! Er konnte sich keinen Tag von ihr entfernen, ohne sie so sehr zu vermissen, dass es schmerzte.

Gestern hatten sie fast den ganzen Tag bei seiner Mutter verbracht, die Hope begeistert als neues Mitglied der Familie empfangen hatte. Seine Mutter hatte immer schon alle Sinclairs gemocht, doch das kleine Mädchen hatte es ihr besonders angetan, dem die leitende Mutterhand fehlte und das einen unnützen, gewalttätigen Mann zum Vater hatte. Sie hatte Hope willkommen geheißen, als ob sie schon immer zur Familie gehört hätte, und Jason hatte gesehen, wie Hope aufblühte, nur weil sie wie eine geliebte Tochter behandelt wurde.

»Ich freue mich, dass es dir gefällt«, sagte er schlicht und drückte ihr einen Kuss auf die Schläfe.

»Ich liebe es. Ich habe bereits einige wunderschöne Aufnahmen machen können.«

Jason grinste. Als sie aufs Wasser hinausgefahren waren, hatte er gehofft, ihre Aufmerksamkeit in eine andere Richtung lenken zu können. »Bis jetzt habe ich dir noch nicht die komfortablen Kabinen zeigen können.«

Sie lächelte zynisch. »Ist das alles, woran du denken kannst?«

»Wenn ich in deiner Nähe bin? Ja. Dann denke ich an nichts anderes.« Jason kam nicht auf den Gedanken zu leugnen, dass er sie gern in ein Bett schleppen wollte. In irgendein Bett. Er brauchte sie nur anzusehen oder an sie zu denken und schon war er steinhart.

Wie dumm er gewesen war, sich einzubilden, er könnte sich Hope aus dem Kopf ficken. Es wurde nämlich nicht einfacher, sondern in der Tat schwerer für ihn, die Finger von ihr zu lassen, je mehr sie zusammenwuchsen.

Er hatte immer noch nicht alle seine Geschäfte in New York erledigt, doch sie hofften, später im Jahr nach Amesport übersiedeln zu können. Wahrscheinlich würden sie sich ab und zu zum Skifahren in Aspen aufhalten und er würde wohl gelegentlich in New York sein müssen, aber sie würden einen festen Wohnsitz in Amesport haben und Hope wäre dann an einem Ort, der ihr gefiel. Nicht einmal hatte sie sich über New York beklagt. Sie war der Typ Frau, der das

Beste aus allem machen konnte. Sie hatte ihre Zeit damit verbracht, Sehenswürdigkeiten zu erkunden und so viele Fotos wie möglich zu schießen. Trotzdem vermutete er, dass sie sich in Amesport viel glücklicher fühlen würde, und wenn er ehrlich war, musste er zugeben, dass es ihm genauso erging. Es würde nett sein, Grady und Emily in der Nachbarschaft, gleich am unteren Ende der Straße, zu wissen.

»Glaubst du, dass Grady sich mittlerweile so weit beruhigt hat, dass ich mich jetzt bei ihm sehen lassen kann?«, erkundigte er sich beiläufig.

»Er hat es mittlerweile verkraftet, dass wir unsere Ehe auf diese Art begonnen haben. Du hast mit ihm gesprochen. Er kann es kaum erwarten, uns in seiner Nähe zu wissen.« Ungeduldig wischte sie sich ihre vom Wind verwehten Haare aus dem Gesicht.

Zu Jasons großer Erleichterung hatten ihm ihre Brüder verziehen, was er getan hatte. Wahrscheinlich, weil sie des Öfteren mit Hope telefonierten und mitbekamen, wie glücklich sie war.

»Ich bin sehr froh darüber«, gab er zu. »Grady und ich waren so lange miteinander befreundet.«

»Ihr seid noch immer Freunde«, beruhigte sie ihn. Dann fuhr sie ihm mit den Fingern durch sein Haar und zog seinen Kopf zu sich hinunter, um ihm einen feuchten Kuss zu geben.

Jason stöhnte. Er musste ihr bald die Kabinen zeigen. Als sie sich voneinander lösten, forderte er sie eindringlich auf: »Komm mit nach unten!«

»Aber hier oben ist es so schön«, protestierte sie schwach und warf ihm ein hinterhältiges Lächeln zu.

»Da unten wirst du es auch schön finden.«

»Wird die Mannschaft es nicht sonderbar finden, wenn wir so bald unter Deck verschwinden?«

»Sie arbeiten für mich«, erwiderte er eingebildet.

»Ich denke, ein Nickerchen könnte mir guttun. Irgendjemand hat mich letzte Nacht wachgehalten«, neckte sie ihn.

Plötzlich nahm er sie auf den Arm und wandte sich der nach unten führenden Treppe zu. »Liebes, ich glaube, du wirst noch müder werden.«

»Dann sollten wir es vielleicht lassen«, schlug sie spielerisch vor. Doch ihre Arme schlangen sich um seinen Hals.

»Im Gegenteil«, widersprach er, während er sie die Stufen hinuntertrug. Sie war so verdammt schön, sie würde ihr Nickerchen auf später verschieben müssen, auf viel später.

»Ich liebe dich«, murmelte sie ihm ins Ohr.

Gütiger Himmel! Er bewegte sich schneller und ließ Hope die Tür öffnen, als sie eine der Kabinen erreichten. »Ich liebe dich auch, Baby.«

»Also, was hältst du davon?«, fragte er nervös.

»Wunderschön«, antwortete Hope anerkennend. »Ich kann nicht glauben, dass du auf dieser Jacht niemals mit einer Frau geschlafen hast. Du besitzt sie doch bereits seit ein paar Jahren.«

»Das konnte ich nicht. Dieses Schiff verkörperte meine Hoffnung – oder meine Hope. Niemals hätte ich eine andere Frau mit hierher gebracht.

»Eine wahrhaft jungfräuliche Jacht, he?«

»So rein wie frischer Schnee, wenn du die Fantasien nicht mitrechnest, in denen ich mir vorgestellt habe, du wärst hier mit mir an Bord.« Und derer hatte es viele gegeben.

»Dann lass uns deine Träume wahr machen«, erklärte sie ihm ruhig und voller Ernst.

»Baby, das ist bereits geschehen.«

Er küsste sie und sie versuchte, seinen Fantasien Leben einzuhauchen, was ihr bestens gelang. Die Wirklichkeit war sogar weitaus besser als seine Träume.

Er hatte ein Leben lang auf Hope gewartet und jeder Moment mit ihr war besser als der vorherige.

Jason war jetzt davon überzeugt, dass wunderbare Dinge das lange Warten wert waren.

~Ende~

Ich hoffe, die Geschichte von Jason und Hope hat Ihnen gefallen. Der siebente Teil der Serie, die Geschichte von Tate, »Milliardenschwer und ungezähmt«, wird ab Anfang Februar 2017 erhältlich sein.

Biografie

J.S. Scott ist eine Bestsellerautorin pikanter Liebesromane. Sie ist eine begeisterte Leserin von Büchern und Literatur jeglicher Art. J.S. Scott schreibt, was sie selbst gern liest, und das sind zeitgenössische sowie paranormale erotische Liebesgeschichten. Sie handeln meistens von einem Alphamännchen und haben ein Happyend, denn so schreibt sie sie einfach am liebsten!

Besuchen Sie mich auf:
http://www.authorjsscott.com
https://www.facebook.com/J.S.ScottGermany/

Oder senden Sie eine E-Mail an:
JSScott_author@hotmail.com

Sie finden mich ebenfalls auf Twitter:
@AuthorJSScott

Bitte tragen Sie sich auf meiner E-Mail-Liste ein, um über Neuigkeiten, neue Veröffentlichungen und exklusive Textauszüge informiert zu werden: http://eepurl.com/b2DuYn

Bücher von J. S. Scott

Ein Milliardär voller Leidenschaft - Die Serie:

Entfesselte Leidenschaft (Buch 1)

Das Herz des Milliardärs:
Ein Milliardär voller Leidenschaft ~ Sam (Buch 2)

Die Erlösung des Milliardärs:
Ein Milliardär voller Leidenschaft ~ Max (Buch 3)

Der Milliardär und sein Spiel:
Ein Milliardär voller Leidenschaft ~ Kade (Buch 4)

Ein Milliardär außer Kontrolle:
Ein Milliardär voller Leidenschaft ~ Travis (Buch 5)

Ein Milliardär ohne Maske:
Ein Milliardär voller Leidenschaft ~ Jason (Buch 6)

Milliardenschwer und ungezähmt:
Ein Milliardär voller Leidenschaft ~ Tate (Buch 7)
(ab Anfang Februar 2017 erhältlich)

Und auch die folgenden Bücher von J.S. Scott werden in Kürze auf Deutsch erhältlich sein:

Aus der Reihe »Ein Milliardär voller Leidenschaft«:
Billionaire Unbound ~ Chloe (Buch 8)
Billionaire Undaunted ~ Zane (Buch 9)
Billionaire Unknown ~ Blake (Buch 10)

Aus der Reihe »The Walker Brothers«:
Release! (Buch 1)
Obwohl die Serie »The Walker Brothers« zwanglos mit der Reihe »Ein Milliardär voller Leidenschaft« verbunden ist, stellt sie eine eigenständige Serie dar, die auch gelesen werden kann, ohne die Bücher von »Ein Milliardär voller Leidenschaft« zu kennen. Es handelt sich ebenfalls um eine heiße Liebesromanreihe mit Alpha-Milliardären.

www.ingramcontent.com/pod-product-compliance
Lightning Source LLC
Chambersburg PA
CBHW050026180626
46810CB00002B/600

* 9 7 8 1 9 3 9 9 6 2 8 8 1 *